名著新译书系

WORLD CLASSIC
MASTERPIECES SERIES

瓦尔登湖

[美] 亨利 · 戴维 · 梭罗 / 著　姚树君 / 译

时代文艺出版社

图书在版编目（CIP）数据

瓦尔登湖 / (美) 亨利 · 戴维 · 梭罗著；姚树君译.
—长春：时代文艺出版社，2016.7（2018.1重印）

ISBN 978-7-5387-5208-3

Ⅰ. ①瓦… Ⅱ. ①亨… ②姚… Ⅲ. ①散文集－美国－近代 Ⅳ. ①I712.64

中国版本图书馆CIP数据核字（2016）第080991号

出品人 陈　琛
产品总监 郭力家
选题策划 方　伟
责任编辑 付　娜
助理编辑 吕　天
装帧设计 孙　利
排版制作 隋淑凤

瓦尔登湖

[美] 亨利 · 戴维 · 梭罗 著　姚树君 译

出版发行 / 时代文艺出版社
地址 / 长春市泰来街1825号　时代文艺出版社　邮编 / 130011
总编办 / 0431-86012927　发行部 / 0431-86012957　北京开发部 / 010-63108163
官方微博 / weibo.com / tlapress　天猫旗舰店 / sdwycbsgf.tmall.com
印刷 / 三河市京兰印务有限公司
开本 / 710mm × 1000mm　1 / 16　字数 / 208千字　印张 / 14.75
版次 / 2016年7月第1版　印次 / 2018年1月第2次印刷　定价 / 39.80元

图书如有印装错误　请寄回印厂调换

目　　录

论 经 济

本卷绝大部分章节完成于我独居林间之时。当时我在马萨诸塞州的康科德城找到一处绝佳的住处，我在瓦尔登湖畔伐木建造了一所木屋，距离周边邻居大约一英里。我自己动手养活自己，就这样在那里住了两年两个月，现在又重新回到文明社会了。

如果不是同乡们纷纷向我打听自给自足的乡间生活，我是不会在此叙述这么多私事的。有的人说我这种生活方式有些粗俗奇怪，但我并未如此觉得，当我身在其中的时候，我觉得那是很自然的，并且十分合情合理。有的人问我吃什么，有的人问我是否孤独，是否会感到恐惧，这种类似的发问有很多。还有一些人想知道我的哪一部分收入捐给慈善事业了，还有一些苦于养育了众多子女的人，他们很在意我赡养了多少个贫儿。我在写作这本书的过程中，难免会对上述的问题做出回答，所以还请各位读者见谅。客观地说，现在的很多书大都不用第一人称“我”，本书则不同，字里行间，都是“我”。如果我能清楚透彻明白读者的心思，就像我了解自己的心思一样，那么，我又何苦畅谈如此之多？可惜我的阅历极其有限，只能局限于此了。除了这一个主题，我竟然没有什么好说的了。我只代表我自己，请求诸位作家同仁，写作胜在明了和真挚，不分先后、早晚，所以请一定要以自己的切身经历为基础。千万不要拾人牙慧，贻笑大方。写作就像是给远方的家人写信，信笺上流露的真情实意，不就是最好的文章吗？试想，一名作家，如果他认真地生活，那么，他的弹丸之地对我来说便是远方，同理，我看惯的风景也是他所向往的。开篇至此，收益最多的莫过于穷苦学生了，其他读者也不要心急，本书自然有您的可取之处。如果您有慧根，自然会从本书中寻求到真理的，这件事不可强求，削足适履恐怕会适得其反。

我要说的事情并不是关于中国人或夏威夷人的，正在读本书的各位读者啊，我关注的是住在新英格兰的你们。我要说的正是你们的生活，尤其是外界的环境——这世界待你们如何？这恶劣的处境真的是你们应得的吗？目前这一团糟的情况，能否着手改变？康科德城内外遍布了我的足迹，每到一处，无论店铺、公事房，还是田野里，匆忙劳作的百姓们各司其职，任劳任怨，可在我眼里，他们竟似是赎罪一般！我曾听说过婆罗门教的苦行僧骇人的赎罪方式：他们或盘腿坐在地上，置身于烈火之中，张大眼睛对着太阳；或身体倒悬在烈火中，任凭烈火熏烤；或侧转头仰望天空，直到“脖子歪得动弹不得，甚至畸形，不能恢复原状，只能以流食维持生命”；或用铁链把自己锁在树下，并以这种方式了此一生；或趴在地上像虫子一样，蠕动前行，用身体来丈量广袤的土地；或金鸡独立，摇摇欲坠地站在高耸的柱子上——即使这样极端的行为，也不如我平时见到的景象匪夷所思、震人心肺。大力神赫拉克勒斯经历的十二苦差比起我的邻居所受的苦，不过是九牛一毛：十二苦差尚且是有数的，完成了痛苦就都退去了，甘甜的生活指日可待；可是我的邻里急切地求取名利，并未见他们降妖斩怪，更不见他们曾完成过哪一项苦差。他们也没有依俄拉斯般的得力挚友，能够为他们手执火红滚烫的烙铁，去烫九头蛇许德拉的断头之根；他们面对的，只是那斩去一只蛇头后又立即冒出来一双的丑陋头颅。

我亲眼见到我那年轻的乡人，他们继承了农场屋舍、畜棚牲口以及农具等物。可却不知这丰厚的赠予未必是件好事。还不如让他们生长在荒野上，被母狼喂养，总好过现在日日面朝黄土却不知道“田野”是什么的生活。我有三个疑问：一是谁将他们束缚在了土地上，变成了土地的奴隶？二是一箪食、一瓢饮就足以维生了，为什么要错误地使用那么多的耕地？三是人出生即向死，为什么有的人匆匆忙忙的自掘坟墓呢？生而为人，不得已而为之的事情太多，我们能做的只有“尽力”二字。有多少可怜的人被生活所迫，为物质所累？一个从未打扫过的、脏乱不堪的畜棚，竟成了奥古斯王的牛舍。还有那些干不完的活，耕地、割草、放牧、护林！即便那些没有产业可以继承、不被物质所累的人，也免不了吃苦受累，为了血肉之躯拼命地劳作、奔波。

可悲的是如此辛苦到头竟是一场空。人类最美好与最纯真的精神就在这无谓的劳作中腐朽化泥。似乎是冥冥天注定，又似乎是古书号称的“必然性”，人类一生奔波谋财守财，而不知这“财富”禁不得虫蚀霉朽，更防不住贼人觊觎。然而能参破这其中缘由的人很少，多数人都是在生命走到尽头时才恍然大悟，人的一生如此度过，是多么愚钝啊！传说丢卡利翁和皮拉向脑后抛掷石块，石块因而化为人形。有文为证：

Inde genus durum sumus, experiensque laborum,

Et documenta damus qua simus origine nati.

后有诗人罗利为其赋韵成诗：

人心能忍受万般痛苦，证明我们本是顽石铸成的。

他们盲目服从于云里雾里般的神谕，只顾一股脑儿地把石块往后扔，却无暇回头望一望那些石块落在了何处。在这片相对而言算得上自由的国土上，仍有大部分人被无知和谬论所误，终其一生纠缠于虚情假意的人情，操劳于毫无意义的粗活，却无法亲手采摘甜美的生命之果。他们的双手因过度操劳而变得粗糙不堪，颤抖不已。苦于劳作的人们日复一日，万事缠身，没有闲暇审问自己的内心，无暇与人交际，甚至难以保持自己身为“人”的品格。作为劳力，他在市场上也只会惨遭贬值——忙碌使得他形如机械。一个常常动脑的人怎么会相信自己无知？哪怕这无知是他成长路上必需的要素。在审视他人之前，我们首先要使他们吃饱、穿暖，使其身心舒畅。人心之所以美妙是因为它就像鲜果上的娇嫩的蕊，只有精心供养的才能保全它。然而我们却从未如此温柔地对待过我们自己，又怎么能如此对待他人呢？

本书的读者中自然有些贫苦之人，有的人生存艰辛，在重压下苟延残喘。对着书页的您，或许就是吃了上顿愁下顿，捉襟见肘却无力添置衣物；正在读着此行此句的您，或许就在用着“偷”来的时间，又少给“债主”赚了这么一小时的钱。阅历给了我洞察一切的眼睛，看得出你活得不如意。夹缝中求生存，谋发财，求脱债。你们身陷绝境之深渊，古拉丁人有言：Aes alienum，即“他人之铜币”。死生这么大的事情，竟然受制于他人的铜币。有还债的心却苦于财力不足，你们总是答应了明天再还债，无数个“明天”过去了，直到你们死在了“今天”，债务仍然没有还清。还有一些溜须拍马，摇尾乞怜的人，种种丑态做尽，只为逃过牢狱之灾。谎言与奉承或许可以为你裹上彬彬有礼的文明外壳，罩上虚无缥缈的慷慨之轻纱。于是，邻里或许会同意你为其制造鞋帽外套、马车等物，或请你代为购买百货杂物。每个人都有聚敛钱财的想法，有的人藏在橱柜里，有的人埋入土墙中，有些人追求稳妥，会存进银行。积攒这些钱本来是用在生病时或者灾祸时，但却不幸在积攒钱财的过程中将自己弄病了。

有时我会思考，为什么我们会这么轻浮草率？就像黑人奴隶制的实行，我们竟然能让其他人做我们的奴隶，全国上下，心狠手辣的奴隶主无处不在。南方来的监工虽毒辣，但有幸遇到也实属不易，要是不幸受北方的奴隶主看管则更为艰难；当然，最糟糕的却是你就是那呼来喝去的奴隶主！看那些路上日夜兼程向市场赶去的车队，再看看那些马夫，在他们的身上能看到哪怕是一点点神性的光辉吗？对他来说，最要紧的事莫过于喂马。和赶车赚到的钱相比，他自己的命运又算得上什么？他不是正在为富甲一方的乡绅老爷赶车吗？他能多伟大，多神圣？终日畏畏缩缩，蝇营狗苟，存在感缥缈；每日里畏惧的不是自己缺乏上进心，不能向圣人靠拢，而是恐惧会被自己的欲望所困。他们的看法算不得举足轻重的大事，真正重要的是你对自己的看法。你怎么看待自己，对自己有什么期许，这会在一定程度上决定或是影响到你的命运。思想上的自我解放谈何容易，哪怕是在西印度群岛上，怕是连威尔伯福斯也会束手无策。在那片土地上，妇女们织着梳妆用的软垫，直至老去的那一天，也不敢多去想想自己的命运何去何从！时间若可以被蹉跎，那又有什么可以称得上永恒？

大部分人活得绝望而不思反抗。所谓的逆来顺受不过是绝望的另一种面孔。从绝望的都市踏进绝望的乡村，你不得不以鼠类和貂类般的勇气来武装自己。即便是在人类图以自娱自乐的游戏娱乐中，那绝望的气息依旧无处不在。辛苦的工作后才能得到的娱乐既不会使人愉悦，也不会使人快乐。不做令人绝望的事才是大智慧。

如果我们使用教理问答的方式来解释人生的目标是什么，生命的必需是什么，活着的意义又是什么，那么我们会发现，大家费尽心思，取的却都是中庸之道，宁可活得雷同，也不愿相信其实还有其他的选择。不过总有一些人能看得更远，众人皆醉我独醒。他们比谁都清楚，太阳每天照常升起，没有什么可以阻挡。而你，随时可以放下偏见。古人的至理名言，若无凭据可依，则不可尽信。现如今人云亦云的“真理”，很可能将来会变得滑稽可笑。区区一缕头脑风暴搅起来的青烟，竟被当作可以播撒甘露的祥云。老人们划下的“禁区”，你大可以做一尝试，证明自己的能力。老人自然有旧的一套风俗，青年人无须固守，而应当树立自己的风俗。老人或许都想不起来给火添些燃料好保护火种，而新人却已经往壶底加了把干柴。年轻人甚至可以以鸟飞行的速度环游全球。换作是老人，怕是会要了他们的命。老人未必有资格做年轻人的导师，有些人只是徒增了年龄，岁月从他们那儿拿走的比给予他们的多得多。此话一出，不禁有人怀疑，人活一世，哪怕是最强的智者，真的从生活中学到了什么吗？老人根本没办法给年轻人什么实际性的忠告，他们的经验毕竟还是片面的，活了一辈子不过就是场悲剧，跌倒与失败的痕迹在人生的道路上处处可见，他们也无法否认。他们还总是会将当时的失败归咎于那时候自己“太年轻”。我活了三十个年头，却从未从长辈那里听到过什么有益或者哪怕只是热忱的建议，一个字都没有。他们什么都不曾传授过我，或者说，他们根本没有什么可传授的。生命就是一场盛大而未知的冒险，我不曾尝试过的事物并不意味着我的长辈们就有所体会。我视为珍宝的某段经历，一定是我的导师们不曾告诉过我的事情。

有个农夫这么对我说过："你不能老是吃素，时间久了对你的骨头不好的。"他每天都按照自己的理念，虔诚地补充对骨头好的营养元素。拉着犁头在田地里斩风破浪的耕牛就是因为吃素才有一身好骨头和力气。犁地的时候农夫就跟在牛后面，对牛说着话。在一些圈子里，某些物品的确是生活中不可缺少的。你觉得病态和不健康的东西，在别人看来却是难得的奢侈，甚至可能是闻所未闻的。

我们的祖先为了立足于地球，维系生命、维持生活，遍访高山，亲涉深渊，以至于后人不需要挂心这些事情。易福林就说过：智慧的所罗门王规定了树木之间应有的距离；罗马的行政官决定了你进入邻家的领地捡拾橡子多少次才算得上是非法侵入，同时也决定了你应分给邻居多少份额的橡子。希波克拉底甚至还留下教条，教导我们应该如何修剪指甲：不长不短，统一剪秃。榨干人类生活多彩乐趣的条条框框由来已久，打有人类那天起就有了这些规矩。然而人的能力之大是未知数，我们也不能够以先例来衡量一个人的能力，毕竟人类探索过的领域少之又少。不论你之前有过何等惨败的经历："我的孩子啊，不要苦恼，没人会要求你去做你尚未完成的事情。"

我们可以用一千种简单的方法来测试我们的生活，就好像使我的豆子成熟的太阳不仅仅照耀着地球，它还同时普照其他星球那样。我若是当时将这个道理铭记于心，恐怕也不会犯下这许多错误。我在锄豆子的时候可没有想过这些事情。粒粒星辰组成的三角形是何等美轮美奂！浩瀚宇宙，茫茫星海，又有多少生命在注视着同一轮太阳！大自然和人类生命就像我们的法律体系一样复杂。你能说出你的生命带给了别人什么吗？我们若能以对方的眼睛来看这个世界，哪怕只是一瞬，都堪称最伟大的奇迹了。只要短短一个小时，你就可以游历古今中外各个时代的大千世界——那就是阅读！史书，诗歌，神话！就我所知，若论激动人心而又使人获益匪浅地去了解他人的经历，没有其他方法能出其右。

我的邻里以为是好的事情，在我的内心深处却以为这些“好事”大部分都是坏事。我若有所愧疚，那必是为了我“好”的表现。我在做出这些举动的时候是被哪个魔鬼附了身？老人家，你体体面面地活了七十年，大可以说出一些大智慧的话来。而我听到一个声音，无法抗拒的声音，它要我远离这一切。长江后浪推前浪，前一代人的王国被推翻，惨淡得像废弃的小船。

我认为我们可以抛开局限，去相信更多的事情。人不应太过为己，放下自私自利，才能在他处为他人谋福利。人的本性可以适应得了自身的缺点和优点。某些人无休无止的抱怨和自己施加的压力无疑是不治之症。人天生好大喜功，却不去想想这其中我们自身的功劳又占有几分！或是疑神疑鬼，担心自己害病，我们活得多么小心翼翼！要是有可能的话我们就不遵从信仰来生活；白日里谨慎地活着，到了夜里不情不愿地念着祷告，未来瞬息万变，我们将自己交给了未知的命运。我们被逼这样活着，兢兢业业，诚诚恳恳；我们尊重生活，拒绝改变。这就是唯一的活法，我们这样说着；可是从同一个圆心出发的半径有无数条，活法也是。所有的变化看起来都是奇迹，只不过这种奇迹无时无刻不在发生。孔子曰：“知之为知之，不知为不知，是知也。”一个人可以把脑海中想象的场景吸收消化成自己理解了的知识，那么，我可以预言，最终全人类都会像这样拥有自己的活法。

诸位看官，此处可稍作思考：我提到的烦恼和焦虑，到底是什么？它们真的值得我们因此而去烦恼或费心吗？即便你生活在文明社会中，偶尔去原始的荒野中体验一下或许会受益不浅；哪怕你只是搞明白了什么才是维系生活的必需品，怎样才能搞到这些物品。你也可以拿来商店的进货单，看一看人们进店都常常买些什么，店里往往储存的会是什么东西，看一看交易量最大的食杂百货都是些什么。时代变迁，沧海桑田，却改变不了人类生存最基本的法则。就好比我们的骸骨跟古代人的比起来几乎一样，难以区分。

我所说的生活必需品是指那些使用历史悠久的、需要人依靠自己的努力来获取的物品。它们对生活的重要性是其他物品所无法取代的，只有很少一部分人不去使用它们；这些人或是因为原始未开化，或是因为贫穷，或是因为哲学与宗教才放弃在日常生活中使用这些必需品。对许多生灵来说，只有一样东西是必不可少的：食物。在大草原上的野牛眼里，只要它没有见识过森林的庇佑和深山的树影，那么它以为的生活必需品就是几片可口的草叶，再来一点儿清凉的水。在当今社会，人类眼中的生活必需品可以具体地分成这四类：衣、食、住和燃料。若是这四样得不到保障，我们便没有办法自由地面对人生中真正的问题，遑论还怀着成功的期望。人类发明了房屋和衣物，吃着烹饪过的熟食；偶然发现火带来的温暖，并化为己用，使得火从一开始的奢侈品成为如今人人得以围坐其旁取暖的必需品。猫猫狗狗烤火取暖的天性也是如此。住得好，穿得暖，我们以此来维系自身的体温；不过要是诸事过度，再加上外来的燃料，使得外部的温度高于我们自身的体温，那么，是不是可以说，我们是在烘烤自己？自然学家达尔文说过，有一次在火地岛，他和他的伙伴们穿得厚厚的，紧挨着火堆取暖，还没觉得暖和起来，却惊讶地发现那些当地的土著，尽管他们是赤身露体且远离火堆，却已经“挥汗如雨，就像被烤了似的”。就像我们听说过的那样：新荷兰人光着身子却一点儿事没有，欧洲人却裹在厚大衣里冻得瑟瑟发抖。有没有这种可能性，可以把野蛮人的耐力和文明人的智力结合在一起？如李比希所说，人的躯体就像是一个炉子，而食物就是供给肺部进行燃烧的燃料。天冷的时候我们吃得多，反之则少。动物的体温是缓慢燃烧的结果，燃烧速度过快的时候，动物就会生病乃至死亡；而如果缺少燃料，或者通风出了问题，那生命之火就会熄灭。当然了，我们不能把生命的热量跟火苗混为一谈，两者间的类比也就到此为止了。如上所说，动物的体温和动物的生命其实是意思差不多的两种表达。食物可以说就是保证我们生命之火不灭的燃料——不过燃料就只能用来烹饪食物或是带给我们外部的热量——房屋和衣物也只不过是用来保持住由此生出并被我们吸收的温度而已。

对我们来说，最要紧的事便是保暖，保住我们体内的生命之火。我们为此费心的不只是衣食住，还有床铺——其实也就是我们在晚上穿着的“衣物”——我们掠夺了鸟们的小窝和羽毛来准备这个小屋子，就像鼹鼠往自己的洞穴里垫草叶一样！穷苦的人往往会抱怨这个世界如此冷酷，我们也倾向于将很多疾病归咎于气候的寒冷和社会的冷漠。大部分地区，夏天都是一个让人无比舒适的季节。此时的燃料除了用来烹饪食物外别无他用，而太阳则是人最好的“火堆”，许多水果被太阳的光线“烹饪”熟透。夏天，食物的种类丰富多彩，获得食物也要容易得多。这样一来，衣物和房屋似乎就不那么重要了。此时此刻在这个国度，我亲身试过的，只需很少的花费你就可以得到这么几样工具——一把刀、一柄斧头、一把铲子和一辆手推车，等等，还有对于那些勤学的人来说地位仅次于生活必需品的灯具、文具和书籍，都可以很廉价地买到。即便是这样，还有那么多不够睿智的人跋山涉水去往地球的另一边，在那山险水恶的地方待个十几、二十年，就为了做买卖，赚了钱好在新英格兰暖暖和和、舒舒服服地住到老死。这些挥金如土的富豪不只是舒服地保暖那么简单，而是要让自己处于一个热得不自然的环境下。就像我之前所说的，他们在烘烤自己，当然，这是上流社会流行的烘烤。

而大部分所谓能使生活更加舒适的奢侈品其实是完全不必要的，甚至是有害人类进步的存在。说到奢侈与享受，智者却推崇一种极简的生活，其艰苦朴素几乎与贫者无异。在古代的中国、印度、波斯和希腊，哲学家们都是那些有着无比丰裕的精神财富，物质财富却十分贫瘠的人。我们对他们的事情知之甚少，可实际上我们所了解的事情要比我们以为的要多得多。对近现代那些革命家和致力于造福人类的伟人来说也是如此。只有甘愿走入穷困的境地，才能从那个角度公正而不含偏见地看待人生。奢侈的生活中硕果必然累累，农业也好，商贸也好，文学也好，无不欣欣向荣。然而他们都只能算得上是哲学方面的行家，却不能被称作是哲学家。当然，做个行家也是很值得尊敬的事。一名哲学家，他不仅仅要有缜密敏感的思维和创办学派的魄力。他需要热爱智慧，并且依智慧的指引过着简朴、独立、高尚而充满信任的生活。要解决生命中的问题，不仅需要理论，更需要实践。伟大学者与思想家的成功往往不是君临天下的王者风范，亦非盖世英雄般的莽夫气性，他们更像是谦逊的臣子。他们的生活同其父辈相比毫无出入，这般循规蹈矩的生活，注定他们不会成为人类最杰出的先驱。那么，人类为何会退化？家族为什么会惨遭没落？骄奢淫逸使得国家衰败，那么到底何为骄奢，何为淫逸？我们敢说，在我们的生活中不存在这样的事情吗？哲学家就是走在时代风口浪尖的人，其外在生活方式亦彰显了其超越性。与同时代的人不同，他食不果腹，衣不蔽体，家徒四壁，冷冷清清。若换作是你，无法和其他人一样保住自己的生命之火，你有可能成为一名哲学家吗？

如我所述，若一个人得到了他需要的温暖，那么接下来他还会想要什么？当然不可能再是维系体温的东西，譬如更多更可口的食物啦，更大更豪华的房屋啦，更美更厚实的衣物啦，无数更暖和的长明不熄的火堆啦，诸如此类的事物，统统不会是他想要的。衣食既已足，又何苦再贪求这许多。此时的人面临着另一种选择：他从繁重的劳作中解放出来，可以涉足人生的历险了。土壤适合种子，种子扎根于土壤，将自信的枝叶伸出地面。人岂不也一样？深深扎根于土地，就是为了将来有那么一天，他可以将枝叶伸向天堂。有些植物看起来更为高贵，是因为它们将自己的果实高高地悬在空中炫耀；而谦逊的粮食却非如此，即便是两年生的作物，人们也只有在它们根系成熟的时候才将它们的顶端砍下。它们烂漫开花的样子，没有几个人知道。

我并不是要给生性坚强又勇敢的人定什么规则，这些人无论处于何种境地，在天堂也好，地狱也罢，他们总会把自己的事情管理得井井有条，甚至会建造比富豪家宅更为豪华的房屋，花起钱来比富翁还要大方。关键是他们不会因此把日子过穷，这点着实令人难琢磨——如果这些只存在于幻想中的人真实存在的话。我也未敢斗胆为那些对这个世界满怀爱意的人制什么规矩，他们勇于面对现实，凡事都抱着极大的热忱；鄙人自以为归属于这一类人。那些事业圆满的人士也不在我的听众之列，尤其是那些真正明白自己是否获得成功的精明人。我的告诫，是给这些满心不满的人，他们游手好闲，只顾埋怨人生之艰辛，却从未想过要以自己的双手改变生活。有人视挑剔埋怨为己责，抱怨起来喋喋不休。还有这么一个阶级，他们富有，但是又贫穷。他们积攒了许许多多虚浮的对象，却不能够化为己用，更不知如何从中解脱出来，反而自己给自己铸了套金银枷锁。

在此我要叙述的，正是过去几年中我的生活。它必会使略知几分的读者惊讶，更会完全震撼到对此一无所知的读者。我只想稍微在几件我自认为值得一提的事上费点儿笔墨。

不分季节，无论昼夜，我都急于追赶时间，将它变作刻度，铭刻在我的手杖上。我踮着脚尖站在名为“现在”的时间线上，而它的一端叫作“过去”，一端叫作“未来”。如有不解，还请见谅。比起大家，我有着许多不可告人的秘事，倒不是我不愿意敞开心扉，只是能公开的事情，就不能称之为秘密了。可以公开的，我言无不尽，我绝不会在自己的门上挂一个“不准入内”的牌子。

很久以前，我弄丢过一只猎犬，一匹斑点马和一只斑鸠。我至今还在找寻它们。我问过许多旅人，向他们描述动物们的足迹，告诉他们喊什么会得到它们的响应。有那么一两位旅人说他们听到过猎犬的吠叫和马儿的蹄声，他们看到过那只斑鸠一亮翅又躲回到云后的样子。他们急切地寻找着它们，好像他们自己就是失主一样。

我所期待的，不只是每一次日出日落，更是整个大自然！几番寒暑，无数清晨，邻人尚未动身，我已劳作许久。乡人或是披星戴月赶赴波士顿，或是樵夫出发劳作，常在路上偶遇劳作完毕返家的我。太阳每天照常升起，自然不可能借助我的一丝一毫之力，然而，只要我在那里，这就都是有意义的。

几多秋光，几度冬日，我徘徊于小镇之外，试图捕捉并传达风的声音，想要听明白这风声在说着什么，为此我几乎倾己所有，逆风奔跑，喘不过气来。如果风带来的消息与政党有关，那么次日一大早它就会被刊登在公报上。有时我会待在峭壁和树梢上的观察站里，通报来客的动静；或者是站在山顶等待暮色四合，伸手可摘些什么东西，而就是这些为数不多的东西，也会和天赐吗哪一样，一待日出，便会消融。

我曾经为一个小众的期刊做过很长时间的记者，编辑认为我的大部分稿件并不适合发表出来。我再怎么呕心沥血，最后换来的却只是劳作一场。只不过在这里，我的劳作本身就是给我的回报。

多年以来，我当着自封的观测员，忠诚地观察着暴雨暴雪的迹象。我还是尽职的勘察员，除了公路，林间小路、跨界小道、桥梁，我都可以保证它们四季畅通，接受大家脚步的考验。

我照顾过镇上精力旺盛的畜群，它们总是往围栏外边跳，令忠实的牧人好生头痛。我照看农场上鲜有人问津的边边角角，至于问我张三李四今日在哪块田里劳作，我可能答不上来，因为这已经不是我分内之事了。我灌溉过红色的越橘、种在沙地里的樱桃树和荨麻树、红松树、黑灌木、白葡萄和开黄花的紫罗兰，要不然它们会在干旱的季节里枯萎的。

简而言之，我持之以恒地坚持了许久，毫无自吹自擂的成分，在此期间，我恪尽职守，尽心于本职工作。尽管我这般为大众服务，却不会获得一丝一毫的头衔与荣誉，大众亦不会为我发放哪怕是一份极其微薄的薪水。我的账本——我可以对天发誓上面的一字一句都是如实记载的——并没有受到过谁的审查，更没有付款结账过。不过，我的心思并不在这账本上。

不久以前，有位四海为家的印第安人来到我的邻居——一位知名律师家门口兜售篮子："您想买些篮子吗？"回复却是："不用，我们完全不需要。"印第安人离开门口的时候惊呼了一声："您说什么！您这是要饿死我们吗？"他看到了他的白人朋友是这么富有，这名律师只需要编一些论据论点，财富和名望就神奇地进了他的口袋。印第安人心中盘算道：我得去干活，我得去编织篮子，这就是我能干的事情。该我做的事情我完成了，而白人兄弟该做的事情就是从我这儿把篮子买走。而他却未曾想过，他必须让别人觉得有必要买他的篮子，至少让买家产生这种幻觉，或者干脆可以推出其他会让买家觉得非买不可的产品。就我个人而言，我可不认为编织篮子这事值得占用我的时间，比起费尽心思去研究怎么卖篮子，我宁可去研究如何使篮子躲过被出售的风险。人们推崇的成功模式并非一种，为何大家总选择会损害别人利益的那一种呢？

我最终发现乡人们并不会因为我的辛勤劳作就给我一个职位、一个名分、一份能让我养得起自己的薪水，我不得不重整旗鼓，另作他想。我开始用前所未有的专注眼光审视着丛林，那儿是最熟识我的地方。一想到此，我只凭借着我手头少得可怜的资金就马不停蹄地开始这份营生并没有像往常一样等待资金到齐才着手工作。我来到瓦尔登湖畔并不是想体验贫苦生活，也不是一时兴起，来此享受荣华富贵，我只是想在尽可能少的阻碍下完成我私人的事务。我贫乏的常识以及可怜的生意头脑有可能会使我在世俗中做出什么引人发笑的事，而在这儿，出丑犯错都可以被避免。

我总是努力培养自己的严格的有关商业方面的习惯，这对于每个人来说都是不可缺少的素质。如果你同天朝帝国做交易，那么你只需要在塞伦港那儿设置一间小小的会计办公室就足以作为贸易方面的固定装置了。你可以出口本国产品，土特产品、冰块、松木、花岗岩等，都是地地道道的本国特色。这些都是不错的投资。凡事亲力亲为，身兼数职：你需要照顾到一切细节；你既是舵手又是船长，既是业主又是保险商；你需要负责采购、销售和记录进出账目；收到的书信需要你来拆阅，寄出的书信需要你书写或是过目；你要不分昼夜地监督指挥岸口货物的装卸；你必须无所不在，海岸附近的地方你都要出现——载着最值钱货物的商船会在泽西岛的港口卸货；你还是自备的电报机器，不知疲倦的电波扫描着海平线，同往来路过的船只互通有无；保障稳定的存货流量，好满足这遥远而需求巨大的市场；时刻掌握市场动向，瞭望世界各地的前景是和平还是动荡；预测贸易的发展趋势以及未来世界文化文明的走向，这里你就需要运用到探险家们的勘察成果，走新的航道以及利用最新的航海技术；你需要研究各种海图，确定暗礁以及新的灯塔与浮标的地理位置，最为重要的是，你需要永远反复校正对数表，因为计算上的一点儿小错就有可能酿成大祸——

本能够顺利抵达友好港口的货船触岩沉没，重蹈拉佩鲁兹的命运；你还应该与时俱进，跟上全球的科学知识水平，研习各大著名的探索家、航海家、冒险家及商人的生平事迹，从汉诺和腓尼基人到当代；总而言之，你需要时不时地检查存货量，由此好知道自己的处境。这是一项考验人能力的事情——盈利还是亏损、利率几何、扣除皮重计算法以及相关的一切计算都需要你拥有渊博的知识。

我曾经想过，瓦尔登湖会是个不错的贸易场所，除去这儿有冰块交易和便利的铁路交通，瓦尔登湖条件良好，有许多有利条件，无论是作为港口还是作为货物储存库，它都是很好的场所。在这儿，你无须填平涅瓦河畔那般的沼泽地，尽管你必须打下木桩才能在上面修起建筑物。有人说，涨潮时的潮水挟着西风和涅瓦河里的冰块就可以将圣彼得堡从地球上抹去。

由于这些即将开始的工作并没有足够的启动资金，想要筹集任何事业都不可或缺的资金会是一件很艰难的事情。就这个问题的实践部分，我们可以拿“衣物”这一点来例证。我们在选购衣物的时候往往出于一时新鲜，或者是别人对这件衣服的评价，而很少是出于自己真正的需要。让那些忙着做事情的人想一想，到底何谓衣服。首先，它可以保证人体必要的温度；其次，在当今的文明社会下，穿衣还是为了遮羞，一个人应该考虑一下，在不充实自己衣柜的情况下，他可以完成多少必做的重要工作。一套衣服只穿一次的国王王后，即便身上的绫罗绸缎是御用裁缝为他们量身缝制的，他们也不可能感受到穿着合身服饰是多么舒适的事情。他们只是挂着衣服的木头架子而已。我们的衣服越穿越合体，越来越带有穿着者性格的烙印。我们会舍不得遗弃它们，就像我们的身体生病受伤时，我们会去医治而不是弃置不管一样。我从来不会因为一个人衣服上的补丁而降低对他的看法，然而我相信，大多数人都迫切地想拥有时髦新潮的衣服，至少也要是干净得体没打补丁的衣服，他们认为表面光鲜比良心更重要。要是没有及时修补衣服，最坏的打算也就是浪费掉这件衣服。我有时候会对我的熟人做个测验——谁会愿意穿着条膝盖上打着补丁的裤子？大部分人都会说要是他们穿了这条裤子，那真的是自毁前程。对于他们来说，拖着条破腿进城也比穿着条破裤进城要好一些。一个先生的腿若是出了毛病，人们可以给他治好；若是这位先生的裤腿出了毛病，那人们就束手无策了——他在乎的不是真正值得人们尊敬的东西，而是人们会去尊敬的东西。我们知道有不少人拥有很多的衣服和裤子，把你身上的衣服脱给一个稻草人穿，你自己光着身子站在旁边，谁不会立刻向稻草人致敬呢？有一天我路过一块玉米地，从立着的稻草人身上披着的外套和帽子认出了农场主是哪位。他比我上次见到的时候更显沧桑。我听说过有的狗会冲着所有接近主人房子的陌生人（当然是穿着衣服的陌生人）狂吠，却很容易在赤身露体的窃贼面前安静下来。这就涉及一个很有趣的问题了，人们在摆脱了衣服之后，怎么样以及在多大程度上能够维持住自己的地位呢？在这种情况下，你还可以确保自己能够正确地在一群人中间认出哪一个是属于最尊贵阶级的吗？法伊佛夫人，这位游遍全球的旅行家，在由东至西的冒险旅途中，到达了离家很近的俄罗斯位于亚洲的部分，她说感到有必要在拜见当地官员的时候把旅行服给换下来，因为她“现在处在一个文明的国度……人们以衣取人”。即便是在我们民主的新英格兰镇子里，要是谁突发横财，哪怕只是在穿着打扮这类外在的方面上表现出来，几乎所有人都会对其表示尊敬。然而那些得到尊敬的人，尽管数目如此之大，他们也只是异教徒，需要派去传教士来感化他们。除此之外，对衣服的需求还催生了缝纫这一行业，这可是永远也做不完的；至少，女人的衣服是永远也做不完的。

一个好不容易找到事情做的男人不再需要新的衣服，穿那些扔在阁楼上落灰的衣服也就足以满足他工作上的需求。英雄穿着旧鞋比他们的侍从穿旧鞋的时间还要长——如果英雄们有侍从的话——打赤脚比穿鞋子要更加有历史，再说，英雄无所谓赤脚。只有那些参加晚会和去立法院的人才需要不停更换新衣服，就同衣服里的人时时常新一样。不过，如果我的夹克和裤子、帽子和鞋子，能够让我穿着它们体面地去礼拜上帝，这就可以了，难道不是吗？有些人大衣穿磨损得可以看出衣服的原料，那么这个时候他再把这衣服拿给穷苦孩子就不算善意的施舍了。而这个穷苦孩子又有可能把这衣服拿去给更为可怜的人——或者说，是某种意义上富有的人——谁能够受得了贫乏的物资呢？要我说啊，大家都要警惕那些需要新衣服而不是需要穿着新衣服的人的那些企业。如果不是因为有新人来，这些新衣服又如何能够做得合身呢？如果你现在需要去什么企业面试的话，穿上你的旧衣服吧。人们想要的，并不是对付事情，而是真正有事可做，或者说，能够成为什么。也许，不管衣服多么陈旧多么脏，我们都不应该去买新衣服，直到我们确信自己已经有所作为，在某个领域扬帆起航，旧衣服里面的人已经变成了一个新人的时候，我们再留着旧衣服看起来就会像是用老瓶装新酒一样。我们要完成脱胎换骨的过程，也和换羽毛的鸟一样，是关键的时期。鸟雀退到僻静的深潭边褪去羽毛，蛇和蛹虫也是同样的情形，它们都是凭借自己内在的努力。衣服于我们，只是最外在的世俗之物罢了。离了这层护膜我们只能在保护色下苟且存活，最终难免会被自己以及世俗的眼光所抛弃。

我们穿上一件又一件的衣物，就好似植物那般，外在的是先天自己长成，而不是后来的附加。我们外在的单薄而花哨的衣服只是表皮，或者说是假皮，与我们的生命没有关系，随时随处可以剥落而不用担心会有致命的伤害。我们常常穿着的较厚的衣物是我们的细胞壁，或者说是皮层；而我们的衬衫则是我们的外皮，也可以说是真皮，要剥去的话一定会连带着剥下来一层血肉，必定会毁掉里面的那个人。我相信所有的人种都会在某些季节穿一些相当于衬衫的衣服。人穿得简单一些，就可以在黑暗中以双手触碰到自己，一切都简简单单，做好所有的准备，哪怕是兵临城下，也可以像老哲人一样不慌不忙地空着双手走出城门。一件厚衣服差不多抵得上三件薄衣服的价格，客人可以在适合自己的价位里选择到最合适的衣服：5 美元一件的厚外套可以穿许多年，2 美元一条的厚裤子，1.5 美元一双的牛皮靴，25 美分一顶的夏季帽子以及 62.5 美分一顶的冬季帽子，或者是在家花更少的钱做更好的衣物。难道穿着这样一身靠着自己劳作挣来的衣服的人，还算是穷到没有智者向其致敬的人吗？

有次我要做一件特定样式的衣服，女裁缝严肃地对我说："大家现在都不做这个样式的衣服了。"她压根没有强调这个"大家"是哪些人，而她的语气就像是引用命运三女神的话一样权威。我居然得不到我想要的那种样式的衣服，仅仅是因为她不相信我说的是真的，她觉得我太轻率。我在听到这句圣谕的时候呆了一下，有那么一会儿我是沉浸到自己的思想中的。我对着自己一个字一个字地咀嚼那一句话，好能理解这句话真正的意味何在，从而发现他们与我有着多大程度上的血缘关系，他们在这件关系到我的事情上有着多大的影响力。最终我才能够以同等神秘的话语来回复女裁缝："没错，他们之前是不这样做了，不过现在又开始做了的。"量体裁衣如果只是量我的肩宽却不去衡量我的人品的话，那么这件衣服也不过是给挂衣服用的木钉做的罢了。我们崇拜的不是恩惠女神，也不是命运三女神，而是时尚女神。她以至高无上的权威挥舞着缝衣针。巴黎的头猴戴了一顶旅游帽，美国的猴子们立刻群起效仿。有时候，我都觉得这个世界上不可能有人会凭借人力完成一件简单而普通的事情了。他们得先经过一个强大的压榨机，把身体里那些旧观点都给榨出去，才不会那么快就卷土重来。人群里又总会有一个脑子里长了蛆的人，这蛆虫不知道是什么时候从脑子里的卵孵出来的。就连火都烧不尽这些东西，而你只能前功尽弃。然而我们也不能忘记，有种埃及小麦就是因为一具木乃伊才得以流传下来的。

总而言之，我觉得不能就这样把穿衣打扮上升到艺术的层次上，不只在本国，在别的国家也是行不通的。现在人们只能搞到什么就凑合穿什么，就像那些船只失事了的海员，在岸上摸到什么算什么，而不久之后，不管是时间还是空间，只要跟目前的处境有一些距离之后，他们就会嘲笑彼此当时奇奇怪怪的装扮。每一代人都取笑前一代的时尚观，同时又忠实地追随着新的时尚风潮。我们看到亨利八世或是伊丽莎白女王的服饰会觉得好笑极了，就好像看到食人岛上的国王王后一样。一切衣服一旦离开了人体就是可怜的或是古怪的。穿衣服的人那严肃的目光杜绝了所有嘲笑的声音，也正是因为衣服里面的人才使得一个民族的服饰变得神圣起来。哈利坤小丑要是突然肚子痛，他穿的彩衣也会体现出这个情绪。一个士兵被炮弹击中，那破破烂烂的军服也会散发出高贵的色彩。

男男女女对新款幼稚而狂热的追求使得多少人颤抖着眯着眼睛往万花筒里看，以期能够发现适合当时那代人口味的款式。制作商们知道这种口味可谓是天马行空，瞬息万变。两种款式的衣服，哪怕是只有走线和颜色上的一点点区别，一款就会很快售罄，而另外一款则滞销留在架上。这种情况也常有发生，那就是在一季过去之后，滞销的那款反而成为最潮的款式。相比之下，文身根本不像是人们所说的那样可怕的习俗。至少文上去的花纹只留在皮肤表层，而且不会再变化了。

我不相信我们的工厂制度会是使得人们能有衣服穿的最好的模式。作业员的处境愈加像是在英国，而这并不值得为之惊奇，就我听闻及我观察到的，企业生产的主要目的并不是为了能够使人们穿得更好，毫无疑问，它们是为了赢利。从长远来看，人们能够做到的是指哪打哪。因此，哪怕当下会经历短暂的失败，人们最好还是将目标制定得再高一些。

至于人们遮风挡雨的房屋，我不否认这是生活中的必需品，尽管有不少实例说明在比美国还要冷的国度里有很多人不依靠房屋也活了下来。塞缪尔·莱茵说过：“拉普兰人身着皮衣，全身缩在皮袋里，就这样在雪地上过夜……寒冷足以冻煞一切穿着棉衣的人。”他亲眼见过他们是如何睡觉的。他还说道：“他们并不比其他地方的人耐寒耐冻。”然而，不得不说，如果人类没有发现住在屋子里更为舒适的话，人类或许根本不能在地球上存活到今天。“家庭温暖”这个词语或许发明伊始就是指房屋的舒适度而非家人之间的情感。在某些气候带的国家里，人们下意识地把房屋与寒冷和多雨的季节联系到一起，在这些地区、国家，一年中有三分之二的时间是只需要阳伞不需要房屋的。我们这儿的气候，夏天的时候只需要晚上有遮身蔽体的物件就足够了。在印第安人看来，帐篷就代表着日间的行程，他们在树干上刻画出一排排帐篷的符号，以此记录自己扎营的次数。人类生来就不是庞然大物，亦不是金刚不坏之躯，因此人类需要为自己营造一个相对小一些的世界，蜗居其中。人类起初是赤身露体在大自然中活动的，若是风和日丽的时节，倒也不失惬意；若是遇到连绵阴雨，冷酷寒冬，炎炎烈日，怕是人类一族在萌芽初期就会不幸夭折，唯有寻求房屋来遮风避雨，才能存活至今。神之子亚当夏娃，未有衣服之前亦是会用树叶来遮羞。人类需要房屋为家，这意味着温暖，或者说是舒适。身体暖了才能体会到感情的温暖啊。

我们可以想象出这样的情景：人类发展初始，有那么一些魄力超群的人钻进石洞寻求庇护。人类的进化史在每个孩子的身上都看得出来，孩子们多多少少都热爱大自然，不怕潮湿不怕寒冷，乐意待在室外。小孩子就是本能地喜欢玩“过家家”，喜欢骑马游戏。谁记不得小时候是怀着怎么样的心情看着那凸出的岩石的？谁记不得自己对接近岩洞有着多么大的兴致？这是原始的呼唤，是仍旧活在我们体内的遥远祖先的呼唤。人类的庇护所由一开始的岩洞发展为树叶搭建的房顶，再变成树皮树枝、编织过的麻绳、稻草、木板、木瓦以及石块瓦片。最终，野外的生活已经成了遥远而不可知的过去，我们的生活比我们想象的还要家庭化。从壁炉到荒郊，有着遥不可及的距离。如果诗人在屋檐下吟不出诗句，哲人在家住不了许久，如果我们可以有更多的日日夜夜直面星辰大地，或许会大有裨益。鸟在洞穴中失声，鸽子在鸟舍里失贞。

不过，若是有人要自行设计建造家宅，他非得有些美国佬的精明才行，否则说不准就沦落到穷得要进救济所，一筹莫展地走进迷宫、无计可施进了局子，简直是自掘坟墓，还是豪华版的陵墓。其实你首先应该细细思量，房屋的必要性到底占了几分。就在这个镇子上，我见到过佩诺布斯科特的印第安人，他们晚上就睡在布料单薄的帐篷里，外面堆着的积雪足有一英尺深——我甚至会想他们或许会希望积雪再厚一些，好帮他们挡风。在此之前，我还会思索如何赚得良心钱，最好是我喜欢的事情还能够为我带来财富。而如今，这个问题已经不再费我的心思，因为很不幸，我已经变得麻木不仁了。我曾在铁道边见过六英尺长三英尺宽的大箱子，铁路工人晚上就把工具等物锁在这个箱子里保管。我不禁想到，每一个捉襟见肘的人都可以花上一美元买一只这种箱子，在上面凿几个用来换气的小洞，在雨天或是夜晚都可以钻进箱子里，把盖子钩住，也是一个可以舒心去做喜欢做的事的好空间，他的心灵可以在这里得到解放。这并不糟糕，也不是什么羞耻的事情。在这个空间你大可以想待多久就待多久，愿意几时起就几时起，大可不必受房东屋主跟在身后要钱之气。又有多少人，忙碌一生，奔波到死，就为了一个更大更华丽的箱子，好像住进小箱子里就会生生冻死，何苦呢？我说这话绝非玩笑。节俭是应该被严肃对待的品格，绝不应被弃之不顾。这个常年居住在荒郊野外的种族为了建造温馨的房屋，使用的都是随手可得的大自然给予的材料。曾任马萨诸塞殖民地印第安人主管的古金在1674年写道："他们最好的房子是用树皮铺的，干净结实又暖和。树皮被剥下来的时候还含着树液，翠生生的，拿沉重的原木将它压成大片大片的干树皮……稍次一些的房屋是用灯芯草编织的草席做的顶，也十分结实暖和，但是明显没有前者好……我见过一些棚屋，长达六十或上百英尺，足足有三十英尺宽……我常常借宿在这样的棚屋里，它们简直和英国最好的房子一样保暖。"他还说道，这种棚屋往往都有做工精美的草席做装饰，内部用具齐全。印第安人已经发展到用绳子控制覆盖在屋顶气孔上的草席来调节风的地步了。这类房屋的建造只需一到两天的时间，拆下重新搭造也只需要数小时。几乎每个家庭都有这么一个棚屋，至少也有其中的一间。

处在未开化状态下的蛮荒人家几乎家家都有最合适的蔽身之处，要求不高，遮风避雨足矣。而我敢说，天空翱翔的鸟有自己的巢，狐狸有自己的洞穴，蛮荒之人有自己的棚屋，而文明开化的现代社会中却有超过一半的家庭没有属于自己的房子。在规模更大更高级的城市中，文明虽更加进步，无房的比例却也更高。无房的都市居民只好每年花费钱财租房居住，为了这件最外层的衣物，每年为此花去的钱足以购买一个印第安人的棚屋。年年的租金使他们终生贫困。我在此并不是说租房没有买房好，只是浅显的事实就摆在眼前，蛮荒人可以轻松拥有自己的家，因为其花费甚少；文明人却因房价居高而只能租房，而放长眼光来看，他们甚至都租不起。不过话又说回来，文明人支付房租换来的是跟蛮荒人的棚屋比起来简直如宫殿般豪华的住宅。每年花费 25 美元到 100 美元不等（国内标准）的房租，你就可以享受到人类文明进步几个世纪以来的成果：宽敞的房间、洁净的墙壁和壁纸、拉姆福德式壁炉、抹里衬的墙壁、软百叶窗、铜制水泵、弹簧锁、大地窖以及其他许许多多的东西。享受着这些东西的人只是普通的穷苦文明人，而没有这些东西的蛮荒人却有着蛮荒人自己的富足生活，这又是怎么回事呢？文明的发展的确是人类的进步——但这只针对那些聪明的人来说——这个进步一定会表现为不需花费更多的钱就可以住进更好的住宅；而一件东西的价格则需要由等值的一部分生命来交换，或是立刻，或是等到以后再做交换。本地的房价大约为 800 美元一栋，要凑齐这笔钱大约需要一个不需要养家糊口的人十到十五年的工作时间——我们假设每个人工作一天的价值大约是 1 美元，有人挣得多一些，有人挣得少一些——想要挣得自己的棚屋，你就必须花上自己生命一半或一半以上的时间去工作。而如果我们假设不买房而去租房的话，这也是一个陷阱重重的选择。蛮荒人将自己的棚屋交换成“陷阱”多多的宫殿是不是明智之举呢？

您可以猜得出来，我认为拥有这不必要的财产，其唯一好处就是为未来储存一笔资金，而就个人而言，这个需要资金的“未来”，也就是付一下丧葬费用罢了。不过人也许不能够为自己料理后事。当然，这也就是文明人和蛮荒人的区别所在。我们的所作所为都是为了自己的利益，文明人作为个体，其生活方式是被吸收纳入社会群体的，因此将其个体的行为转变为约定成俗的习俗，就有益于整个种族的繁衍和完善。我在此只是想把保持这个好处的同时人们所牺牲了的东西摆在台面上说一说，且我以为人们完全无须做出牺牲却仍可保持这种优势。“穷人永远跟着你”“父亲吃了酸葡萄，子女牙齿就发酸”，你说这种话是什么意思？

“主耶和华说道，在我有生之年，你们无须在以色列使用这样的俗语。”

“看！这世上的一切灵魂都属于我。父辈的灵魂是我的，其子女的灵魂亦是我的。有罪的灵魂，即应死去。”

我转向身边的邻人，康科德的农夫们。他们的生活并不输给其他阶层的人们，可我发现他们大多是受苦受累了二三十年，乃至四十多年之后才真正拥有了自己的农场。而这农场或是带着抵押权继承来的，或是用借来的钱买下的——可以说，他们的房屋耗了他们三分之一的血汗——一般情况下，他们连房钱都没有付清。抵押款有时候比农场的价值还要高，农场因此就成为累赘，却仍能找到人来继承它，用继承者的话来说，人和农场实在是太熟悉了。我去咨询过当地的估价员，很吃惊，他居然不能立刻说出十二位无债一身轻的农场主。你要是想知道某个农场的历史，就去给该农场做抵押的银行问问好了。凭借农场劳作的报酬来还清农场债款的人实在是太罕见了，所有邻人都知道是谁。在康科德，我都不知道这样的人有没有三位。人说经商之人百里方有二三人成功，我觉得务农也是如此。关于经商，有人这样中肯地说过，他们的失败在很大程度上并不是由于资金不足，而是由于资金支配不便而未能及时履行承诺；失败的原因很大程度上是信用的坍塌。而这种事情只会愈来愈糟，人们不禁会想，那成功的三个人是不是也没有成功拯救自己的灵魂？比起那些实实在在破产了的人，他们或许败得更惨。破产和还不起欠款是一个跳板，在这个跳板上，我们的文明腾挪转身，一跃龙门；而对蛮荒人来说，这只是毫无弹性的板子。尽管如此，每年一度的米德尔塞克斯郡家畜展览会仍旧开办得有声有色，好似农业机器依旧完好无损地运转着。

农夫赖以谋生的方式比谋生这个问题本身还要复杂。为了一些蝇营狗苟的利润，他开始投机畜群。他以精湛的技术编织陷阱，试图赚取温饱有望的舒适生活。然而，在他转身要走的时候自己的一条腿却陷了进去。这就是他贫困潦倒的原因所在，而相同的，我们尽管身处奢侈之物的海洋中，比起蛮荒人的千般自在，我们依旧是贫穷的。正如查普曼歌唱过的一样：

人类虚假的社会啊——

为了俗世的伟大，

将天赐的安乐像空气般稀释蒸发。

当农夫得到了房屋之后，他并不会因为这个房屋而变得富有起来，相反，他会更加贫困。所以说，是这个房屋得到了这个农夫。想到这里，我似乎懂得了莫墨斯为何强烈反对密涅瓦建造的房屋，因为女神“没有把房屋建造成可以移动的样子，可以移动的房屋就避得开恶邻”。这点现在看来的确很必要，因为我们的房屋是不可动的财产，我们住在其中往往像是关入牢房，而非住进新房；而我们应该避开的恶邻其实就是卑鄙的自己。就在本地，我知道的就至少有两户人家，几乎整整一代人都盼着能把自己在城市郊区的房子卖掉，搬到村子里去，可一直卖不掉，只有死亡才能把他们从这个房子里解救出来。

假设，绝大部分人买得起或是租得起带有一切先进设备的现代住宅。文明的进步提升了我们的住宅条件，却没有同步提升住在房子里的人。建造宫殿容易，成就伟人与领袖却是难上加难。如果文明人所追求的事物并不比蛮荒人追求的要高尚，如果文明人穷其一生仅仅为了追求全部的生活必需品以及安逸享乐的话，他又何必住得比蛮荒人要好呢？

那些穷苦的少数人又该怎样过活呢？从比例上来说，有多少人表面看起来比蛮荒人过得要好一点儿，就有多少人活得还不如蛮荒人。一个阶级的奢靡就意味着相对应的一个阶级的贫困。一边是华丽宫殿，另一边就是救济院和“沉默的穷人们”。以大蒜为食的无数工人为法老王建造金字塔，那是法老们的坟墓；而工人若是死了，他的葬礼却未必体面。为宫殿装上飞檐的工匠们夜晚的住所或许是连棚屋都比不上的草房子。看见一个国度里处处都是文明的印记，就下结论说这里的国民大概都不会过得比蛮荒人要差——这可就说错话了。我在此提及的是活在底层的穷人们，而非潦倒的富人。远的不说，就看看这些沿着铁路分布着的简陋棚户好了，它们可真拖了文明进步的后腿。我每天散步时会看到这些人住在猪栏一样的地方，棚户没有一扇窗户（除非你自己凭空想象一扇出来），为了采光，哪怕是大冬天的都得一直开着门。这里的老老少少都因为长期忍受寒冷和苦难而习惯了颤抖，他们的躯体都是瑟缩着蜷在一起的，四肢和器官的发育都不正常。应当看看这个阶级里人们的生活现状，正是他们，建造起了那些能够代表我们时代的工程。而这或多或少也反映在了英格兰，这个世界性的伟大工坊里，各行各业的技工们的现状。或许我们可以单独看一看爱尔兰，它在地图上是白色的已有标注的区域。将爱尔兰人的身体条件与北美印第安人、南海岛民或是任何一个没有被文明人所触及过的蛮荒民族进行比较好了。当然，我完全相信这些蛮荒人的统治者和文明人的统治者一样睿智。他们的状况只证明了一点，与文明共存的是多么邋遢肮脏的东西。我都不需要再拿本国制造主要出口商品的南方各州来举例子了，他们本身就是南方各州的主打产品。在此我只想将范围缩小到处在中等条件下的人群之中。

大多数人从未想过“房屋”到底是个什么东西，他们却为了要同自己的邻居一样拥有这么个东西而不得不终生贫困潦倒。就好像一个人总是裁缝做了什么帽子就戴什么帽子，逐渐抛弃了芭蕉叶帽或旱獭皮帽，最终会因为买不起一顶王冠而抱怨叫苦的。我们可以造得出比现有房屋更加方便更加豪华的住宅，然而，众所周知，没人买得起这样的房子。我们是应该不断追求更高端大气上档次的东西，还是满足于现有的物品，做个知足常乐的人呢？可敬的公民们难道应该认真地拿实例来传授年轻人们，一辈子都必须为不存在的客人准备没必要的崭新鞋子、雨伞和空着的客房吗？我们的家具为什么不可以像阿拉伯人或是印第安人的家具那样简洁？我们总把民族的恩主歌颂成天堂的使者，向世人传送着神圣的礼物。我在想起他们的时候，脑海里浮现的画面中可没有他们身后跟着的随从，或是一车车时髦的家具。如果我可以这样说的话——这个说法也太奇怪了吧——我们的家具之所以比阿拉伯人的家具要复杂得多，那是因为我们在智商和情趣上都大大地高过了他们。而现在，我们的房子被家具塞得满满当当，弄得乱七八糟，一个优秀的家庭主妇会把大部分家具都丢到垃圾坑里，也不会让自己早上的工作做不完。早上的工作！在曙光女神的霞光和黎明女神的乐声之中，人们早上的工作到底应该是些什么？我的桌子上曾经摆着三块石灰石，可我很快就发现每天都得给它们除尘，可我头脑里的家具堆上还布满灰尘来不及除尘呢，想到这里，惊恐万分的我立刻满怀恶心地把它们丢出窗外。你说说，这样的我怎么可能拥有一间摆放着家具的房子？我宁愿坐在露天的草地上，除非有人在此破土动工，不然这些草地是不会积灰的。

奢靡的放荡之徒制定了时尚的标杆，庸庸大众只知道勤勤恳恳地追随。在所谓的最好的旅馆投宿的旅人很快就会发现自己被店老板当成了骄奢淫逸的国王，他若是听从人们的安排，陷在温柔乡里，那么他很快就会尽失男子气概。我以为，我们在火车上下的功夫多是注重奢侈品的装扮，而非强化其安全性及便捷性，我们因此得到的不是更为安全快捷的火车，而是一个现代化的客厅，里面摆着沙发，放着软凳，安着遮阳帘，还有上百个被带到西方来的东方对象——这些对象本是为了给天朝国王的后宫妃嫔和皇亲国戚服务的，作为一个美国人，这些东西的名字连听都不该听见。我情愿一个人自在地坐在一只南瓜上也不愿意跟人在天鹅绒的坐垫上挤来挤去。我情愿乘着牛车脚踏实地地旅行，呼吸着新鲜的空气，也不愿意坐在漂亮的长途火车里，呼吸着满是病菌的空气一路上天堂。

人类原始时期简约至极、衣不蔽体的生活方式至少表明了一点好处：人类仍旧是大自然的旅居者。吃饱饭，睡足觉，他就可以再度踏上旅程。他以天为被地为席，穿过峡谷，跨过平原，攀上山顶。可是，看吧！人类已经沦落为自己工具的工具。饿了就自己摘果子吃的人变成了农夫，躲在大树下寻求庇护的人变成了管家。我们不在夜晚扎营结寨，而是在地球上安顿下来，忘记了天堂。我们接受基督教教义只是为了改善农业。我们为活在这俗世中而造了家族住宅，又为了能九泉安息而建了家族墓园。最伟大的艺术品所表示的就是人是如何从这种处境中脱身的，然而我们的艺术品却只使得这低级的状态变得好受些，而高级的状态却被人遗忘。这个村庄里并没有艺术品的容身之地，如果有什么艺术品得以流传到我们这儿，可我们这里，不管是我们的生活，或是房屋和街道，都没有为艺术品存在着的合适的基座。没有钉子来挂油画，也没有架子来摆放英雄或是圣人的半身像。我思量着，我们的房屋是怎样建造起来的，房钱又是怎样被付清的（或是没有付），房子内部的经济是怎么样维持下来的，当我看到有客人在赞扬壁炉上那些华而不实的对象之时，我就在纳闷他脚下的地板怎么没有裂开来，好让他跌到地窖里去，在那儿他就可以踏踏实实地接触到泥土的地基了。这不得不让我想到，那些人们拼命跳高，想要得到所谓富有而高雅的生活，我个人对美好的艺术品欣赏不来，我的注意力全被跳高的人们给吸引过去了。我记得人类依靠自身肌肉而创出的跳高纪录是那些流浪的阿拉伯人保持的，据说他们可以在平地上跳出二十五英尺的高度。没有人为的帮助，人在跳起来之后一定还会是回到地面上的。我最想向那些无良的企业主问的问题就是，是谁在支持你？你是那失败的九十七人之一，还是那成功的三人之一？回答完这些问题，我或许会去看看你那些华而不实的小对象，去发现它们的装饰功用。套在马头前面的马车既不美观也不实用。在我们装饰自家的墙壁之前，墙壁得是刮干净的，而我们的生活也必须是刮干净的，以美好的管家事务和美好的生活方式为基础：对美的品味是在户外培养起来的，在那可既没有房屋也没有管家。

老约翰逊在他的《神奇的天意》一书中提起本地第一批移民，也是他的同代人。他在书中说道："他们在山坡下挖洞以栖身，将泥土高高地堆在木头上，在最高的泥土地上生起缓缓冒烟的火。"他们并没有"为自己建造房子"，他写道，"直到上帝恩惠这片土地，长出的粮食为他们提供了面包，养活了他们"，第一年的收成微薄不堪，"他们在很长一段时间里都不得不把自己的面包切成很薄的片"。新尼德兰省的书记为了给想要来此耕地谋生的人提供一些信息，于1650年用荷兰文写下了自己的所见所闻，他的记录更加具体："那些在新尼德兰的人，尤其是那些来到新英格兰的人，他们起初无法如自己所愿地建造农舍，便在地上挖掘一个方形的坑，就像地窖那样，深约六或七英尺，长度则由他们自己决定，在地窖的泥墙四周铺满木板，用树皮或是其他东西做衬里，防止泥土坍塌；地面上也铺了木板，天花板上也做了护墙板，上面架起了一个斜着的大梁，在梁上盖一层树皮或是草皮，这样他们就有了温暖干燥的容身之处，一大家人都可以在这样的地方住个三四年。”不难理解，这个大地窖会被隔出许多小隔间，以满足全家人的需求。殖民地早期，新英格兰的那些有钱有势的贵人起初也都是住在这样的地方的，原因有二：首先，无须在建造房屋上浪费时间，也无须担心会青黄不接；其次，都住一样的地窖，就不会使他们从故土带来的大量穷苦劳动人民觉得不公平。如此过个三四年，当这片土地变为适宜耕种的沃土之时，他们就会不惜花上几千大洋，给自己造一个气派的好房子。

我们的祖先走这么个流程，至少表现出他们的谨慎小心，他们似乎是懂得轻重缓急的。而如今，更加迫切的需求是不是被满足了呢？当我考虑是不是要给自己搞一个奢侈的住宅之时，我总是会阻止自己的这个想法，因为这个国度还不能够适应人类的文明，我们不得不将自己的精神面包切得比我们祖先的面包还要薄。即便是再粗陋的阶段，对建筑上的修饰还是不可忽视的，但是，首先我们的房屋应该由美来装饰，房屋里的美与我们的生活息息相关，就像贝壳的内壁一样，而不是夸张到壳的外面。然而，唉！我进到过一两间这样的房屋，我知道这房屋里都装着些什么东西。

在今天，我们不会退化到去住岩洞或是棚屋、身披兽皮的地步，因此我们需要人类进步带来的好处，毕竟人类付出了很大代价，经历了劳作与发明才换来如今的便利。如今，在这里，木板和木瓦，石灰和砖块要更容易得到，现在去找个合适的洞穴、一整根原木、好用的树皮、烧过的黏土或平整的石块才是难事一桩。我对这事说得头头是道，只因我本人就在理论上和实践上都透彻地了解此事。只需再用一点点智慧，我们就可以依靠这些有限的材料变得比现在最富有的人更为富有，使得我们的文明成为一个福气。文明人不过就是一个更有经验且更有智慧的蛮荒人罢了。话不多说，我来讲一下我自己的尝试吧。

1845 年，约莫 3 月底，我借了一把斧头，下到了瓦尔登湖畔的林子里，这林子距我打算建屋的地址很近。我开始砍伐一些仍在生长的高大笔直的五针松，拿它们做木材。做事一开始，很难不借东西使，不过也好，这是能够让你的邻居们对你所作所为大感兴趣的最好办法。斧头的主人在把它交给我的时候对我说这可是他的宝贝，不过我还回去的时候，它比借来的时候还要锋利。我劳作的山坡风景宜人，漫山都是松树，透过松林可以望见瓦尔登湖，还有林间的一小块空地，那儿长满了正在拔节抽枝的松树和核桃树。湖面冰层尚未融化，不过依稀有几块已然破冰，与旁边的冰面相比，颜色显得暗一些，同湖水融为一体。我劳作的时候偶有阵阵小雪飘落，不过在我走出树林沿着铁路、动身返家的时候，唯有沿途黄沙发着朦胧的光，映出一片暧昧；铁轨在春日阳光下熠熠生辉，耳畔闻得云雀、京燕伴着其他爱唱的小鸟，它们飞过来，同我们一起迎接新年的开始。春日如此令人舒畅，人心中的不满已随着冬日冰雪一起融化，迟钝的四肢舒展开来。有一天，斧头柄脱落了，我砍了青色的山核桃木当作楔子，拿石头把它敲了上去，再把整柄斧头都放进池塘里，好让水把木头泡开来。这时我看到一条花纹蛇游进水里，安详地卧在水底；我在池边待了约莫一刻钟，它一直一动不动地盘卧在那里，许是因为它还没有从冬眠的状态中清醒过来吧。这蛇不禁让我想到了有些人，目前还处在低级和原始的状态之中，可是他们应该感觉得到头顶上流动着的春之暖流，他们必然要上升到一个更高端更精妙的生活中去。我曾在严寒的早上，于路上偶遇过蛇，它们身体还很僵硬，难以活动，等着太阳暖化它们的躯干。4 月 1 日，有雨，冰雪消融；那天清晨，大雾弥漫，我听见一只离群的孤雁在湖上迷茫地叫着，仿佛它是迷了路，又仿佛它是雾之幽灵。

连续几天我都在拿着我小小的斧头伐木砍树，做些立柱和椽木。没有什么值得去交流的学者般的思想，我只是对自己唱着——

人们喜欢夸赞自己无所不知，

却不知己身已有双翅——

科学艺术，

千般本事；

清风过耳，

才是你真正的感知。

我把主要的木材劈成六英寸见方的小块，大部分立柱只削两面，椽木和用来做地板的木材则只削了一面，剩下的部分还保留着树皮，这样一来这些木材和锯过的木头一样直，甚至比它们还要结实。这一次我借了许多其他的工具，在每一根木材上都细心地钻了榫眼，在根部打了榫头。我每天在林子里待的时间并不长，不过我往往随身带了面包和黄油做午餐。中午的时候我就坐在刚刚砍下来的青翠的松树枝中间，一边读着拿来包午餐的报纸，一边吃着浸有松树清香味儿的面包——我的手上沾满了厚厚一层松脂。我在做完这些活计之前就已经和这片树林成了朋友，而不是敌人，尽管我砍了几棵树，但是，我已经跟它们非常之熟识了。有时候我砍树的声音会引来林中漫步的人，我们便会在我砍下的木头屑旁边愉快地交谈起来。

4月中旬的时候，我虽做起活来不慌不忙，不过大部分的工作已经完成，房屋的框架结构已然成型，就等着搭建了。我已经买下了詹姆斯·科林斯的简陋小屋子，他是在菲奇堡铁路上工作的爱尔兰人，我打算用这个屋子的木板。詹姆斯·科林斯家的小木屋被公认为是很不错的一间，我去拜访的时候主人没有在家。我在屋外面转悠了一下，因为窗户又深又高，起初看不见屋内的样子。屋子很小，有着尖尖的屋顶，别的也没看见什么，房屋周围堆起的泥土足有五英尺高，好像一个化肥堆似的。屋顶是最结实的部位，尽管由于风吹日晒屋顶上起皮变翘得挺厉害。房子没有门槛，却在门板下面给母鸡们开了一个一年四季都能进出的洞。科林斯太太走到门口，邀我进门看看内部。我进去的时候母鸡也被赶了进来。屋子里很黑，大部分地面是泥土地，阴冷潮湿脏兮兮，只有这一根那一根散落着的木板，恐怕也是经不起移动的了。科林斯太太点起一盏灯，向我展示屋顶和墙壁的内部样子，还有垫在床底下的木板，并且提醒我不要跌到地窖里去了——也就是一个两英尺深的地洞。用她的话来说：“头顶上的是好木板。”

周围都是好木板，窗户也很好——就是两块窗户格子，最近估计只有猫打那儿经过。房子里有一个炉子，一张床，一席可坐的地方，一个在这儿降生的婴儿，一把丝质阳伞，一面镀金的镶框的镜子，一台钉在橡木上的款式新颖的咖啡机，就这么些。正在这时，詹姆斯回来了，交易很快完成了。我今晚要付给他 4.25 美元，他明早五点就搬出去，在此期间不得转手给其他人，而我会在明天早上六点过来接手。他说去早些比较好，省得被盘问一些不清不楚的土地租用费和燃料费什么的麻烦事。这也就是他向我保证过的唯一的麻烦事。六点的时候我在路上遇到了他们一家。他们带了一个大包裹，把一切家用都装了进去——床铺、咖啡机、镜子、母鸡——不过没有那只猫，它逃进了林子里，成了只野猫，不过我后来听说它不幸踩到了给鼹鼠设的陷阱里，最终还是死掉了。

就在那天早上，我把小屋给拆掉了，将钉子都拔起来，用小车把它们运到湖边。将木板在草地上铺开来，好让它们经过阳光的暴晒，变回原来的形状。我沿着林间小路行驶的时候，耳畔伴着画眉鸟的声声啼鸣。一个名叫帕特里克的年轻人神秘兮兮地对我说，有个叫希利的邻居，是个爱尔兰人，趁我来回运木料的时候把还能用的结实的、直的钉子、U 形钉和长钉都装进了自己的口袋。我回来继续接下来的活计，希利就站在那里，抬头挺胸的，对这场大破坏一副事不关己的表情；就像他说的，这儿没什么可以干的活了。他就是旁观者的代表，正是有了看客，这微不足道的小拆迁才搞得像特洛伊城大厦倾塌一样。

我在阳面的小山坡上给自己挖了个地窖，那儿曾经是鼹鼠的窝，掘过漆树和黑莓树根，深到植物层的最下方，我完成了一个六英尺见方、七英尺深的地窖，有着很好的沙层，不管多冷的冬天，马铃薯放在里面都不会被冻坏。墙面微微向左侧倾斜，没有砌上石块。不过阳光也照不进去，沙层依旧可以保持原样。完成这些只用了我两小时。这个破土的小工程让我尤为高兴，因为不管是什么地方的人，大家都会挖掘土层来获得稳定的温度。就算是城里最豪华的房屋，也是能在里面找到地窖，人们用它来储存块茎植物。哪怕地窖上面的建筑早已消失，后人们也能凭借地面上的凹痕得知这地窖曾经存在过。房子不过是通向地窖的门廊罢了。

终于，5月初的时候，在我的一些熟人的帮助下——其实没有必要找人帮忙，但这是个促进邻里关系的好机会——我将房屋的框架立了起来。没人比我更荣幸能拥有这么些人来帮我立房屋框架了。我深信，他们必有一天会建立起更为高端伟大的框架来的。7月4日，一等我的屋子木板铺好、房顶盖好我便住了进去。所有的木板都被仔细地裹上了皮革，因此尤为防雨。不过在铺垫木板之前我在房屋一端给烟囱打好了地基，用了两车石头，都是我亲手从湖边搬到山上的。秋天，我开始种地，并在需要火来取暖的季节到来之前把烟囱给建好了。每天清晨，我都在野外生火做饭——我至今仍然觉得这种方法比人们常用的方式要更为便捷，也更加令人愉快。我的面包若是没赶在暴风雨来之前烤好，那我就在火堆上搭几块木板，我就坐在里面看着我的面包，就这样快快乐乐地待上几个钟头。在那些日子里，我的手头满是活计，很少读书，但是我在地上、台子上或是桌布上发现的零星纸头都能让我读得满心快乐，这其实是和《伊利亚特》有着一样的作用。

建造房屋之前你应该比我更加谨慎，需要三思。比方说，你应该想一想，一道门、一扇窗子、一个地窖、一间阁楼，它们的存在对人性有着怎么样的意义。或者说，在我们没有找到比现有要求更好的理由之前，我们甚至都不应该建造房屋。人建屋同鸟筑巢一样，都是要有一个合适的理由的。谁知道呢？说不定有一天，人们依靠自己的双手建造房屋，养家糊口，虽是粗茶淡饭却来得诚实。那时候，诗意说不定会广泛地流传开来，落地开花，就像忙忙碌碌的鸟唱着歌一样。然而，可叹啊！我们更像是八哥和杜鹃鸟，把自己的蛋下在其他鸟筑好的巢里，叽叽喳喳的啼叫声也不会取悦旅人们。我们难道要一直这样将建筑的乐趣让给木匠们吗？芸芸众生，又有几人有过建造房屋的经历？我走过那么多地方，从未见过有人自己动手修建房屋，这是一项再简单再自然不过的工作了。我们是属于社会的。并不只有裁缝被称为九流之徒，传教士、商人和农夫也不例外。这种对劳工所做的分工究竟要分到哪儿才算到头呢？这样分工又目的何在呢？

当然，也有其他人可以替我做思考，但是若他人的思想已经到了将我的思想排挤出去的地步，那么这也是不可以的。

诚然，在这个国度里，也是有那么几个所谓的建筑师的。我也听说过至少有一位建筑师，他想让真理的本质体现在建筑物的装饰上面，使之成为一种必要，继而变成一种美，这个想法之于他似乎是一种启示。在他看来这个法子好得不得了，其实也不过是比门外汉高明那么一点点而已。一个在建筑方面多愁善感的改革家，他会首先从飞檐入手，而不去关心地基。把真理的本质放进装饰品里，就好像要使每一粒蜜饯李子里面都有核儿一样——当然我坚持认为不加糖的杏仁更加有益健康——居民和房客并不需要忙里忙外把东西做成自己主观意识的样子，而是任由装饰品们顺其自然地发展。哪个睿智的人敢说装饰品只是外在的肤浅的东西，就好比玳瑁有着斑点的壳，水生贝壳类有着珍珠色泽的外壳，就像百老汇的居民一样，他们跟三一教堂的关系就在于一纸合同？玳瑁并不去管自己的壳上长了怎样的花纹，人们也无须关注自己房屋的建筑式样：士兵也不会闲得去把自己的优点印在军旗上，敌人自会知道。当考验来临的时候，他会吓得脸色惨白。这种人在我眼里，就好似是伏在飞檐上面，怯生生地向粗鲁的住户说着一些半真半假的话——实际上，里面的住户要比他懂得多。我如今所见到的建筑之美，是由内而外逐渐散发开来的，它源自住户的本质和品格，而住在里面的人，才是真正的建造者——这是出于某种无意识的真实和神圣，从未考虑过外观如何；如果这种外在的附加的美注定是要增加的话，那么在这种美之前，必然是要有某种无意识的生命之美存在的。在画家眼中，这个国度里最有趣的住宅通常会是穷人家朴素简陋的小木屋、小草房。房屋是人们的外壳，不是房屋本身的外表，这是由于里面居住着的人们才使得它们别具一格。同样有趣的是城市郊区的小房子，住在里面的人的生活和想象中一样简单而愉快，并不需要对自己的房屋样式有什么过度的要求。绝大多数的建筑装饰品都是华而不实的，这么说起来一点儿都不夸张。9月的一阵狂风就可以像吹走寒鸦借来的羽毛一样将其夷为平地，却不会伤及任何本质的东西。地窖里没有橄榄也没有红酒的人不需要建筑学也一样活得很好。假如人们愿意花费同等心血去修饰文学作品，假如《圣经》的建筑师们也和教堂的建筑师们一样花费精力在房屋的飞檐上，那么会怎么样呢？这就成就了文学和艺术，以及研究文学及艺术的教授们。而关乎个人，他所在乎的其实也就是哪几根木头是斜放在头顶的，哪几根木头是搁在脚下的，他的小房子应该涂点儿什么颜色罢了。如果他稍微认真地自己打下了木桩，自己粉刷了房屋，那他所做的活就是在给自己做棺材——建造坟墓，"木匠"，换而言之，就是"棺材匠"。有人说过，在他灰心丧气、了无生气的时候，他就会从脚下抓起一把泥土，把房子涂成那个颜色。他说的是人生命最后的狭长窄小的房子吗？抛硬币好了。反正他肯定有大把的闲暇时光！最好把你自己的房屋涂成你的肤色，好让它来替你脸红或是脸色发白。这是一项改进村舍建筑风格的事业！当你把我的装饰品准备齐全的时候，我就会去使用的。

在冬天来临之前我造好了烟囱，并且给我的房子墙壁外侧加了一层木板——尽管我的房子已经不再漏雨了——那些木板是从原木上削下来的第一层木材，不大平整而且饱含树汁，我兢兢业业地拿刨子把边缘给磨平了。

于是，我有了一间十英尺宽十五英尺长的屋子，由木板包裹得结结实实，涂了一层灰泥。屋子有八英尺高的立柱，带有阁楼和壁橱，每侧都有一扇大窗户，屋子两端一边一扇活门，对面则是一个砖砌的壁炉。我建造这个房屋所需的确切花费都列在下面了，也就是我用到的材料的平价，这里并不计算人力花费，因为所有的活都是我自己做的。我之所以将详细信息列出来，是因为能够知道自己房屋的确切价值的人实在是少，而能够说出自己房屋构成部分各自价格的人更是少之又少——

木板（主要用的是旧木板）	8.035美元
用于修葺屋顶和墙壁的废旧木瓦	4美元
木板条	1.25美元
两扇带有玻璃的二手窗户	2.43美元

一千块旧转头	4美元
两木桶石灰	2.4美元（太贵了）
纤维	0.31美元（买多了）
壁炉楣用铁	0.15美元
钉子	3.9美元
铰链及螺钉	0.14美元
门闩	0.1美元
粉笔	0.01美元
运费	1.4美元（我自己背了不少）
共计	28.125美元

这所有的材料并不包括木材、石料以及沙子，因为作为一个开荒者，我有权使用这些东西。我还在房子旁边建了个小木棚，用的主要就是建房剩下来的材料。

我想给自己建造一个房子，要比康科德城里大街上任何一间房子都要美观大气，奢华高贵，只要它和现在的房子一样令我愉快，并且花费不超过我现在的房子。

我因此发现了那些想要有容身之所的学生一族，他们是如何用不超过现在每年付房租的价钱来拥有一间终身的住所。如果我因此看起来有些夸大其词，我的理由就是我并不是吹捧我个人，而是为了全人类在自吹自擂；我自身的缺点以及我说话前后不一致也不能减少我话中的真实性，哪怕是一丝一毫。尽管文中有着大量的说教和虚伪的成分——我发现这东西就像麦麸难以从麦粒上被分离开一样，我因此为自己以及其他人而感到遗憾——我还是要自由地呼吸，在这个领域里大施拳脚，这是精神和物质上的双重安慰，我绝不会忍辱负重地去为魔鬼辩护。我要奋力为真理美言几句。在剑桥学院，一间不比我的房子大多少的学生宿舍每年的租金是30美元，这样的房子其实就是房产商们在同一个屋顶下隔出来的三十二小间，住户必须忍受吵闹的诸多邻居，还有可能被安排住到四楼上去。我忍不住想，如果我们在这方面能有更多的智慧的话，我们不仅不再需要那么多的教育——因为更多的教育实际上已经实现了——而且受教育所需的资金也会减少许多。剑桥或其他地方的学生想要获得便利的教育，他或者是支持他学业的人就要付出生命的牺牲，而只要双方处理得妥当，可将此牺牲降低到原来的十分之一。那些最需要花钱的东西从来都不是学生们最想要的东西。比方说，学费就是学期账单上很重要的一项开支，然而学生在与受过良好教育的同代人交往的过程中所得到的价值重大的知识却是不收费的。建立一所学院的通常程序是，首先一美分一美元的募集捐款，再盲目地按照分工的原则行事，实行这个原则必须小心再谨慎；再找来一个承包商，他以此事为投机对象，再去雇来一些爱尔兰人或者其他的技工来给校舍打地基，未来的学生就要自己去适应它们；一代一代的学生就要为这个疏忽而付出代价。我觉得不妨这样做，对于学生们，尤其是那些想在其中受益的学生，他们完全可以自己动手打地基。他们想通过逃避人们应做的劳动来获取自己垂涎已久的休闲时光，这些学生却不知道，这休闲时光是不光彩的，也是无益的，他丧失了一个可以使休闲时光变得大有收获的好机会。“可是，”有人说了，“你难道是说学生们应该从事体力劳动，而不是脑力劳动？”我并不是想表达这个意思，不过我希望学生们可以通过这种方式来思考。我是说，他们不应该游戏人生，也不能仅仅去研习生活，整个社会花大价钱供他们念书可不是为了这个；学生们应该做的，就是自始至终去认真经历人生。年轻人通过尝试来学会如何生活，还有什么比这个方法更好的吗？我认为这个方法对他们头脑的训练不亚于让他们去解数学题。打个比方吧，如果我想让一个孩子去学科学和艺术，我不会走平常人走的路子——送他们去附近的教授家里听课，在课堂上一切都又专业又实用，只不过，课堂里没有生活的艺术。老师们只会让孩子带着望远镜或是显微镜去探索世界，而非用自己的肉眼；他们只教授化学，却不告诉孩子面包是怎么做出来的；孩子学习机械学，却不知道这一切是怎样挣得的；孩子学着去找海王星的新卫星，却找不到自己的缺点，或者是发现不了自己是哪一颗无赖行星的卫星；凝视着一滴醋液里的微生物，却浑然不觉自己正在被身边围绕着的怪兽所吞噬。在一个月之后，谁的进步会是最显著的？是依靠自学大量阅读相关书籍，自己挖掘并冶炼矿石，最终成功为自己做出一把大折刀的孩子，还是在学院里上着冶金学，然后从父亲那儿得到一把罗杰斯袖珍折刀的孩子？谁更有可能割伤自己的手指呢？令我感到震惊的是在我大学毕业的时候才被告知，原来我已经学过航海术了！拜托，让我去海湾那儿兜一圈恐怕都要比在学校里学得多。就连穷学生也要跟着学且只学政治经济学，而与哲学同义的生活经济学在学校里却无人提起。后果就是，他一边学着亚当·斯密、李嘉图和萨伊，一边搞得自己老爸负债累累。

如同我们的大学一样，所谓上百种的“摩登的先进事物”都带有一些幻想的因素，它们并不是只有积极的一面。魔鬼早期做了投资，之后又追加了无数次，它必是要将利润一分不落地追回来的。我们的发明往往和漂亮的玩具一样，把我们的注意力从严肃的事情上分散开来。它们不过是改进了的方式，而它们要去的目的地依然毫无起色，这个目标本就是很容易达成的，就好比是通向波士顿或是纽约的铁道。我们急着将磁性电报通到缅因和得克萨斯，然而缅因和得克萨斯并没有什么值得互通有无的情报。双方都陷入了困境，就好似一名男子急于被引见给一位知名的失聪女士，然而当他被引见的时候，对方的一只助听器都已经放到了他的手上，他却无话可说一样，仿佛说话的主要目的是语速加快而非理性的话语内容。我们急着在大西洋洋底挖隧道，想要把旧大陆跟新大陆的距离拉得近一些，可以提前几星期到达彼岸；然而到达迫不及待等着消息的美国人耳朵里的第一则新闻恐怕会是阿德莱德公主最近得了百日咳。毕竟一个人即使骑着日行千里的神驹，也不意味着他带来的消息就是最重要的；他不是福音传道者，也不是前来吃掉蝗虫和野蜂蜜的。我怀疑赛马飞毛腿从来没有给磨坊驮过粮食，哪怕是一粒苞谷。

有人这样对我说：“我很好奇，你为什么不攒些钱？你那么喜欢旅行，你今天就可以坐车去菲奇堡开开眼界。”我可比你要聪明得多。我知道，最快的旅行家靠的是自己的双脚。我跟朋友讨论过，假设一下我们比赛谁先到达目的地。距离是三十英里，车费要花90美分，几乎是一天劳作的薪水。我记得就是这条路上干活的工人，每天的工资是60美分。那么我现在就开始徒步行走，天黑之前到达目的地；我曾经连续一星期以这个速度旅行过。而此时此刻，你正在忙于工作好去挣路费，在第二天的某个时刻你才能来到这里，或者是在当天傍晚，如果在这不景气的时节里你能幸运地找到工作的话。你不仅去不了菲奇堡，相反，你必须花费大半天的时间留在这儿干活。以此类推，如果铁路能延伸到世界的任何角落，那么我想我始终都领先于你；至于说到旅行全国、增长见识，那么，我估计得和你绝交了。

这就是全球通用的法则，没有人能胜得过它。说到铁路，我们可以讲它横竖都一样。想把铁路铺得四通八达好让全人类都用得上，这个工作量相当于将整个地球的表面都给抹平。人们有这么个模模糊糊的想法，那就是只要他们坚持把这项结合了金钱和铁锹的活动给进行下去，假以时日，也要不了许久，所有人都可以不花分文就到达自己想去的地方。然而人们涌向车站，售票员大喊道："请上车！"待到浓烟散去、雾气凝聚之时，人们才会发现，有些人坐在了车上，而有些人却被驰骋的车辆碾压而过——这就会被称作是一场"可悲的事故"，它的确是。毫无疑问的，那些最终赚够车费的人会开始自己的旅途，前提是如果他们可以活着等到这个时候；然而，等到了那时，他们或许已经丧失了对旅行的热望与渴盼了。将人的一生中最美好的时光用来赚钱，再用剩下来的不那么美好的岁月去消费这不靠谱的自由，这不禁让我想起了一个想去印度发财的英国人，他打算先赚了钱，这样他就可以回国过起诗人的生活。他应该立刻动身到阁楼里去。"你说什么？！"上百万名爱尔兰工人从他们的简陋房子里抬起头质问，"我们修建的铁路难道不是个好东西？"我的回答是，没错，相对而言是好东西；因为你们有可能把事情做得更糟糕。但是我把你们当作我的兄弟，我希望你们可以把自己的时间用在更有意义的事情上，而非挖掘泥土。

在我的房子建好之前，我希望可以通过诚实而又不令自己厌烦的方式赚上 10 或 12 美元，好支付我额外的支出费用。我在约莫两英亩半的轻质砂土上种了一些作物，大部分是豆子，其他一小部分种了马铃薯、玉米、豌豆和萝卜。整块地大约有十一英亩，多是些松树和山核桃树，在上个季节里每英亩售价是 8.8 美元。有个农夫这样评价道："这地没什么用，只能养些叽喳乱叫的松鼠。"我没在这些地上用任何的肥料，我并不是土地的所有者，我只是一个暂居于此的开荒者，我并不打算种那么多地，我也没有立刻就把这些土地给开垦出来。我在犁地的时候掘出来几块树桩，足够我当一段时间的燃料了。我将小块的呈圈状的原始沃土留了下来，整个夏天那块地上的豆子都长得格外茂盛，因此很容易就分辨出来。我屋后那些卖不出去的枯木还有湖里飘过来的浮木都成了我的燃料。我不得不雇了一队牲口和一个农民来帮我犁地，不过一直都是我自己掌着犁头的。第一季我的牧场支出为 14.725 美元，包括工具、种子以及佣工工资，等等。玉米种子是别人送给我的，这反正也值不了许多钱，除非你要种的比你需要的多很多。我收获了十二蒲式耳豆子，十八蒲式耳马铃薯，除此之外还有一些豌豆和甜玉米。黄玉米和萝卜种得太晚，颗粒无收。农场给我带来的收入是 23.44 美元，扣除支出 14.725 美元，剩余 8.715 美元。

除了我消耗掉的农产品之外，我当时手头上大约有价值 4.5 美元的货，而我手头的钱远远抵得过我没有种植的作物的价值。我把该考虑到的事情都考虑到了，比如说人的灵魂的重要性以及当今的形势，虽然我的实验只进行了很短的时间，不，不，或许就是因为时间短暂，我相信我在那一年里做得比康科德的其他农夫都要好。

次年，我做得更加好了。我将我需要的土地拿铲子平整了出来，大约有三分之一英亩，我从这两年的务农里学习到的经验，而非被那些农业方面的巨著所吓倒——其中就有阿瑟·扬的作品——那就是如果一个人只想过着简单而自给自足的生活，他就不需要种自己吃不完的那些粮食，也就没有多余的粮食可以拿去换贵重的奢侈品了。他只需要耕种几平方米的土地，用铲子锄地要比用耕牛犁地便宜得多，每次都可以换去新的土地耕种而不需要给原来的耕地施肥，所有必要的农活他都可以在夏季的闲暇时光里完成，而且完成得游刃有余。他也不需要像现在这样，因为耕牛、马匹、奶牛或猪而变得束手束脚了。在这一点上我希望我说的话能够是公平公正的，因为我是个不关心现有经济与社会结构成功与否的人。我比康科德任何一个农夫都要独立自主，因为我并不依附于任何一个家庭或是农场，我只听从我内心的渴求，而这个往往是天马行空的。我已经过得比他们好了，而且，就算我的房子失火了，庄稼全部烧掉了，我依旧可以很快东山再起，同以前一样好。

我总是会想，要说人是畜群的看守，还不如说是畜群在看守着人们——至少畜群要自由得多。让人和耕牛交换工作，如果只考虑必要的农活的话，那么耕牛似乎优势更大，它们有着更为广阔的农场。而人换来的工作则是连续六星期去割干草，这哪是人能做得来的活。当然，绝没有哪个国度的人能够在各个方面都活得如此简约，哲人之国不存在，要驱使动物去劳作简直是滔天大罪。哲人之国从来都没有存在过，过去没有，未来的话，看样子也不会有，我也很怀疑它是否会有存在的必要。我绝不会去驯马或是驯牛，好把它们拉来为我做活，唯恐自己因此沦落为马倌或是牧民；如果这个社会通过这种方法获益的话，一个人的得就不会是另一个人的失。马夫会和他的主人因为同一件事而心满意足吗？假设现在的公共建设工程离开牲口的协助就建不起来，那么在竣工之日让牛啊马啊的一起来和人分享荣耀好了；如此说来，是不是人们离开牲口的帮助，只靠自己的力量就完不成更加有意义的事情了？一旦人们开始在牲口的帮助下做一些没必要的或是纯粹美学的东西，做这种既奢侈又无聊的活，这就意味着有一些人将自己的活计同耕牛交换了，也就是说，他们沦为了最强者的奴隶。人们不仅仅是为自己内心的牲口干活，更是为了一种象征意义上的外界的牲口干活。尽管我们有着数量可观的砖石构造的房屋，一个农民的财富还是取决于他的牲口棚子超过他自己住宅的程度。人都说在这一带，镇子上有着最大的牛舍和马圈，在公共建筑上也不落后；然而，在本地，却没有自由信仰和自由言论的容身之处。为什么国家不通过抽象的思想，却要用建筑物来纪念它们呢？一部《福音之歌》要比东方的残垣断壁加在一起都要令人钦佩！宝塔和庙宇不过是王孙们的奢侈品，而一个简单独立的头脑却是不受王孙们支配的。聪明才智不会屈服于任何一个国王，物质上的金银珠宝也留不下它，充其量挽留住它的一点点光华。我说，到底要凿多少石头？我曾去过阿尔卡迪亚，在那儿我可没见到过任何凿下来的石头。有那么多国家有野心要使自己永垂不朽，却不觉自己已经被凿下来的石块所困。将做这苦力的心血放在提升自己的举止礼仪上又会怎样？一件明智的小事要比高耸到月球的纪念碑更有意义。我更喜欢看到待在原地的石头。底比斯的奢华太过庸俗。底比斯的城墙有着一百孔城门，但却与生活的真谛背道而驰；比起这奢华的城门，围在老实人家田地外面的石墙更加合情合理。只有野蛮人的文明和异教徒的信仰才会驱使人们建造气宇轩昂的神庙，而人们口中的基督教派就没有这样做。一个国家凿下来的石头大部分都变作了自己的墓石，它以此将自己活埋。至于金字塔，它本身没什么值得称叹的，它不过是一群卑微的人卖命为一个野心勃勃的笨蛋建造的坟墓而已；值得惊叹的是，居然会有那么多人去做这样的事。聪明一点儿的爷们儿会把那笨蛋丢到尼罗河里淹死，再把尸体拿去喂狗。我也许可以为他们和他编织一些借口，但我无暇去做。对于那些信仰艺术、热爱艺术的建筑家来说，全球的建筑都是大同小异的，不管是埃及的神庙还是美利坚的联邦银行。对它的付出总是大于回报的。虚荣是最主要的推动力，其次就是对大蒜、面包和黄油的热爱。巴尔科姆先生是一位年轻有为的建筑师，他在威特鲁姆之后用硬性铅笔和尺子绘制了一幅蓝图，将其交给石匠杜伯森父子。当人们开始对其长达三十个世纪的蔑视之时，人类，终于开始仰望它了。说到高塔和纪念碑之类，这个镇子里曾经就有一个疯狂的家伙，他要挖洞挖到中国去，他挖了很深的洞，他说他都听见了中国人锅碗瓢盆碰撞的声音了。我想我不会特意去赞扬他挖的洞的。许多人都很关心东方和西方的纪念性的建筑物，想知道它们的建造者是谁。就我个人而言，我更想知道在那个时代谁没有去建造这类建筑，因为他们才是超脱了这些无趣琐事的人。不管怎样，我还是继续说我的统计数字好了。

我做测量，做木匠活，同时还在白天的时候去镇上打打零工，因为我会干的活一只手数不过来，这样我就赚到了13.34美元。八个月来的伙食费，即7月4日到次年的3月1日，尽管我在这住了两年多，不过这是我做估价的时间段——马铃薯、少量的青玉米以及我亲自种植的豌豆并不算进去，同时也不包括此时手头上物品的价值。详情见下：

大米	1.735美元
糖蜜（糖类里面最便宜的一种）	1.73美元
黑麦粉	1.0475美元
玉米粉（比黑麦粉便宜）	0.9975美元
猪肉	0.22美元

全部失败了的实验：

面粉（比玉米粉要贵，而且更麻烦）	0.88美元
糖	0.8美元
猪油	0.65美元
苹果	0.25美元
苹果干	0.22美元
山芋	0.1美元
一个南瓜	0.06美元
一个西瓜	0.02美元
盐	0.03美元

没错，我吃掉了8.74美元的食物，我这样公开自己的罪孽并不会感到难堪，我晓得正在阅读此书的你们中有绝大部分的人和我一样罪过，而且你们都不需要黑纸白字地把它们都给列出来。第二年，我有时候可以抓到一些鱼拿来当晚餐，还有一次我甚至杀掉了一只跑来糟蹋我的豆子地的旱獭，就像鞑靼人说的那样，送它去转世投胎了。带着一点儿做实验的心

理，我吃掉了这只旱獭，肉里有些麝香味，吃的时候有种瞬间的快感，但是旱獭肉绝不能常吃，哪怕是经过村中屠户处理的也不行。

同期衣物和杂物上的花费共计 8.4075 美元，不过很难从中看出具体的花销项目。油以及其他家用工具 2 美元。

钱就是这么花出去的，洗涤及维修费用并不在此列，因为大部分的洗涤和维修不在房子里进行，我还没收到账单。这就是我住在这个地方花的全部钱财：

建房	28.125美元
一年农作的开支	14.725美元
八个月的伙食费	8.74美元
八个月的衣物等开支	8.4075美元
八个月的食用油等开支	2美元
总计	61.9975美元

我对读者中那些需要自己谋生的人有话要说，为了弥补这些开支，我把农场作物给卖了出去，共得 23.44 美元，日结短工的所得 13.34 美元，共计 36.78 美元。

从支出中减去这部分，还剩 25.2175 美元，几乎是我白手起家时的基金，也是我防备不时之需的方式。另一方面，我除了得到了悠闲的时光，独立自主的生活以及健康，我还获得了一间舒适的房子，想住多久就可以住多久。

这些数据多多少少都有些偶然性，因此看起来不太具有指导意义，不过，这些数据的记录是完完整整的，这也是它们的意义所在。我将支出与所得都事无巨细地记录了下来。参见上述资料，我一星期的伙食费大约是 27 美分。在这接下来近两年的时间里，我的食物就是黑麦粉和玉米粉、马铃薯、少量腌猪肉、糖蜜、盐还有饮用水。对于我这样热爱印度哲学的人来说，将大米作为主食是再合适不过的了。对于那些顽固不化的爱吹毛求疵的人所提出的反对声音，我有话要说，我偶尔会去外面吃饭，我之前就这样做，我也完全有机会继续这样；这对我的家用安排往往是不利的。不过，正如我之前所说，外出用餐作为一个恒定的因素，在此完全不影响我进行的对比描述。

这两年的经历教会了我一件事情，那就是在这个纬度带，一个人想养活自己，真的只需要花很少的力气；你可以吃得像动物一样简单，同时还能保住健康和力量。我做过一顿满意的晚餐，从哪个角度看都是令人心满意足的那种；其实也就是把自家玉米地里采到的马齿苋加点盐煮熟罢了。这东西名字不起眼味道却好得很，我便把它的拉丁名也写了上去。想想吧，一个明智的人，在和平的时代，在普通的中午，除了足量的甜玉米，煮熟再加一点儿盐，他还有其他所求吗？就连我做饭时的那点儿小花样也是出于口味的需要，而不是出于健康的原因。然而人们竟然会饿死，不是为了必需的食物，而是死于奢侈的东西。我认识一位善良的女士，她认为她儿子的死因是只喝饮用水。

读者会发现，我是从经济学而非营养学的角度来看待这个问题的；除非他粮仓充足，否则他是不敢尝试我这种有节制的饮食之法的。

我起初用纯玉米粉和盐来做面包，也就是标准的玉米饼。我把面团放在木瓦上，架在室外的火堆上烘烤；或者是拿来建房时锯下来的废弃木料，把它放在木头的一端烘烤。可是这样做出来的面包往往会被烟熏黑，而且一股松脂味儿。我也拿面粉做过实验，最终发现黑麦粉和玉米粉的混合物才是最合适最好用的食材。天气冷的时候，最有趣的事情莫过于一连烤上这么几块小面包了，照看它们，小心地给它们翻身，就像埃及人照料孵化中的鸡蛋一样。我烤熟的面包是真正的谷物果实，对我而言，它们就和其他的圣果一样芬芳扑鼻，我将它们包裹在布里，尽可能使它们的香味保存的时间长一些。我研究过烤面包这一古老而不可或缺的艺术，也借鉴过一些权威著作，一直追溯到原始时期，未经发酵的面包刚被发明出来的时候。茹毛饮血的人类终于发现了这种食物的优雅和精美，随着我学习的逐渐深入，我发现面包发酵或许是由于某天面团被放置到发酸的地步，才教会人们这一方法。随着后来出现的多种发酵方法，我终于拥有了“美好、美味又有益于健康的面包”，我们的主食。有些人相信酵母是面包的灵魂，是填满松软多孔的面包的精灵，应该像保存灶神之火那样虔诚地将它保留下来。我想，最初的几瓶宝贵的酵母是由五月花号带过来的，它解决了美国人民的问题，直到今天，这种影响仍然在全国的麦浪中上升、膨胀、传播着。我会定期地、老实地去村子里拿酵母的引子，直到有一天我忘了老规矩，把酵母给烫坏了；就是这个偶然的事件，我发现就连酵母也不是不可或缺的，而我的发现不是通过综合法而是通过分析法得来的。从那以后，我就很开心地省去了酵母，尽管大部分家庭主妇都会诚恳地对我说，没放酵母的面包吃了对身体不好，有些上了年纪的人还预言说我会因此英年早逝。然而，它的确不是什么没有它就不行的成分，我大约有一年没有使用酵母，依然活得好好的，就站在这儿。从此不需要再麻烦地在衣服口袋里放一小瓶酵母了，省事许多；也不会因为口袋里装了瓶酵母而担心它砰的一声洒出来害我丢脸了。省去酵母，让事情变得更简单也更体面。人类是一种最容易适应全部气候和环境的动物。我也没有在面包里放苏打，或者其他酸类和碱类。我似乎是按照加图公元前 2 世纪的烹饪方法来做面包的：“Panem depsticium sic facito. Manus mortariumque bene lavato. Farinam in mortarium indito, aquae paulatim addito, subigitoque pulchre. Ubi bene subegeris, defingito, coquitoque sub testu.”我对这段话的理解是：“这样来揉面，准备做面包。好好地清洗双手和水槽，把面粉放到水槽里，慢慢加水，大力揉捏面团。待面团完全揉好之后，将其捏造成型，加盖烘烤。”加盖烘烤也就是置于烤炉内。关于酵母，只字未提。不过我并不是能够常常享用到这个主食，有时候由于囊中羞涩，我几个月都见不到面包的影子。

这儿是片长满了黑麦和玉米的土地，每一个新英格兰人都可以自己生产出面包原料来，完全不需要依靠远方那不稳定的市场。然而，我们早已不再那么简朴和独立了，在康科德，店里几乎见不到在售的新鲜的甜玉米粉，玉米粒和玉米棒更为粗糙，几乎没有人会去用它们。大部分农夫将亲手种出来的作物喂给了牛和猪，自己却去店里买面粉，比自家产的要贵，却又不比自家产的健康。我发现，想种个一两蒲式耳的黑麦和玉米实在是很容易的事情，因为黑麦在最贫瘠的土地上也可以生长，而玉米也并不需要很肥沃的土地。再用手磨机把它们磨成粉，没有大米和猪肉也能吃饱喝足。如果需要浓缩糖的话，糖蜜其实也很好做，用南瓜和甜菜就可以做出很不错的糖蜜来。要是我再种几棵枫树，糖蜜就更容易得到了。在这些植物长成熟之前我还可以用其他的替代品。就如先祖们歌唱的那样：

> 南瓜、萝卜、胡桃木，
>
> 我们可以用来酿成甜蜜佳露。

最后要说的就是盐，这是杂货中占份额最大的东西。要想得到盐，就需要找个机会去海边走一趟；或者像我这样，没有盐也无所谓，我要做的就只是少喝些水罢了。我可没听说过印第安人需要费这个功夫去找盐。

如此一来，在食物方面，我不需要去买卖东西，而且我已经有了一个遮风避雨的家，剩下的问题就是衣物和燃料了。我现在穿着的这条裤子就是在一户农家里做的——感谢上帝，人类的良知还没有泯灭；我认为从农夫堕落为技工，就和从人类堕落为农夫一样是伟大而又有纪念意义的。而我身处新居，燃料可真是个麻烦事。如果我不被允许继续在我所栖息的地方开荒的话，那么我就必须支付我正在耕种的田地的售价——也就是 8.8 美元——买下一英亩土地。不过事实却是，我的开垦使这块土地升值了。

总有那么些对我存疑的人来问我一些问题，比如，我只靠素食能活得下去吗？我决定直接击中问题的根本——根本其实就是个人的信仰——我习惯于这么回答他们，我说我靠钉子板也能活下去。如果他们连这个都理解不了的话，那么我也不指望他们能够懂得我要说的东西了。就我个人而言，我很开心能够听到有人在做这样的实验：一个年轻人靠着吃玉米棒子上的生玉米粒撑了两星期，其间的全部工具就只有他的一副牙齿。松鼠一族就这么做过，并且成功地活下来了。人类一族会对这类实验感兴趣的，尽管会有一些衰弱的老妇人和拥有三分之一磨坊的人对此大吃一惊。

我的家具有一部分是我自己做的，其他的家具则没有花钱，我就没把它们记到账上——这些家具包括一张床、一张桌子、三把椅子、一面直径三英寸的镜子、一把钳子和一对拿来盛木柴的铁架子、一只水壶、一个煎锅、一个平底锅、一把长柄勺子、一个脸盆、两套刀叉、三个盘子、一只杯子、一只饭勺、一个油罐、一个糖罐、一只漆过的灯。没有人会穷到得坐在南瓜上，否则也太没用了。我要是想要椅子的话，村子里的阁楼上应有尽有，我大可以把它们拿走。家具！感谢上帝，我不需要家具公司的帮忙也可以正常地起坐。而眼睁睁地看着自己的家具被打包装车运到城镇里，让自己空空如也乞丐似的大箱子光天化日之下暴露在人们的目光之中，除了哲人，谁不会觉得丢脸呢？这就是斯波尔丁的家具。只凭这一包东西我根本分辨不出来它属于一个所谓的富人，还是属于穷人；它的主人似乎一直都是贫困缠身。没错，这类东西你拥有得越多，你也就越贫困。每一包家具都似乎包含了十二件棚户里的东西，如果说棚户就是贫穷，那么这就等于是十二倍的贫穷。我想问，我们所谓的搬家不就是为了摆脱我们的家具，也就是我们的蛇蜕，好能够搬到一个有着新家具的新地方去，把身后的这些都付之一炬吗？这就相当于一个人把捕兽夹给拴在裤腰带上，他若想穿过荒原，就不得不触动我们埋在野地里的绳索——拖着自己的捕兽夹前进。一只尾巴被夹住了的狐狸是幸运的。麝香鼠为了脱身宁可咬断自己的第三条腿。怪不得人不再灵活自如。有多少次，他身处险境！“先生，我斗胆问您一句，您说的身处险境是什么意思呢？”如果你观察得够透彻的话，你就能够在见到一个人的第一面就看出来他拥有的全部家当。是的，还有那些他假装自己没有的东西，都在他的身后：他的厨房设备，他留下的一些中看不中用又舍不得烧掉的东西。他看起来就像是被驾驭了的牲口，奋力前行。等到他想要穿过一个节孔或是门的时候，却发现自己的一大堆家具不能够跟着他一起通过，到了这个时候，就是我所说的身处险境了。当我听到有些表面看起来时髦漂亮、瞧上去自在快乐又高枕无忧的人说着自己的“家具”有没有上保险的时候，我总是忍不住在心里对他们感到怜悯。“可是我的家具该怎么办呢？”——我那可爱的小蝴蝶，就这样撞进了蜘蛛网。即便是那些看起来摆脱家具已然很久了的人，你若是细细盘问，就会发现他们是把那些东西给藏到谁谁家的谷仓里了。在我眼中，今天的英国就像是一位带着一大堆行李旅行的老绅士，由于长久地管理家事而收集了许多华而不实的玩意儿，自己又没有勇气把它们烧掉。大行李箱、小行李箱、硬纸盒还有包裹。至少要把前面三个给丢掉。如今，没有一个正常人可以背着自己的床来回走动，我绝对会建议身子骨弱的人丢下床铺开跑。我看见过一名移民，脚步蹒跚地背着一个大包裹，他全部的家当都包进去了——看起来就像是从他的脖子后面生出来的一块巨大的肿瘤。我同情他，并不是因为这就是他的全部，而是他不得不把全部东西都背在身上。如果我必须拖着自己的捕兽夹前行的话，那么我一定会注意挑一个轻便的夹子，不会夹到我关键的部位。不过，也许最明智的是永远不要把自己的爪子放进去。

顺便一提，我没有花钱买窗帘，因为除了太阳和月亮，再没有第三个窥探者了，而我又很乐意让它们望进来。月光不会使我的牛奶变酸，也不会让我的鲜肉变质；阳光不会晒坏我的家具，也不会让我的地毯褪色。若是有时来了个太过热心的朋友，我觉得躲在大自然提供的天然“窗帘”的后面也要比在持家的清单上添一笔更加经济实惠。有一次，一位夫人想给我一块垫子，但是我的房子里没有能放得下这块垫子的地方，而我也没有时间在房子里面或是外面抖灰。于是我拒收了，我情愿拿长在自家门口的草皮上的青草来擦脚。防胜于治，在坏事发生之前就杜绝这个可能性最好不过。

不久之前，有一个拍卖会，拍卖对象是一位有点儿影响力的执事的动产——

生前所做的恶，死后还在继续。

不出意料，拍卖的东西有很多都是从他的父辈起就开始收集的花哨玩意儿。剩下来的有一条干绦虫。这些东西在他家的阁楼里或是哪个垃圾坑里积了半个世纪的灰，而如今依旧没有被烧掉；等待它们的不是一堆篝火，也不是一场干脆的破坏，而是一个拍卖会，换而言之，它们在增值。邻里街坊都急着赶来看这些东西，把它们全都买下来，再小心翼翼地把它们运回自己家的阁楼或是垃圾坑里放着，直到有一天他们自己的遗产被处理掉，然后这个程序就会再来一遍。人死去的时候，不过是尘归尘，土归土。

或许，我们模仿某些蛮荒民族的习俗会大有裨益，这些蛮荒人至少每年一次地做出自己蜕皮的假象，他们的概念中是有脱胎换骨这么个东西的，不管他们能不能做到。我们若是也能庆祝这么个习俗，或者说是"初收果实之宴"，正如巴特拉姆对莫克拉斯印第安人习俗的描述一样。这样难道不好吗？"当一个镇子庆祝这个节日的时候，"他写道，"人们之前就已经备好新衣服、新锅、新盘以及其他用品和家具，人们将自己穿旧了的衣物以及其他没用的东西收集起来，清扫自己的房子、广场，整个镇子的污秽都被洗涤干净。他们还把剩下来的粮食和食物聚到一起，全部堆起来，然后付之一炬。吃过药之后人们要斋戒三天，三天过后镇子里的火都已经熄灭了。斋戒期间，他们杜绝一切胃口或者是情感上的满足。接着大赦天下，罪人们可以回到家乡。"

"在第四天的清晨，大祭司在公共广场上搜集干木，钻木取火，镇上的每一家住户都前来领取崭新而纯净的火苗。"

之后，他们会拿新鲜的玉米和水果举行盛宴，连续三天，载歌载舞，"接下来的四天里，人们互相拜访，邻乡的友人也经过了类似的净化程序，赶来与之欢聚"。

墨西哥人每隔五十二年也会举行一个类似的净化庆典，他们相信这是世界的末日。

我再没听说过有比这个还要真诚的圣事了，正如字典上对"圣事"的定义一样：内在的心灵美于外在的可见的表现。我深信他们最初这样做是直接受到了来自上帝的启示，尽管他们的宗教经典没有这方面的记录。

有五年多的时间，我都是靠自己的体力劳作来养活自己的，我发现，一年里只需要工作大约六个星期就完全可以支付得起我各个方面的开销。大部分情况下，我可以把整个冬天以及整个夏天都拿来读书学习。我曾经认真地办过学校，却发现我的收入和支出几乎持平，有时候甚至还会入不敷出，因为我不得不穿衣打扮，进行培训，更别提我还得去思考，去做判断；与此同时，我的时间都耗在了这个事情上。而且我教书不是为我的同伴们谋福利，而只是为了谋生，自然是失败的。我也试过经商，却发现我得干个十年才能入门，等到那时候我说不定都已经见鬼去了。说实话，我还挺怕到那时候我所谓的生意会做得风生水起的。

以前我想过应该做什么事来谋生，一些由于听信朋友的建议而导致的悲惨经历仍旧记忆犹新，我颇有压力。我曾认真地想过靠摘越橘为生，这活我当然做得了，微薄的收入对我来说也足够了——我最大的本事就是节欲和克制。它不需要投入什么资金，也不需要我将精力从自己常常思考的事情上分出来——我愚蠢地想道。在我的熟人们马不停蹄地开始从商或从事专业工作的时候，我想着采摘越橘的工作跟他们的活比起来最相像了：整个夏天都在山野里游荡，采摘一路看见的越橘，之后再随心所欲地处理掉它们；就像照看阿德墨托斯的羊群一样。我还梦想过采摘野草或是些常青的植物，用运干草的车给运到城里去，卖给那些身处都市却心恋丛林的人。我也因此认识到交易的诅咒伴随着它所触及的一切。哪怕你做的生意是传福音的，你也逃不掉厄运的魔爪。

我对事物有着自己的偏好，而自由是我尤为重视的。我现在仍是历经艰辛，尚未成功，但我不愿意浪费自己的时间，赚钱去买贵重的毯子、精美的家具、精致的食物或者是希腊式、哥特式的房屋。如果这世上有人可以在追求这些东西的时候不被打扰，或者是可以在得到这些东西之后知道如何去使用，那么我愿意把我的所得让给他们。有些人是“工作狂”，看起来他们似乎热爱的是劳动本身，或者说劳作可以保护他们不受伤害；对于这类人，我现在无话可说。那些有了更多的空闲时间却不知道该怎么打发的人，我只能建议他们加倍努力工作——直到有一天他们可以赎出自己，换来一纸自由之书。就我个人而言，我认为最自由的工作就是日间零活，尤其是一年间只需要三四天的时间就可以养活自己。等到太阳下山，一天的工作也就结束了，接下来就是他的自由时间，想做什么都可以，哪怕同他的工作无关；而他的老板，月复一月地做买卖、做交易，一年到头都没个缓口气的时候。

简而言之，我的信仰和我的经历都证实了这一点，那就是人若想在这世上活下去并非难事，甚至可以说是消遣，只要他过的是简朴而明智的生活。那些淳朴的国家所追求的东西，在那些不这么自然的国家眼里只不过是运动消遣罢了。人并不非得累得挥汗如雨才能养活自己，除非他比我容易出汗。

我认识这么一个年轻人，他继承了几英亩土地，对我说如果他有办法的话，他想过像我这样的生活。无论如何，我是不情愿别人采用我的生活方式的，因为很有可能在他还未领会这一真谛的时候，我就已经给自己找到了另一种生活方式。我愿这世上有千百种形形色色的人，我也愿他们都可以谨慎地找寻自己的生活方式，而不是走其父其母或者邻居们的路子。年轻人尽管去建造，去种地，去远航，让他们无拘无束地做自己想做的事。我们聪明到可以确定一个精确的点，就好像水手或是逃奴盯着北极星一样；只凭这点，就可以指导我们的整个人生了。我们或许不能够在计算好的日期里抵达目标港口，但我们可以保证一直走在正确的方向。

毫无疑问，在这一点上，个人之真理也是众人之真理。就好像一间大房子从比例上来说并不比小房子要昂贵，只要上面一个屋顶，下面一个地窖，中间用墙隔出几个房间即可。但我个人更喜欢独立的小房子。自己建一栋房子要比说服别人来共享同一堵墙要划算得多。你若是同别人共有一堵墙，那么为了省钱起见，共享的墙壁就造得很薄，你要是再碰上个坏邻居，他也不好好维护自己那边的墙壁。人与人之间仅有的那点儿合作是极其片面和肤浅的，而真正的合作——不知它是否真正存在——则是人们耳朵听不见的和声曲。若一个人心中有信仰，那么无论他到哪里，都可以跟和他有着相同信仰的人合作；若一个人毫无信仰，不管他与谁为伴，也不过是像芸芸众生一般活得庸庸碌碌。最高境界的合作同最低意义上的合作就是指在一起生活。听闻最近有两个年轻人要合伙环游世界，一个人没有钱，要边旅行边赚钱：或是做水手，待在船桅前面；或是去犁地，跟在犁头后面。而另一个人装了满满一口袋票子。很明显，他们的合作长久不了，因为其中有一个完全不去做活的人。旅途中第一个有意思的小危机就会使他们分开。就像我说的那样，独自旅行的人可以随时动身，而结伴旅行的人必须等自己的同伴准备完毕，那可能会等上许久。

很多乡人都说，这想法可太自私了。我承认迄今为止我几乎没有给慈善事业做过贡献。出于某种责任感，我做出了许多牺牲，其中就包括做慈善给人带来的快乐。有不少人费尽口舌想要我承担起赡养城里几户贫困家庭的负担来，如果我无事可做的话——魔鬼会给无所事事的人找麻烦——我或许会接受，权当是打发时间。然而，我想到若是我插手此事，像上帝那样仁慈地照顾他们，让他们过得像我一样舒适，而且还是我主动提出的，他们却情愿一如既往地穷下去。我身边的男男女女都致力于为同乡谋福利，那么至少要有一个人是个例外，去做些不那么慈善的事。做慈善需要天分，做其他事情也是一样。至于做慈善，这个行当里已经人满为患了。再说，我的确有试过去做慈善，说起来或许会比较奇怪，我发现做慈善一事并不合我心意，而这个发现居然令我很是满意。或许我不应该这么旗帜鲜明地拒绝社会对我的要求，不去拯救世界；而我相信在某处必有一种无限而更加伟大的力量在保护着它。至于我，我不会去阻碍任何人发挥他的天分，对于那些人，他们全身心地在做我没有去做的事情，我敢说，哪怕全世界都在说他们的所作所为是邪恶的，他们也依然会坚持下去。

我并不是在说我的情况特殊，我的读者中想必也有很多人会为自己做相似的辩护。说到做事情上——我不敢说我的邻居会说好——我敢毫不犹豫地说我是雇主最应该雇佣的人；不过我为何这么说，就要雇主自己去发现了。我做的好事，正和“好事”的一般意义一样，肯定不是我的正业，而且大部分情况下是我完全无意识中做的。人们说得很实在：以你本来的地位和身份为出发点，无须将注意力都放在如何使自己变得更有价值上，而是要怀着一颗仁慈的心去做仁慈的事。如果我也要用这种口吻来说教的话，我会说，去吧，去做好事吧。正如同太阳在燃烧到与月亮或六级星同辉之时就收敛自己的火焰，像罗宾·古德费洛一样晃悠，往每一个村舍的窗户里张望，使人发疯，让肉变质，将黑暗显形。而不是稳定地增加自己温暖的热度及恩惠，直到明亮得无法让人直视，在那时，它沿着自己的轨道环绕我们的星球，撒播它的恩惠，或者是同更真实的哲学理论所发现的那样，我们的星球绕着太阳转，以寻求它的恩惠。法厄同想要通过神之恩惠来证明自己神圣的出身，驾驶着太阳车，只要一天的工夫，他就烧掉了天堂低处街区上的几栋房子，烧焦了地球表面，蒸干了所有的泉水，造成了撒哈拉沙漠，直到朱庇特用闪电将他大头朝下地劈死在地球上，而太阳为他默哀，足有一年的时间不再照耀大地。

没有什么味道能比腐败了的善事所发出的臭味更加恶心。那是凡人和圣人腐烂的气味。要是知道有人来到我家，想为我做点儿好事，我肯定会逃命。那就像非洲沙漠刮起的干燥炎热的西蒙风，往你的口鼻、眼睛和耳朵里灌满黄沙，让你窒息而亡。我生怕他们的“好事”落到我头上，生怕他们的病毒融到我的血液里。不，不，我宁可自然地受苦受难。在我应当忍饥挨饿的时候给我饭吃，在我应当耐寒受冻的时候给我衣穿，在我跌倒摔跤的时候把我从坑里拉出来，这样的人在我看来，并不是好人。我能给你找来一只同样能做到这些事情的纽芬兰犬。慈善并不是给同胞以大爱。霍华德无疑是此类人中的杰出代表，也收获了自己的报酬；然而，话又说回来，如果我们不能够在自己最好的状态下、最有价值的时期得到帮助的话，就算有一百个霍华德，又有什么意义呢？我从未听闻有什么慈善会议是真正为了我以及我这一类人谋福的。

耶稣会的信徒要被那些印第安人吓退了，后者被绑在柱子上焚烧的同时还在给折磨他们的人提供新的折磨人的方法。他们已经超越了传教士们能够提供的抚慰了，因为他们已然从肉体上的苦痛中超脱出来。对于那些不在乎自己受到何等对待、依照新方式来爱敌人的人来说，他们可以几乎完全饶恕自己的敌人，那所谓的“己所不欲，勿施于人”的法则对他们并没有意义。

要确保你给予穷人的说明是他们最迫切需要的，尽管正是你的此番行为使得他们远远落在了你的后面。如果你打算给钱，那么请关注一下钱是怎么花掉的，而不是把钱丢给他们就一走了之。有时，我们会犯下奇奇怪怪的错误。穷人虽然看起来肮脏不堪，穿得破破烂烂，但他们往往是不缺吃少穿的。或许是出自他个人的品位，而非他不幸的命运。你若是给他钱，他说不定会拿钱去买更多的破衣烂衫。我一向都很同情那些在湖面上取冰的笨拙的爱尔兰工人，他们穿着可怜而破烂的衣物，而我穿着干净体面的外衣，冻得瑟瑟发抖。直到有一天，天气格外严寒，一个不小心滑进水里的工人来我的房子里取暖，我亲眼看到他脱下了三条裤子和两双袜子才露出皮肤来。尽管这些衣服也是又脏又烂，但是他完全可以拒绝接受我给的额外的衣物，因为他已经有了足够多的里面的衣物了。他正需要这么一次落水。于是我开始可怜起自己来了，给我一件法兰绒衬衫可是比给他一整间成衣店都要大的善事啊。一千个人在砍伐邪恶之树的枝叶，却只有一个人击中了它的根基。或许那些为穷人付出最多时间和金钱的人才是给穷人带来不幸遭遇的人，他们在自己的路上走得越远，穷人们就越可怜，无论他们做什么，都是于事无补的。就好像一个虔诚的奴隶主，将十分之一的奴隶所得拿来换取另外十分之九的奴隶一个周日的自由。还有人为表善意，雇佣穷人来自己的厨房做活。他们若是肯自己做厨房里的活，难道不是更大的善举吗？你很自豪地说你把自己收入的十分之一都拿去做慈善，也许你还应该将剩下的十分之九也投进慈善事业里，做去吧。而社会重获的还是只有十分之一的财产。这是出资人的慷慨还是公证部门的失职？

慈善几乎是唯一获得人类足够赞扬的美德。不过，它被高估了，正是我们的自私，高估了它。在一个风和日丽的日子里，一个身强力壮的穷人对我夸奖一位康科德的镇民，说这人对穷人好极了——此处的穷人指的就是他自己。人类中有那么些善良的叔叔婶婶，他们比人类精神上的圣父圣母还要令人尊敬。某次，我在英国听一位牧师的演讲，他是个学识渊博的人，历数了科学、文学及政治学上鼎鼎有名的英国人，如莎士比亚、培根、克伦威尔、弥尔顿、牛顿及其他人。说到国内的基督教英雄，在这点上，仿佛他的职业对他的要求似的，他将其放在了最高的地位上，似乎是重中之重。他提到了佩恩、霍华德以及福莱夫人。所有人都听得出来此话的虚假与不公。最后提到的那些人根本不是英国最杰出的人物，仅仅是国内最知名的慈善家罢了。

我并不是要削减慈善事业应得到的赞扬，我只是想为那些通过自己的生命和工作来造福人类的人争得公平。我并不认为一个人正直和慈悲的质量是他的枝枝叶叶。那些青葱褪去了的植物，我们用它的枯叶做草药，献给病人，起到的只是渺小的作用，且往往难逃庸医之手。我想要的是一个人的花与果。花朵的芬芳可以飘到我这里，果实可以为我们的交往增添成熟的风味。他的慈悲绝不能是片面而转瞬即逝的，而应该是源源不断的，丰富的。一切都是他下意识中做到的，完全不需付出任何代价。这一项善行，掩盖了诸多恶意。慈善家们总是不断回忆自己已然麻木了的悲痛，蔓延成一种气氛，将人们包围其中。我们给予外界的应该是勇气，而非绝望；应该是健康与安逸，而非疾病——小心别让疾病传染开去。哪一片南方的平原传来了悲恸的哀号？需要我们送去光明的异教徒住在何处？谁是那个需要我们解救的放纵而粗鲁的人？若是有人身体抱恙，无法正常工作；若是他肠胃绞痛——这也是人们同情他的原因——他就会立刻着手改造这个世界。作为这个世界的缩影，他发现——这是一个真正的发现，他就是那个发现者——这个世界一直在吃青苹果。在他眼里，地球本身就是个青苹果，想想人类的子孙会在苹果未熟之时就去咬苹果，多么可怕！于是他那不安分的慈善心使得他立刻出发去找爱斯基摩人和巴塔哥尼亚人，还包括了人口众多的印度和中国的村庄。于是在做了几年的慈善活动之后，掌权者利用他达成了自己的目的，而他也治好了自己的消化不良，地球的双颊染上了淡淡的红晕，似乎要成熟了一般；生活不再残暴，似乎重回开心、健康的好时光。我罪大恶极，前无古人，后无来者；我想象不出还有谁比我还要可恶。

我相信，使改革者痛苦的不是他对受苦受难的同胞们的同情，尽管他是上帝的神圣之子，能使他悲哀的只有他自己的苦难。让一切都回归正道，让晨曦照过他的沙发，让春光来到他的身边，他就会抛弃他那慷慨的同伴，连句抱歉都不说。我拒绝发表禁用烟草的演讲，因为我从来不嚼烟草；而惩罚要落到嚼烟草的人头上。我做过许多事情，都值得我为抵制它们而做个演讲。若是你某天陷进了慈善事业这一泥潭，可别让你的左手知道你的右手做了什么事情，因为它不值一提。救起溺水的人，系好自己的鞋带。不急不慌，开始自由地工作吧。

我们的举止在与圣人交往的过程中堕落，我们的赞美诗用动听的辞藻诅咒着上帝又永远忍耐着上帝。有人会说，哪怕是先知和救世主都宁愿去抚慰人们的恐惧，而不愿让人们看到希望。哪儿都没有记录下人们对生命所带来的礼物而感到的淳朴和由衷的满足，也没有记录下对上帝的难忘的赞美。一切健康和成功对我都是有益的，不管看起来有多么遥不可及；一切疾病和失败都会让我感到悲哀，对我无益，不管我们对彼此抱有怎样的同情。如果我们可以用某种自然的、和谐的方式使人类得到恢复，那我们首先就要让自己像大自然一样简单美好。驱散眉间的乌云，往毛孔里注入一点儿生命力。不要继续去做穷人的监护，你应当尽力跻身为世界上最有价值的人。

我在设拉子的萨迪酋长所著《古丽斯坦》(又名《花之园》)一书中读到:“他们向智者问道：在至高无上的神所创造出的诸多高大成荫的有名树木中，没有一棵树叫作Azad，或者‘自由’，除了不结果实的柏树；这其中到底有何奥妙呢？智者答道：每棵树都需开花结果，兴衰有时，应季时便枝叶新绿、繁花锦簇，过季便枯萎凋零。而柏树不存在这两个时节，于是它便时时繁茂；Azad，或者是宗教上的独立者，其本性也是如此。他们并不挂心于一些转瞬即逝的东西，正如Dijlah，即底格里斯河，在哈里发一族灭亡后依然会流经巴格达。如果你手有富余，就像枣树一样慷慨大方吧；如果你不名一文，那就去做Azad，一个自由人，像柏树那样。”

补充诗篇：‘

贫困的自负

T. 卡鲁

切勿自视清高，可怜兮兮的穷人，
竟要于这天地间，求一地以立足。
你那破烂的草棚及木桶，
滋养了懒散。
在免费的阳光下，在阴凉的泉水旁，
啃食树根及野草；你的右手，
将仁爱的激情从心灵上撕去，
而正是这激情育出了美德之花，
你使人性堕落，你使感官麻木，
你好似蛇发女妖，将活人化为石柱。
我们不要你那离不开的节制，
或是你那不知喜怒哀乐的愚钝，
来将社会弄得沉闷不堪，
你虚伪地将消极的坚毅拔高到了
积极的坚毅之上。
低贱的蝼蚁啊，
将自己定位于平庸之中，
这便是你们奴性的心灵；
但是我们，
只看重这类美德——允许超常的举止，
英勇的行为，高贵的壮举，
明察秋毫的审慎入微，无穷无尽的宽容，

那英雄伟绩，
古人未留其名却有其传说的榜样，
如赫拉克勒斯、阿基里斯、忒修斯。
躲回你那低劣的窝里吧；
当你看见了明亮的新星之时，
再去想想，最伟大的人是何人。

我生活的地方，我为何生活

我们的生命中总会有这么个阶段——觉得所有的地方都可以建造房屋。我抱着这种想法，视察了以我的住处为中心约莫十二英里的地盘。在我的幻想中，我已然买下了所有的农场，因为我知道所有待售农场的价钱。我挨家挨户地登门拜访，尝尝农家的野苹果，跟农民聊聊农事，他要多少钱，就给他多少钱买下他的农场，再在脑海中将农场抵押给他；我甚至会出更高的价钱买下农场——全部都买下来，就是不立地契，我宁愿将农民说的话当作地契，我实在是喜欢与人交谈——好好耕耘，我相信在某种程度上我也耕耘了他。等到我玩够了，就把农场丢回给他，由他继续经营。我的这些经历使得朋友们一度以为我是搞房地产的。我所在之处，就是我所居之地，风光景色都以我为中心辐射开去。所谓房屋不过也就是一个地点。地点？最好是个在乡村里的地点。我找到过不少不会很快升值的地皮，因为人们嫌它离村子太远，不过在我眼中，是村子离它太远。我说道，那么，我就去那里住。于是，在我的幻想世界里，我的确住过去了；我在一个小时里尽享夏日和冬日时光，且看我如何让时间流逝，如何与寒冬斗争，如何迎接春日的到来。未来到这个地区定居的居民们，不管他们在何处建造房屋，有一点是可以确定的——这个地方在他们之前就已经有人居住了。我用一下午的时间就可以将这片土地分成果园、林场和草地，决定在门口留下哪些长势好的橡树或松树，以及每一棵枯木应该被安置在什么地方才有美感。然后我就放任不管了，或者说是休耕了，因为一个人能放得下的东西越多，他也就越富有。

我的想象力如此强大，我甚至幻想到有几家农场拒绝了我的收购——这正合我意——我从未因为真的买下了农场而搞得焦头烂额。我差点儿真的买下农场的一次是在霍洛威尔农场，我都已经买了种子，也准备了材料好做一辆装卸种子的手推车。然而就在农场主准备把地契交给我的时候，他的妻子——每个男人都有这么个妻子——改变想法了，想留住农场，农场主便给我 10 美元，请我解约。说实话，我现在全部家当只有 10 美分，要算清我拥有的到底是 10 美分、一个农场，还是 10 美元，还是全部都是我的，这个问题可超出了我的数学水平。不过我把农场和 10 美元都留给了他，因为我做得已经够多了；我表现得很是慷慨，我把买农场时给他的钱一分不多地要了回来，而且，鉴于他也不富裕，我还送给他一份 10 美元的礼物。现在我依旧有 10 美分，有种子，还有用来做手推车的材料。我发现这么一来，我不仅依旧一文不名，而且还做了一回富人。不过我保留了那儿的景色，每年我不用手推车就可以收获那片景色。说起景色，有诗为证：

> 我目光所及之处，都是我的土地；
> 我权倾天下，我就是君王。

我常见到有的诗人在欣赏过农场最有价值的地方之后离开，而顽固的农夫却以为他只带走了几个野苹果罢了。唉，多年过后，这农夫也不会知道他的农场已被诗人谱写成诗，那诗歌是最值得赞美的无形栅栏，将农场围起来，挤出鲜奶，撇去奶油，全部拿走，留给农夫的就只有脱过脂的奶。

对我来说，霍洛威尔农场真正的魅力所在就是它那彻彻底底的隐蔽性。它距村子有两英里远，最近的邻居离它也有半英里，与公路之间隔着一大块农田。农场沿河而造，农场主说早春时候河上的雾气可以保护农田不受霜冻侵害；不过我不关心这些事。房屋和谷仓都是灰蒙蒙的，摇摇欲坠的样子、荒废了的栅栏，将我与上一任居住者的距离拉开好远。长满苔藓的空心苹果树，上面还有兔子啃咬的痕迹，这一切都向我展示着我将与何物为邻。尤其是我第一次沿河而上来到这里的时候，房屋躲在浓密的红枫叶后面，里面传来了看家狗的吠叫声。我迫不及待地想要在户主做一些改善农场现状的活计之前买下它，比如，搬走一些石块、砍下空心的苹果树、拔掉从牧草里发出芽来的小白桦树苗等。为了享受到农场的好处，我准备让它们保持原样，就像擎天神阿特拉斯一样，将全世界都扛在臂膀之上——我可没听说过阿特拉斯得到了什么补偿。我做这些事的唯一动机就是尽快还清债，我才能够毫无后顾之忧地拥有这座农场。我知道只要我能够放任不管，它就可以结出我想要的累累果实。可结果却如我所说的那样。

说到大面积耕种的话——我曾经种过花园——我能说的就只有：我种子都买好了。很多人认为时间是检验种子的最好方法。我当然相信时间可以鉴别出种子的好坏，这样到最后我去种植的时候，就不会太过失望。但是，容我对同胞们第一次也是最后一次说一句：尽一切可能去过自由而不受约束的生活吧！被束缚在农场上的你，与被囚禁在牢房中又有何差别？

加图写的《农书》是我的“启蒙者”——我读过的唯一的译本把原文给糟蹋得不成样子——书中说道：“当你想买下一座农场的时候，要三思而后行，不需要贪婪地买下它。也不要图省事而不去看它，不要想当然地认为去参观过一次就足够了。如果是好农场的话，你去的次数越多，它就越讨你喜欢。”我想我不应该因为贪婪欲而去买农场，我应该在有生之年里多去农场边上转悠，搬进去之前最好能够埋葬于此，这样它最终或许会给我带来更多的喜悦。

现在我要献给各位读者的就是我在这方面的下一个实验，我将会事无巨细地描述出来；方便起见，我会把两年的经历压缩成一年的时间。正如我所说，我无意讴歌沮丧之事，而愿做一只昂扬的雄鸡，清晨站在栖木之上鸣叫，哪怕叫醒的只有我的邻人。

我第一次住进我的小屋——不仅白天在那里逗留，晚上也会去过夜——正好是1845年7月4日，独立日。那时我的房子还未完成准备过冬的修葺，仅仅做了防雨措施，没有涂灰泥也没有建烟囱，墙壁十分粗糙，用的都是饱经风霜的旧木板，有着很大的裂缝，晚上会很冷。削得笔直的白色立柱和新刨好的门扇、窗框给我焕然一新的感觉，尤其是在早上，木头上挂了露珠，我幻想着到了中午那里会不会渗出甜蜜的树胶。在我的幻想中，小屋子整天都或多或少有一些清晨的样子，使我想起一年前我在山顶上拜访过的小房子。那是一间通风很好的、未抹灰泥的小木屋，想必会深得途经的诸神喜爱，女神或许会在那儿轻扬自己的衣摆。拂过我房顶的风正如吹过山巅的风一样，断断续续地吟着人间难得几回闻的天籁之曲。晨风永远在吹拂，创世之诗从未间断——却极少有人听得见。诸神的所在其实就是地球外面，无处不在。

我之前唯一拥有过的房屋，如果船不能算的话，就只有一顶帐篷了。夏季远足的时候我偶尔会用，直到现在它还卷得好好地待在阁楼里。至于那只船，不知道经过了几人的手，如今已然沉入时间的河流中了。有了这么个坚固的庇护之所，我在这个世界上又进一步地安顿了下来。房屋的框架如此轻薄，就好像是围在我身边的晶体，对建筑者发挥着影响。不知为何，它能让人联想到一幅速写。我足不出户即可享受到新鲜空气，因为屋子里的空气丝毫不会丧失清新。说我是在室内，不如说我是坐在门后面，即便是最多雨的季节也不例外。印度史诗《哈利梵萨》中写道："没有飞鸟巢居的住处就好像没有放调味品的肉。"我的住所与鸟为邻，不是将鸟囚在笼子里，而是我将自己关在鸟的身边。我的鸟邻居们除了那些常常出没于花圃、果园的熟客，还有那些极少在人前露面的歌唱家，它们更具野性，歌声也更加令人激动——比如画眉鸟、夜鸫、猩红比蓝雀、原野春雀、夜莺，等等。

我的房子坐落在一个小湖的边上，距康科德村南部约莫一英里半，地势略微高一些；地处康科德和林肯之间的茂密丛林中心，距离本地唯一有名的地方——康科德战场南部，大约两英里。然而身在丛林中的我视角太低，半英里远的对岸在我看来也是布满丛林，那也是我能看到的最远的地方了。住进来的第一个星期，每当我望向湖面，它总会给我一种感觉，仿佛它是高高位于山腰之上的小湖，湖底比其他湖的湖面还要高。日出之时，我能够看见它缓缓褪去夜间雾霭做就的衣衫，一点儿一点儿地露出它温柔的涟漪和静谧的水面；而雾霭就像精灵，悄无声息地退入丛林，似乎某种夜间的神秘聚会散场一般。挂在树梢上的露珠似乎也比山上的露珠待得要久一些。

8月的骤雨时停时下，在无雨的时候，这小湖就是我最好的邻居。那时湖水和天空一个颜色，静谧安详。刚过了正午，便有了傍晚时的宁静气氛，夜莺在四周啼叫，回声荡过两岸。湖水在这个时节是最平静的，湖面清朗的空气投上了深深浅浅的云影，水光滟滟，映出了一片低低的天空，更为美妙。附近的山头刚刚伐过林木，站在其上，越过小湖向南望去，景色更加宜人。山坡延伸着向下，直达湖岸，两个小山坡相对倾斜而下，似乎应有小溪顺势流向密林峡谷，但是，却并没有溪流。我远眺近旁的青山，远处的地平线为山巅染上了微微的靛蓝。我踮脚瞭望，能看见西北方的村落，还有那一角深蓝的远山，那是天国铸就的永不褪色的蓝色硬币。不过从别的方向，哪怕是从我的角度，我也看不见围绕我身边的丛林全貌。住所附近有水域是件很惬意的事，水有浮力，感觉住所是漂浮在水面上的。再小的水井都有它的价值：你向井里望去，就会看见地球并不是一块大陆，而是岛屿。这就和井水可以冷藏黄油的作用一样重要。我在山顶上越过湖水眺望萨德伯里草原，发现在发洪水的季节里草原似乎变高了，或许这是水汽蒸腾的缘故。正如落在盆底的一枚硬币，湖边的大地看起来就像一层薄薄的壳，哪怕只是这么小块的水域，也足以使它漂浮起来。这令我想起，我居住的地方不过是块旱地罢了。

我门口的景色虽有限，但丝毫不会使我觉得拥挤不堪或束手束脚。有足够的草原任我的想象飞翔。湖对岸耸起的高地上长满了矮橡树，一直延伸到西部鞑靼族的大草原，那里是人类所有游牧民族的家。“只有能够自由自在享受广阔地平线的人才是快乐的。”达摩达拉在牧群需要更广阔的新牧场时如是说道。

时空变换，星移斗转，我越来越靠近宇宙中最吸引我的地方，也越来越接近历史上最吸引我的时代。我居住的地方远离尘嚣，就如同天文学家夜观的星体一样。人们总是倾向于相信在遥远星系中的某个角落，在仙后座的后面，有个难以寻到的极乐之地，是不受打扰的清静乐土。而我发现，我的房子正是在这么个遗世独立的地方，永葆清新，未遭亵渎。如果人们费尽心思想去昴星团或毕星团、牵牛星或天鹰星座附近居住的话，那么我可以说，我已经住在那里了，或者说，我如今所居之处同被我抛弃的尘世之间的距离就如同到星星上一样。我的住所散发着渺茫的微光，哪怕是距我最近的邻人，也只能在没有月辉的夜晚看得见我。这便是我于这世上的所居之地：

> 曾经有一个牧人，他的思想像高山一样崇高；
>
> 他的羊群，每时每刻都给予他营养。

若是羊群吃草的草原高出牧人的思想，我们又会怎样看待牧人的生活呢？

每个清晨都是一封喜气洋洋的请柬，邀我去过淳朴的生活，同大自然一样纯洁。我曾像希腊人一般，忠诚地信奉着黎明女神。我早起去湖中沐浴，如同在做宗教仪式，这是我做过的最好的事情之一。据说，在商汤的浴盆上刻有这样的汉字："苟日新，日日新，又日新。"这句话我懂。清晨重又带回了英雄时代。破晓时分，我将门窗打开，静坐在室内的时候，一只蚊子在我屋里做着人眼看不见也无法想象的旅行，它发出微弱的嗡嗡声，在我听来就像是唱着赞歌的号声。这是荷马的安魂曲，本身就是奏响在空中的《伊利亚特》和《奥德赛》，只不过它歌唱的是自己的愤怒与流离。这歌中有着宇宙性的东西，直到被禁的那一天，它都在宣扬着宇宙的蓬勃生机。清晨，是一天当中最难忘的时刻，是万物苏醒的时刻。清晨时分的我们是神志最清明的，至少有那么一小时，我们体内不分昼夜、一直昏睡着的东西苏醒了。如果我们不是被自己的创造力唤醒，而是被仆人机械地推醒；如果我们不是伴着悠扬的天籁和芳香的空气，被内心中新的力量和灵感所唤醒，而是被工厂的铃声吵醒——若我们醒来要面对的这一天还没有睡梦中的世界高尚的话，这又算怎样的一天呢？黑暗亦会结果，甚至狂言道不比光明之果差。若有人不相信每天都有这样属于黎明的一小时，比他之前所亵渎了的日日夜夜都要神圣，那么他的生活必是绝望的，他的道路必是走向黑暗的下坡路。日复一日，人在经过短暂的休憩之后，灵魂与肉体都重获活力，他的创造力会再次尝试，看自己能够创造出怎样高贵的生活。我敢说，一切值得纪念的事情都发生在早晨的时间及早晨的氛围。《吠陀经》有记载："一切智慧都在清晨醒来。"诗歌、艺术，以及人类行为中最美好最难忘的事情，都发生在清晨的这一个小时里。所有的诗人、英雄都和门农一样，是黎明女神之子，他们在日出之时唱出自己的歌声。生气蓬勃而又天马行空的思想是与太阳同步的，在这样的人眼里，清晨是永恒的。这与时钟无关，也与人们的态度和劳作无关。清晨就是我苏醒的那一刻，曙光在我心中。道德上的进步就是对抛弃睡眠做出的努力。若不是人们一整天都昏昏欲睡，为何白天的表现如此不尽如人意？他们不会可怜兮兮地去算计什么，要是他们战胜得了睡意，必会有一番作为。醒着的百万人可以从事体力活，这百万人中只有一人清醒到可以从事高效率的脑力活。醒着就是活着。我从未见过一位真正醒着的人，我又该如何面对他呢？

我们必须学会再度将自己唤醒，时刻保持清醒，无须使用机械的方式，唤醒我们的是我们对破晓抱有的无限期待。即便是在我们最沉的梦乡中，这份期待也未曾抛下我们。人可以通过自己有意识的努力来改善自己的生活，这怕是我听过的最振奋人心的事情了。能够画一幅画、雕出一座雕塑都是了不起的事情，能创作一些美好的事情也很棒。然而，绘制出我们可以使用的氛围与媒介则更是伟大，而这一点，我们是可以通过精神来完成的。艺术的最高境界就是影响到生活的质量。每个人都有责任去完善自己的生活。哪怕只是细节，也要像人生中最关键时刻那样经得起自己的审视。如果我们拒绝了，或是用尽了所得的微不足道的信息，神谕会指引我们何去何从。

我想悠闲地生活，于是我去了丛林，在这里我面对的只是生活里最基本的事情，我想知道我是否可以领会生命要教会我的事情，否则，当生命即将走到尽头时，却好似白活一场。我不愿过着不是生活的生活，因为活着就是难能可贵；我也不愿隐居，除非有这个必要。我希望深入到生活的本质之中，吸出它的精髓，过着朴素坚韧的生活，同时剥去一切不算是生活的东西，割去糟粕，细细修剪，将生活逼入绝境，把它贬得分文不值。如果生活真的如此不堪，那么就让我把它全部披露出来，让全世界的人来看；如果生活是高尚的，那我就以实践去检验它，并在下一次的旅途中给它以真实的记载。在我看来，大部分人都没有分辨是非的能力，就急于将人活着的主要目的归为“赞美上帝，永享恩德”。

我们仍旧卑微地活着，有如蝼蚁。尽管神话告诉我们，我们早已变形为人。我们像侏儒那样与鹤为战。这是错上加错，雪上加霜。我们的美德在此时却变成了累赘，变成了可以被规避掉的苦难。我们的生活被浪费在诸多细节当中。一个老实人几乎用不到十根手指去数数，极端的情况下也只需要加上十根脚趾，其他的都用不上。简单，简单，还是简单！我说啊，把你的事情控制在两三件，而不是成百上千件，无须去数个上百万，只要数半打就好，把账记在拇指指甲上。在文明社会这片浮沉不定、喧嚣不已的大海中央，可能会有乌云、风暴、流沙以及千奇百怪的事情发生。一个人必须活下来，不能沉没到海底，必须抵达自己的港口，逃离死神，能成功做到这些的人都是了不起的精明人。简单化，再简单化。比起不必要的一日三餐，只吃一餐更好；比起一百道菜肴，五道菜更好；其他东西也要相应地减少。我们的生活就像德意志联邦那样，由一些小邦国组成，邦国之间的边界永远是不定的，即便是德国人也不能够实时告诉你它们是如何划分边界的。国家本身以及它所谓的内部的改进都是流于表面的，它只不过是一个笨拙而过于庞大的机构，塞满了家具，被自己的脚步绊得踉踉跄跄；奢侈而又不经心的花销、缺乏精打细算、没有值得为之奋斗的目标，这些东西在毁了国家的同时，也毁了成千上百万的居民。唯一的解救办法就是严格控制经济，比斯巴达式生活更为苛刻的生活方式以及提高生活的目标。生活的脚步太过匆匆。人们觉得自己的国家必须有商业活动，人们出口冰块，用电报来沟通，时速达到三十英里，却对此毫不怀疑自己的做法。如果我们不去取枕木，不去铸轨道，不去没日没夜地工作，而只是关注于如何过好自己的日子，谁还会去修铁路呢？如果没有铁路，我们怎么能及时到达天堂呢？然而，如果我们待在自己的家里，各营其事，谁又会需要铁路呢？并不是我们去乘铁路，而是铁路乘着我们。你有想过躺在铁路下的枕木都是些什么吗？每一根枕木都是一个人，爱尔兰人或是新英格兰人，铁路就在他们身上蔓延，他们身盖黄沙，车子平稳地从他们身上驶过。我敢说，他们就是睡得很沉的枕木。每隔几年就会有新的枕木被换上去，被车轮碾压。所以说，如果有人喜欢坐火车的话，那么就有人要相应地躺在火车下面。若是他们撞上了一个梦游的人，也就是走错了地方的枕木，撞击弄醒了梦游的人，他们便把车子停下，大吵大闹，对此事大加宣扬，仿佛这是个例外似的。每隔五英里就有那么一些人，让沉睡的枕木老实地躺在自己的床铺之上，知道了这个事情的我只能笑一笑了。

我们为何要将日子过得如此匆忙？在感到饿之前我们就决心忍饥挨饿。都说小洞不补大洞吃苦，于是人们今天补上一千个小洞，好省得明天补上九千个大洞。人们患上了肢体不受自己控制的舞蹈病，连脑袋都静不下来。至于工作，我们的工作毫无意义。要是我轻轻拉响教会的钟绳，就像报火警那样，康科德的农场上，所有的男人，尽管他们早上还在推脱说有多少事情要忙，以及所有的小孩儿、妇女，不等到钟声落定就会放下手里的事情闻声赶来。我敢说，他们并不是为了救火而来的，而是，让我们直面事实好了，他们是来看火灾现场的，反正不是他们放的火；或者是看救火，要是需要帮忙的话，他们就及时地伸出援手。哪怕着火的是教会教堂。人在饭后会打个半小时的盹儿，但他醒来的时候总会抬头去问：“发生了什么新闻？”仿佛其他人全部在为他放哨一样。有人要别人每隔半小时就把自己叫醒一次，也是这么个原因。而作为回报，他们告诉别人自己做了什么梦。酣睡一晚之后，早晨的新闻是必不可少的。“拜托，告诉我在这个地球的何处有何人发生了何种事情？”——然后就着新闻把咖啡和面包卷吃下去。他读到在沃西托河岸边某人的眼珠被挖了出来。做梦也想不到他自己其实就处于深不可测的巨大洞穴之中，浑身上下就只剩眼睛这一对器官。

我个人的话，有没有邮局对我来说没有影响。我想，通过邮局来实现的沟通交流之中没有几个是重要的。说真的，我只收到过一两封值得邮费的信件——几年前我还是写过信的。便士邮政其实就是这么个机构，你认真地拿出一便士想换取别人的思想，结果得来的却是别人的玩笑话。我也很确定地说，我从来没在报纸上读过有价值的新闻。如果我们读到这么一则新闻，说有人被抢劫了、被谋杀了、遭到事件不幸身亡了，谁家房子给烧掉了、有艘船失事了、有艘汽艇爆炸了、一头奶牛跑到西部铁路上被撞死了、一只疯狗被杀掉了或是冬季里飞来的一群蝗虫——我们再不用读其他的新闻了，一条也就够了。你若是已经牢记原理，又何必在乎那么些实例和应用呢？对哲学家来说，新闻不过是流言蜚语，是那些上了年纪的老妇女边喝茶边编写或阅读的东西。尽管如此，还是有不少人渴求这些流言蜚语的。我听说过，曾有一拨人挤在报社的玻璃窗跟前，想知道最新的国际新闻，最后生生把大块的窗玻璃给挤碎了。我认为，一个聪明人应该提前十二个月乃至十二年来撰写新闻，这样才能足够准确。比方说，西班牙的新闻，只要你知道如何适当地把唐·卡洛斯、塞维利亚和格拉纳达这样的名字放在文章合适的地方即可，百试不厌——有可能和我之前读报的时候看到的名字不大一样了——当没有其他有料的娱乐新闻可以登报的时候，就把斗牛的事情拿出来；仅仅这样，就足以给我们展示出真实的西班牙事务，或者是没落现状。报纸上最简洁易懂的新闻也不过如此。至于英国，从那儿传来的最有价值的新闻还是 1649 年的时候。如果你已经知道了英国每年的粮食产量，那你就无须再关心此事，除非你仅仅是为了赚钱。如果让一个几乎不读报的人来判断的话，在他眼中外国无新闻，哪怕是法国大革命。

新闻为何物？去了解那些永远不会过时的事情不是更重要吗？蘧伯玉派使者去拜访孔子。孔子让使者坐下，然后问道："先生最近在做什么？"使者回答说："先生想要减少自己的错误，但未能做到。"使者走了以后，孔子说："好一位使者啊，好一位使者啊！"牧师不应该在一周的末尾摧残农夫们昏昏欲睡的耳朵——因为礼拜日应当是浑浑噩噩的一周的结束，而不是新的一周全新气象的开始。与其拖拖拉拉说一大堆废话，不如用雷霆般的声音怒吼一声："停下！停住！为什么明明看起来这么快，实际上却是这么慢？"

假象与错觉被尊称为最可靠的真理，而现实却成了传说。如果人们能够只专注于真实的事情，不被假象所蒙蔽，那么生活与现在的样子相较，就像是童话和《一千零一夜》的世界一样。如果我们只尊重那些必须存在和有权存在的事物，乐曲和诗歌会响彻大街小巷。当我们不急不忙、神志清明的时候，我们就会明白，唯有永恒存在的事物才是真正伟大而珍贵的，人们所谓的小喜小悲不过是这现实的投影罢了。能够有这点认知，是非常令人欣喜的崇高认识。人们闭上眼睛，神志昏暗，满足于表象，人们无所不在的惯例与习俗，也是建立在假象的基础上的。嬉戏玩闹的小孩子也要比大人更加懂得其中的法则与关系，后者根本没有活出生命的价值来，以为经验丰富的自己比小孩子要聪明，却不知他们的经验都是用失败堆积起来的。我读过一本印度的书：有一个王子，婴儿时期就被驱逐出故乡，由住在森林里的人抚养长大，他一直以为自己属于和他在一起生活的蛮荒之族。后来，他父王的一个大臣找到了他，把他的真实身份告诉了他，误会才得以消除，他知道自己是一位王子。"所以说，灵魂，"这位印度哲学家说道，"因为所处的环境会给人造成错误的影响，直到某天某个神圣的导师揭穿了真相，他才知道自己是婆罗门。"我以为，住在新英格兰的人之所以生活如此困苦，就是因为我们看事情没有透过表面直达本质。我们想当然地以为事情就和看上去的一样。如果一个人走过小镇，看见的只有真实的东西，那么你想想，"注水池"到哪儿去了？如果他告诉我们的是他眼中所看见的东西，那么我们也不会明白"注水池"到底在哪儿。看到会堂、法庭、监狱、商店或者是民宅，在没有好好地凝视它们到底是什么之前就下断言，那么一切东西都会在你口中土崩瓦解的。人类推崇的是遥不可及的真理，在体制的边缘，在远星的背后，在亚当诞生之前，在人类灭亡之后，在永恒之中，确实存在着某种真实而崇高的东西。然而一切时间、地点与事件正是此刻此地。上帝本身便存在于眼下的时刻，并不会因为时代的更替而圣恩衰落。我们只有终生浸透在环绕于我们四周的现实之中，才能够理解真正的崇高与高尚。宇宙缓慢而持续地回应着我们的想法；不管我们是快还是慢，轨道就在那儿。让我们用尽一生去思考吧。诗人和艺术家或许从未有过什么美好又崇高的设计，但是总会有一个后人接任完成它。

人们同大自然一样从容不迫地度过一天，不要因为一个坚果壳或是落在轨道上的一片蚊子翅膀就摔出轨道。让我们早早起身，用不用早饭都无妨，动作轻缓，无人干扰。任人来人往，任钟声敲响，任孩童哭闹——我们决心好好度过这一天。

我们为何要屈服，要随大流呢？别被子午线附近浅滩里埋伏着的名为“大餐”的可怕旋涡给吓住了，闯过这一关你就安全了，因为剩下的路都是下坡。有着毫不松懈的精神，有着清晨起来的勃勃生机，起航吧，像尤利西斯一样，将自己缚在船桅之上。若引擎鸣叫，就任它鸣叫好了，直到沙哑地叫不出声。若钟声响起，我们为什么要跑？我们应该想想，它听起来像哪种乐声。让我们安顿下来，将脚向下伸，穿过观点、偏见、传统、假象以及表面的泥浆，穿过覆盖全球的沙土层，穿过巴黎和伦敦，穿过纽约、波士顿和康科德，穿过宗教与政治，穿过诗歌、哲学与信仰——直到我们的脚碰触到一个满是坚硬岩石的底部，也就是我们口中的真实。就是这个，没错。而我们以这个为基础，无论是洪水、冰霜抑或是火焰，都可以建起一堵墙，或是一个国家；也可以放心地竖起一根灯柱，或是一个测量仪器，不过不是拿来测量尼罗河的，而是用来测量现实的。这样，未来的各个时代都可以得知，一次次涌来的洪波到底深浅几何。若你直面现实，必会发现它的两侧都有太阳在闪闪发光；它就像弯刀一般，漂亮的刀片将你的身体从中切开，让你死得开开心心。无论生死，我们只在乎真实。如果我们正在死去，就倾听喉中的嗡鸣，感受彻骨的寒冷；如果我们活着，就着手去做自己的事情吧。

时间不过是我垂钓的小溪。我在旁边饮水，直见沙底，可以知道溪水的深浅。水流细细，轻流而过，永恒存留。我愿意饮得更深，看见鱼翱翔于天空，水底是星星铸就的鹅卵石。我不识数，不认字，我常常后悔，自己已不如初生时睿智。智慧是一把剔肉刀，一路钻进事物最隐秘的地方。除非必要，我不愿用自己的双手忙一些无谓的事情。我的头脑即我的双手双脚，我最好的官能都集聚其中。直觉告诉我，我的头脑即我用来挖掘的工具，正如有些动物是用鼻口或是前爪挖掘一般，我可以用我的头脑掘过这些山丘。我手持探矿杖，望着那微薄的蒸汽，断定最丰富的矿藏必在这附近，就在此地，我将开始挖矿。

阅 读

人们在选择自己的工作时，若是可以多费些心思，所有的人都会成为真正的学生或是观察者，因为有趣的是，他们之间的本质和命运是相似的。在我们为自己或是后人敛财之时，建立家庭乃至国家之时，追求名利之时，我们是无法逃脱世俗的凡人；但若是与真实打交道，我们便是不朽的圣人。无须担心有变，也无须担心有意外之事。古埃及和古印度的哲人们揭起了神像帷幕之一角，如今那颤抖着的袍子依旧掀起着，我怀着敬仰之心仰望对我而言满是新鲜的荣耀，我与他合二为一，我正是那天大胆的他，而他也正是现在的我，重新审视这一切。袍子上没有丝毫的灰尘，自从神性显露出来的那天起，时光并没有流逝。我们真正可以改善的时间，或者说可以被我们改善的时间，既不是过去，也不是现在，更不是未来。

和一所大学相比，我的住所不只是更适合思考，同样也适合用来进行认真的阅读。尽管我的阅读范围远超一般的流动图书馆，我却前所未有地被这些在全球范围内流动的书籍影响着——这些书先前都是写在树皮上的，如今却多是一次次地印在布纹纸上。诗人密尔·喀玛·乌亭·玛斯脱先生说："我的身体没有移动，心却已在千里之外驰骋，这种益处来自于书本。美酒醉人，当我品尝了秘传教义的琼浆时，我也经历过了这样的愉悦。"整个夏天，我的桌上都摆放着荷马的《伊利亚特》，虽然我只是偶尔读上只言片语。做不完的活让我无法进行更多的学习，因为那时我既要修缮房屋，同时还得锄豆。然而我以未来学习的美好前景激励自己。劳作的间隙，我读上一两本关于旅行的浅显读物，这却使我羞愧难当，于是我扪心自问，我到底住在什么地方。

学生可以阅读荷马及埃斯库罗斯的希腊原版作品，无须担心会奢靡堕落，因为阅读就意味着他会效仿心中的英雄，将早上的大好时光献给书中的篇章。英雄式的文字，若受众是堕落的一代，哪怕是以本族语言印刷成册，人们读起来也会不知所云；我们必须绞尽脑汁，摸清楚字里行间的意义何在，跳出我们的智慧与英勇之气的局限，揣测文章的深意。如今廉价又多产的出版社连同它全部的译本，都不曾将我们与古代英雄史诗作者之间的距离拉近过。他们看起来是那么遗世独立，就连他们的文字，印刷出来之后也是晦涩难懂。将年轻的时候及宝贵的时光用在学习古老语言上是再好不过的了，哪怕你只学会只字词组；这些语言来源于世俗凡间，却可以永远给你启发及激励。即便是农夫，他记住并重复听到的几个拉丁单词也不是毫无益处的。人们往往认为古典学科应该让位给更加实用的现代学科，然而无论古典学科以何种语言书写、历史有多么悠久，敢于打破传统的学者们总会去学习古典学科。古典作品不正记载着人类最古老又最崇高的思想吗？它们才是唯一不朽的神谕，对那些最摩登不过的问题也可以给出特尔菲、多多纳所给不出的答案。我们大可以略去对大自然的研究，因为它太过古老。认真阅读就是以真正的精神去读真正的书，这是一项崇高的事业，比世界上现存的一切习俗都要考验人。阅读需要的训练等同于运动员所接受的训练，并且需要为此付出一生的努力。读书时应像写书时那般谨慎而有所保留。仅仅能够说作家的母语是远远不够的，因为口语与书面语、所听与所读文字之间有着很大的差距。口头文字是转瞬即逝的，它仅仅是一个声音、一种口音、一种方言，几乎是野蛮粗暴的，而我们就像野蛮人般口口相传，从母亲那儿学会了这种语言。书面文字则是成熟而饱经风霜的，如果说口头文字是属于母亲的语言，那么书面文字便是属于父亲的语言，它多有保守、严加审核、意味深长，只凭听是领会不了个中含义的，我们只有重生才能够听懂。中世纪的芸芸众生只是会说希腊语和拉丁语，并不意味着他们生来就会阅读这两种文字写就的经典。因为书籍并不是用他们所知道的希腊文或拉丁文书写的，而是精挑细选的文学性语言。他们不曾学过比希腊、罗马更为崇高的方言，那些书籍对于他们来说形同废纸，他们赞扬的却是同时代的廉价读物。不过当欧洲数国具备了自己的书面语言，虽则粗鄙，却足以应付其文学的兴起，于是，最初的那些学问复兴了，学者认识到了遥远过去中财富的存在。罗马及希腊民众所听不见的东西，在时代更迭之后被少数学者所阅读，至今仍有一小波学者在坚持阅读。

无论我们对雄辩的演说家偶尔的滔滔不绝有着怎样的敬佩之情，最高贵的书面语言往往是躲在稍纵即逝的口头语言背后或是凌驾其上的，就如同苍穹中的星星躲藏在云后。星星常有，而会读星之人不常有。天文学家一直在对其发表看法、观察着它们。它们并非我们日常说话和呼吸时产生的水汽。在论坛里表现出的雄辩，在研究中被称为修辞。演讲家受一时灵感的启发，说给能听得见他的话的民众听；而作家，对他而言平平淡淡才是真，启发演讲家的事件和人群会使他分心，作家的听众是人类中最有头脑和最有心的群体，各个时代都有读得懂他的人存在。

难怪亚历山大大帝远征路上仍不忘将《伊利亚特》装于精美匣子内随身携带。写下来的文字是最上等的纪念品，较之其他的艺术作品，它是同我们最为亲切的，同时也是更普遍的，它本身就是最接近生命的艺术。它能够被译成各种语言，不仅能够被阅读，还可以在人们的唇上流传。不只是活在画布和大理石中，它是从生命本身的一呼一吸中诞生的。古代人思想的符号化为现代人口中的演讲。两千个夏季为希腊的文学之碑及其大理石雕铸的塑像上都镀了一层成熟的金秋之色，因为它们把自己宁静神圣的氛围带往全球各地，保护其不受时光的侵害。书籍是全世界的财富，也是各国各代最好的继承。最古老和最优秀的书籍合情合理而又自然而然地住进每一户人家的书架。它们从不会为自己发声，然而当读者因此书而受到启迪时，读者的常识使之不会拒绝书籍。作家在每个社会里都是天生的贵族，与国王相比，他们对人类的影响更为深远。当那些目不识丁且目中无人的商人通过不断进取和勤奋工作获得了他朝思暮想的闲暇与独立，他终于进入财富与时尚的圈子，他不免会转向更高层也更难抵达的智者与天才的圈子，他认识到自己文化上的缺失以及自己所有财富的虚假与不足，于是良知大发，他将自己曾经迫切想得到的知识文化灌输给自己的子女，就此，他成为一个家族的创始者。

那些不会阅读原文版古典名著的人对人类历史的认知必是不完善的。罕见的是，目前还没有此类著作的现代文版本，除非我们的文明自身就是这么个版本。荷马或是埃斯库罗斯，甚至连维吉尔的作品都没有英文的译本——像它们这样优雅纯洁的作品，美若黎明；而后来的作家，即使再有才华，也罕见其有作品能比得上古代作品那般精美的用毕生经历写就的英雄史诗。那些总爱说要忘记经典的人正是那些不了解经典的人。当我们有鉴赏能力足以欣赏经典的时候才会遗忘经典。当那些我们称为遗迹的经典、比经典还要古老而不为人知的各国经书堆积起来的时候，当梵蒂冈充满《吠陀经》《阿维斯陀》《圣经》，放满了荷马、但丁、莎士比亚的作品，未来的时代也会将其胜利品献给世界的论坛之上的时候——那会是一个多么丰富多彩的时代。有这些书山书海做铺垫，我们最终必会荣登天国。

伟大诗人的作品从未被真正地阅读过，因为只有真正的诗人才读得懂，就好像大众观星，顶多是从占星学的角度出发，而非天文学的角度。大多数人学习阅读只是为了些小便利，就好像他们学算术只是为了方便记账且不会在买卖中受骗。然而，作为对智慧进行锻炼的崇高的阅读行为，他们对此一无所知。高层次的阅读并不是哄得人的高尚官能昏昏欲睡的奢侈品，而是需要我们踮起脚尖、投入我们全部清醒和警觉的时间去阅读。

既然学会了阅读，就应该去读那些最优秀的文学作品，而不是永远重复着字母和单音节词，一辈子都坐在教室的最前面，上着最低级的课程。大多数人只满足于会读或是听得懂人读的程度，或许他们读得懂《圣经》那样大智慧的书，而余生却都在浅显的阅读中磨尽自己的才能。流动图书馆内有几部成卷的图书，名为《小读物》，我一直以为那是个我没去过的小镇的名字。有的人就像鸬鹚和鸵鸟，可以消化掉一切，哪怕已经吃过了一顿大餐，也决不允许有东西被浪费掉。如果别人是提供粮食的机器，那么他们就是阅读的机器。他们读了第九千个西布伦和赛福隆尼亚的爱情故事，说他们是怎样相爱的，前无古人的爱恋，当然他们的爱情路上也不顺利——无论如何，说的就是他们在爱情路上是怎么奔跑、跌倒然后爬起来再奔跑的。那些可怜家伙是怎么爬上尖塔的，最好不要爬得超过钟楼的高度；小说家们在完全不必要地将他弄上去之后，又欢快地敲响钟，喊来全世界的人围观。天啊！他可怎么下来啊！我倒是希望他们将这些全世界的小说中有追求的英雄都变成风向标，他们不是喜欢把英雄们给放到星星中间吗？那就让英雄们在那儿挂个够，直到风化生锈，也不要让他们下来戏弄老实人们。等到下一次小说家再度敲响大钟之时，就算大会堂都给烧没了我也不会动一动的。"《的－笃－咯的腾达》，一部中世纪罗曼史，著名作品《铁特尔－托尔－但恩》的作家又一力作；每月连载，广受好评，欲购从速。"人们眼睛睁得像碟子一样大，怀着蠢蠢欲动的好奇心和那副不知疲倦的胃囊，胃壁的褶皱无坚不摧；他们就像四岁大的小孩儿，坐在凳子上读着他们花 2 美分买来的镀金封面的《灰姑娘》。他们丝毫没有长进，无论是在发音、重音、加强语气方面，或者是道德方面的吸取及应用。结果就是视觉钝化、生理机制停滞、精神错乱、智力减退。这种姜汁面包每天都会做，比几乎每家都会做的纯麦面包或是黑麦玉米粉面包要诱人得多，也有一个更为可靠的市场。

最好的书籍往往吸引不到好的读者。我们康科德的文化到底算什么？在这个镇子上，除了个别人，无人对英国优秀的文学感兴趣，虽然大家都读得懂英文，也会写英文。就算是大学出身的文化人也鲜少对英国经典有所问津。至于那些记录着人类智慧的书籍，如古老的经典及《圣经》，想要了解它们是很容易得到机会的，然而却鲜少有人为之付出努力。我认识一个中年的伐木工人，随身带着一份法语报纸，他说不是为了读新闻——他已经不在乎那些了——而是要保持练习，他父母都是加拿大人。当我问起他在这个世上能做的最好的事情是什么时，他说，除了练习法语，就是保持自己的英语水平，扩大词汇量。这几乎是大学生一般会做或是希望能够做到的事情了，他们会带上一份英文报纸。一个刚刚读过有可能是最棒的英文读物的人，他能找到几个可以与之沟通的人？或者说他刚刚读完一部希腊语或是拉丁语的原版书籍，书的好评之多甚至连文盲都不陌生，可他找不到人来倾诉，必须保持沉默。实际上，我们学校里的教授，几乎没有人可以在克服了希腊语的困难之后还能够相应地掌握希腊诗人的智慧及诗歌的艺术，并能够发善心将其带给机智而无畏的读者。至于那些神圣的经典，或者说是人类的诸多"圣经"，这个镇子上又有谁可以说出它们的名字呢？大多数人除了知道希伯来人有一部经典之外，对其他一无所知。任何人都会走到一旁捡起一枚银圆，而这里就有古代最有智慧的人所说的金言，由历代智者们为我们验证过的大智慧——可我们却只学会了读那些浅显的读物、启蒙读物、课本，等我们离开学校，就只会看些写给小男孩儿和刚开始识字的人看的《小读物》、故事书。我们的阅读能力、对话能力和思考能力都停留在一个很低的层次上，只配得上智力低下的侏儒。

我渴求与比康科德本地人更有智慧的人打交道，而他们的名字在这儿几乎不为人知。难道我知道了柏拉图的名字却从来不去读他的书？就好像柏拉图就是我的老乡而我见都没见过他似的——我和我的近邻都从未听过或是注意过他话语中的大智慧。但实际上呢？他的《对话录》就躺在旁边的书架上，里面包含着他不朽的智慧，而我连翻都没翻过。我们没教养，粗鄙低俗不识字。有两种文盲，一种是根本就目不识丁，另一种则是虽识字却只读些儿童和低智商读物的人。我以为这两者并没什么区别。我们应该像古代圣贤一样优秀，不过首先我们得知道他们有多么优秀。我们是矮人一族，我们智慧的翅膀飞不过日报专栏的高度。

并不是所有的读物都和读者一样无味。也许有恰巧言中我们处境的文字，如果我们能够听见、能够了解，它们比清晨和春天还要有益于我们的健康，或许还会使我们看到事物新的一面。有多少人因为读了一本书而开启自己的新纪元？书籍为我们而存在，它们或许解释了奇迹的发生，也带来了新的奇迹。我们会发现眼下无法用语言表达出来的事物已经在别处表达过了。那些让我们困扰不已、不知何去何从的问题也曾经摆在所有智者的面前，没人逃得掉；而每一个智者都凭借自己的能力，以语言或是生活回答了这些问题。还有，有了智慧，我们还能学到慷慨宽阔的胸怀。康科德城郊的农场里有一个性格孤僻的佣工，因为宗教而获得了重生，他那奇特的经历使人们相信是他的信仰带领他进入那沉默的庄重和排他境界——这样的人或许不会相信书本的力量；然而琐罗亚斯德，他在几千年前就走过同这个佣工一样的路，有过相同的经历。只不过智慧如他，知道这是普遍的现象，就同样对待他的邻居，甚至有传说是他发明创建了人们之间礼拜的仪式。让佣工谦逊地同琐罗亚斯德沟通一番，受到圣贤们那慷慨的影响，与耶稣基督本人之间沟通，将“人们的教堂”抛去九霄云外吧。

我们吹嘘自己是属于19世纪的，我们的国家是走在最前面的。然而，想想这个村庄对其文明做出的微不可计的影响吧。我不愿与我的乡人们互相吹捧，这不利于我们的进步。我们需要刺激，像被鞭策的公牛一样，奔跑起来。我们拥有相对而言像模像样的公立学校，但只是为小孩子们开设的。除了冬季里半饥不饱的讲堂和近来才由联邦政府提起兴办的图书馆，我们自己并没有学校。我们在物质食粮上的花费要远超精神食粮的开销。我们是时候建立一所不凡的学校了，为了让我们在长大成人后还能够继续接受教育。是时候将村庄改造成大学，年长的村民就是大学里轻松的研究员——他们的确生活得很富足——余生都在学习人文学科。这世界还会仅仅局限于一个巴黎或是一个牛津吗？学生们难道不可以寄宿在这儿，在康科德的天空下接受人文学科的教育吗？我们就不能请一些阿伯拉尔那样的讲师来为我们授课吗？唉！我们又是养牛又是看店，离开学校已经太久了，我们的教育已经可悲地被忽视了。在这个国度，村庄应该拥有贵族在欧洲那样的地位，它应当是艺术的赞助人。它多的是钱，少的是肚量和雅量。它可以在农夫和商人认为值得的地方花上许多钱，但是若想在智者们认为更加有价值的事情上花钱就会被当作空想。建造市政府花了17000美元，托财富和政治的福，然而在未来的一百年间，它都不会为活生生的智能花费这么些钱，而智能，才是能够填满空壳的东西。每年一度为讲堂募集到的 125 美元可以说比城里的每一笔募集而来的钱款都要用得其所。我们若是活在 19 世纪，为何不享受 19 世纪能为我们提供的便利？我们的生活为何如此狭隘？如果我们要读报，为何不跳过波士顿的花边新闻而立刻拿起一份最优秀的报纸呢？别去吸吮“中立派”的那些没营养的东西，也别去浏览新英格兰的“橄榄枝”。让所有学术界的报告都汇集到我们这儿，我们来看一看他们是否有真才实学。我们为什么要让哈珀兄弟出版社和雷丁出版公司来给我们挑选要读的东西？品味高雅的贵族身边充斥着一切对他的文明有益的事物，天才、学识、智慧、书籍、绘画、雕像、音乐、物理仪器，诸如此类。将村庄也变成这样吧，不要止步于一名教育者、一位牧师、一个执事、一间教会教堂和三个行政委员，因为我们拓荒的祖辈们曾在一块峻石上挨过了寒冬。集体行动是符合我们的天性的，我深信，我们现在的条件变好了，我们的力量比贵族们的要强大。新英格兰请得起全世界的所有智者来教育子民，供给他们食宿，而自己也不再狭隘。这就是我们想要的不凡的学校。我们不要贵族，我们要的是高贵的村庄。若有必要，在河上少建一座桥，多绕一些路，在我们身边那黑暗的无知深渊上搭起一座拱桥吧。

声 音

我们受限于书籍，哪怕是最上等最经典的书籍，我们阅读的只是某种特定的书面语言，而它们本身就是狭隘的方言，我们有可能会忘掉那种一切事情都无须借喻便可表达出来的语言，只有这种语言，才是丰富而标准的。出版的作品很多，被印刷出来的却很少。曾经透过百叶窗钻进来的光线在百叶窗被整个移走之后便被遗忘殆尽。任何方法和准则都比不过永葆警觉的必要性。永远看着那些应该被看到的东西——跟这条法则比起来，那些再精选的哲学史、诗歌，或是最高的社会层次，或是最令人敬仰的生活方式又算得了什么呢？你会去做一个阅读者、一个学生，还是一名先知？读出你的命运，未卜先知，走入未来。

第一个夏季，我没有读书，我在锄豆。不，我做的远远好于此。总有一些时刻，我舍不得将美好的时光用来工作，不管是体力还是脑力。我喜欢游刃有余的生活。有时候，在夏季的清晨，我按惯例洗过澡之后，会坐在洒满阳光的门廊下，从日出一直坐到正午，无人打扰，静神凝思，沉浸在遐想之中，身边是松树、山核桃和漆树，鸟或是在身边啁啾，或是悄无声息地飞过我的屋子；直到日落西窗，或是远处道路上传来旅人的马车声响，我才感觉到时光的流逝。在那些季节里，我就像夜间的玉米一样拔节生长，这比任何体力活都要好得多。这并非浪费生命，而是远高于我应有的寿命之上的。我理解了东方人的冥想及隐退的意义。我最关心的不是时间怎样流逝。时间在前进，似乎就是为我的工作照亮的，刚刚还是早上，可你看啊，现在就到了傍晚，却一事无成。我不像鸟那样歌唱，而是为我源源不断的好运气默默微笑。好似那雀儿的叫声叽叽喳喳，落在我门前的山核桃树上，我在自己的窝里咯咯发笑或是忍着笑意的声响也会被雀儿听到。我的日子不在星期里，没有被打上异教神灵的印记；我的时间不在闹钟里，没有被分割成小时，嘀嗒嘀嗒惹人心急。我活得就像印第安部落的普里人一般，他们“用来表示昨天、今天和明天的都是同一个单词，他们向后指就是在说昨天，向前指就是在说明天，而指向头顶则是说正在流逝的今天”。这在我的乡人们看来，怕只是彻头彻尾的懒散表现；但若让花草鸟以它们的标准来衡量我，我未必不够好。人应当在自己身上找原因，此话当真。自然的一天平静异常，并不会去责难人的懒散。

我的生活模式较之那些得到国外去找乐子，必须经社交、去剧院才高兴的人来说颇为优越，我的生活本身就是娱乐，且历久弥新。生活就是一场永不落幕的戏剧。如果我们总是实实在在地按照听说到的最好最时新的模式去生活，去规范我们自己，那我们永远不会受无聊之苦。紧紧跟随你的天赋，每个小时都是新鲜多变的。家务活也是愉悦的消遣。地板若是脏了，我便早早起床，将家具等都挪到门外的草地上，床铺跟床架堆到一起，在地板上洒上水，再将从湖边运来的白沙撒到地面上，用扫帚清扫，地板就会变得洁净雪白。当村民们吃过早饭的时候，太阳已经晒干了地板，我可以将东西重新搬进去，在这期间，我的沉思冥想并无人打扰。看着自己的居家装备都堆在户外，感觉还是很好的，它们聚成小小的一堆，就好像吉卜赛人的行囊。我那三只腿的桌子，上面还摆着书本和笔墨，立在松树和山核桃树之间。它们看起来很乐意待在外面，不想被搬回室内。我几次都想在上面支起一顶遮阳篷，而自己就坐在其下。费这些工夫是值得的，看着阳光照耀在这些东西上，听风自由自在地吹拂而过；这些日常见惯了的东西在室外要显得有趣得多。鸟停在旁边的枝子上，鼠曲草长在桌子下面，黑莓将藤蔓缠在桌子腿上；到处散落着松果、带着毛刺儿的栗子果和浆果的叶子。看起来仿佛这就是植物变形成为我们的家具，桌子、椅子、床架——它们曾经都和这些树木一样，站在丛林里。

我的屋子坐落在小山腰上，旁边就是一片稍大的林子，周围是长满油松和山核桃的新生林，距湖约莫六杆远，从山上蜿蜒出一条小路，直通湖边。我的前院里长着浆果、黑莓、鼠曲草、元宝草、秋麒麟、矮栎树、沙地樱桃、蓝莓和落花生。约莫5月底，野樱桃开出了伞状的花，悬在矮矮的茎上，花朵美妙绝伦，给小路镶上了花边。到了秋天，饱满可人的果实压弯了枝头，像是路两边的光芒一般。我出于对大自然的敬仰品尝了它们，尽管味道绝算不上美味。屋子周围的漆树生得葳蕤，推挤着我筑起来的堤防，第一季里就长了五六英尺。它那热带植物般的羽状树叶看起来奇怪又有趣。在春天，看似已经枯死了的干枝上突然冒出来朵朵嫩芽，神奇地长成足有一英寸粗细的嫩绿枝丫；有时候，我倚窗凝望，看它们肆意地生长，压得枝丫难堪其重，我听到过新鲜的嫩枝突然落下，像一把扇子似的，悄无声息地落到地面上。而此时并无风，它全然是被自己的重量压断的。大丛大丛的浆果在开花时引来无数野蜂，到了8月，果实渐渐染上天鹅绒般润泽的深红色，硕果累累，压弯了枝丫，折断了嫩芽。

夏日午后，我凭窗独坐，看鹰在林中空地上方盘旋；飞得极快的野鸽子，三三两两地掠过我的视线，或是不安地落在屋后的白松枝上，冲天空鸣叫着；一只鱼鹰点皱一池湖水，捉起一条鱼；一只貂从我门前的湿地里悄然蹿出，咬住了一只歇在岸边的蛙；芦苇鸟这儿飞飞，那儿飞飞，压弯了莎草；刚刚的半个小时里，我听到了火车的轰鸣声，时有时无，听起来像鹧鸪在扑扇翅膀，载着波士顿的客人来到乡间。我还没有如那个男孩儿般远离人世，听说他被送到镇子东部的一家农户里，不久就逃回家中，穿得破破烂烂，十分想家。他们从来没有见过这么沉闷异常的地方，所有人都走掉了，在那儿你连汽笛声都听不见！我怀疑在当今的马萨诸塞州是不是还能找到这样的地方了——

事实上，我们的村庄已化身为箭靶，
铁路就是一支支的钢铁之箭，
在平静的草原上方，

有一个令人安心的声音——康科德。

菲奇堡铁路在离我的住处约莫一百杆远的地方与瓦尔登湖擦肩而过。我去村庄的时候往往沿着它的堤道走，它的使命就是连接个人与社会。货运车上的人们常常走完全程，来回往返，他们在看到我的时候会向我鞠躬示意，就好像遇到了一位老熟人那样。他们经常会在铁路上遇到我，他们怕是把我当作一名铁路员工了；没错，我就是。我很乐意做一名铁路维护工人，在地球上的哪一个地方都可以。

火车的汽笛声冬夏不歇，响彻林间，就像是在农夫田间上空翱翔的鹰发出的叫声一般，告诉我有许多不安分的城市商人来到了镇子上，或者是大胆的乡间小贩驶向了城市。当它们抵达同一范围的时候，一个就会警告另一个为其让路，有时候附近的两个镇子都能听得到这个警告声。给你送杂货来了，乡村；给你们的口粮，乡下人！在这儿，没有人能够完全依靠自己的农场对这些人不屑一顾。你们要为其付出代价！乡下人的汽笛声也响了起来，攻城木一般粗壮的原木被装上车厢，以每小时二十公里的速度抵达城墙；还有足够的椅子，能够坐得下城市里所有疲惫不堪、负重累累的人。乡村秉着如此巨大而笨拙的礼节，将一把椅子递给了城市。印第安人那长满了越橘树的小山都被砍伐成秃山，长着蔓越橘的牧草都收进了城市的囊中。棉花上去，棉布下来；丝绸上去，毛织品出来；书本上去，书写它们的智者下来。

我看见过拖着一长串车厢的火车头，行进起来像行星一般——或者说，更像彗星，因为看到它的人不知道按着那个速度和方向，它会不会重返我们的星系，毕竟它的轨道看起来不大像是一个能返回的弧线。火车喷出的团团蒸汽像旗帜一般飘扬着，形成金色银色的花环，就好像我见过的绒绒的云朵一般，高高地挂在天上，拿它庞大的身躯遮挡住光芒——仿佛这个正在旅途吞云吐雾的半人半神很快就要拿日落的天幕做它火车的衣服。我听见钢铁之马打着响鼻，满山谷都是回音；铁蹄撼动大地，鼻孔里吞吐着黑烟与火焰（我不知道它们会创造出怎样的飞马或是火龙放进新传说里)，仿佛大地终于孕育出一个配得上居住于此的种族。如果一切都和看到的一样，那么人类就能够驾驭自然因素，使之为自己崇高的目的服务！如果悬在火车头上方的蒸汽是开创英雄伟绩时流下的汗水，或者同农田上空的蒸汽云一样有益，那么大自然必会欣喜地陪伴人类做他们的事情，为他们保驾护航。

我看着早班车驶过，心情同观看日出时是一样的，因为日出也未必会比前者更为规律。火车飘出的烟雾长长地拖在后面，愈升愈高，火车驶向波士顿，而烟雾去往天国，片刻间，它遮蔽了太阳，在我远处的田野上投下黑影，在这驶向天国的火车旁，那奔驰在地面上的火车不过是长矛上的小小倒刺罢了。冬季清晨，山间的星光早早地点亮了钢铁之马的马厩，给它喂食、束上马具。火焰也早早燃起，好给它力量，让它出发。这一切发生得非常早，若是它能够同样无害该多好！如果雪积得深了，马蹄就会被套上雪鞋，像一把巨大的犁，在山海之间犁出一条深壑，而车厢，就像条播机一般，将不安分的人们和流动的商品播撒到乡村里做种子。火马不知疲倦地穿行于乡间田野，只有主人需要休息时才停下脚步。我在午夜，被它嗒嗒的蹄声和挑衅的响鼻声吵醒，那是它在某个偏远的林间峡谷里遇到了冰雪恶劣天气。启明星升起之时它才回到马厩，不眠不休，重又启程。或是在傍晚，我听见它在马厩释放出多余的能量，抚平敏感的神经，沉入睡眠，让器官平静下来。这一切持久而不知疲倦，若是它也能够同样英勇威严该多好！

城镇边缘那杳无人迹的丛林，曾经只有猎人在白天穿梭其中，如今，深夜里依然有灯火通明的车厢从中驶过，乘客们却不知自己身处何处。这一刻停在某个城市堂皇的站台上，那儿聚满了爱好社交的人士；下一刻又停在了郁郁沉沉的沼泽地带，吓坏了猫头鹰和狐狸。火车的来来去去成了村子里的大事。它们的往返准时而有规律，汽笛声响亮，很远就听得见，农夫们按火车的时刻来调自己的钟表，就这样，一个管理有序的机构规范了整个乡村。发明了铁路之后，人们在守时方面不是有所进步吗？比起在马车驿站，人们在火车站说话和思考的速度不都变快了吗？火车站的气氛里有某种振奋人心的东西。它带来的奇迹一度使我十分震惊：我曾经以为我的邻居绝不会乘坐这样便捷的交通工具去往波士顿的，而现在汽笛声一响，他们就已经在站台等着了。按照"铁道方式"办事已经成了人们爱挂在嘴边的话了。权力部门确实有必要多次警告人们远离轨道。这种情况下，不可能停下来宣读法律以示警告，也不可能向闹事民众的头顶上开枪。我们筑就了一个命运女神，阿特洛波斯，她是永不会让步的（用她的名字给你的火车命名吧）。人们都知道，这些弩箭会在几点几分射向罗盘上的某个特定的方向；同时它并不会妨碍到谁，孩子们走另外一条道去上学。因为它，我们的生活变得更加稳定了。我们都被教育得同退尔的儿子一样，临危不惧。空气中充满了无形的弩箭，每一条非你之外的道路都属于命运女神。那么，还是走你自己的路吧。

商业给我的印象就是它的进取心和勇气。它不会双手合十向神灵祈祷。我每天都能看到商人们带着或多或少的勇气和满足感去经营，做得比他们预想的还要多，甚至比他们精心策划的结果还要好。比起在布埃纳维斯塔前线撑了半个小时的英雄们，我反而觉得住在铲雪机里过冬的人，他们那乐观的勇气更让我动容；他们拥有拿破仑·波拿巴所说的凌晨三点钟的勇气，不仅如此，他们的勇气可不会这么早就入眠。除非风暴停歇，他们钢铁坐骑的肌肉被冻僵，他们才会休息。刚下过暴雪的清晨，狂风依旧冰冷噬骨，我听见火车的汽笛声从迷雾中模模糊糊地传来，火车来了，虽然新英格兰东北部经历了暴风雪，但火车并没有晚点多久，我看到铲雪的人身上满布冰霜，他们抬头望着前方，铲雪板夷平一切，不管是雏菊还是田鼠窝，或是内华达山脉的巨石，只要是在地球表面的东西，全部都被铲开来。

商业有着出乎意料的信心和宁静、警觉、上进又不知疲惫。它的方式十分自然，远超那些不现实的事业和感情用事的实验，因此成就了非凡的业绩。每当货运火车轰鸣作响地从我身边驶过的时候，我总能感到自己焕然一新，心胸开阔。我嗅到了库存商品的味道，从长码头一直蔓延到尚普兰湖；这味道使我想起外国、珊瑚礁、印度洋、热带地区以及广袤的地球。当我预见次年夏天有多少棕榈叶会被戴在新英格兰人那生着亚麻色头发的脑袋上，还有马尼拉麻、椰子壳、旧帆船、麻布袋、废铜烂铁、生锈的钉子，我都会更加觉得自己是个世界公民。这一车破帆要比做成纸张和书册更有可读性和趣味性。还有什么能像这破帆一样，生动地记录下遭受到的每一次风暴？它们是不需要校改的校样。缅因的木材正打这儿经过，它们没赶上上一次涨水出海，而因为有一些木材提前被运出或是裂开折损，现在每一千根贵了 4 美元；松木、云杉、雪松，被分为一等品、二等品、三等品和四等品，而就在不久以前，它们还不分这些等级，在熊、麋鹿和驯鹿的头顶上摇曳。接下来驶过的是汤麦斯东石灰，质量很好，正要被送到深山里做熟。而这些包裹起来的碎布，各种颜色、各种质量的都有，这就是棉麻布料最差的下场、服装最后的结局——它们的款式不再受到人们的赞扬，除非是在密尔沃基市；英国的、法国的或是美国的印花布、方格布、平格细布，等等，这些漂亮东西从上流社会及贫困群体的手中被收集起来，将要被做成素色或是花纹淡雅的纸张，而这些纸张将会被写上生活的故事，上层社会也好，下层社会也罢，都是接地气的。这一节紧闭着的车厢里传出咸鱼的味道，强烈的新英格兰及商业的气味，让我想到了大浅滩及渔场。谁没有见过这样的咸鱼呢？它被加工得透透彻彻，无坚不摧、百毒不侵，它的持久不衰甚至会让圣贤们脸红。你可以拿着这咸鱼打扫大街、铺设街道、劈柴，车夫还可以将自己及货物都躲在咸鱼下面遮风挡雨又蔽日。或者像商人们那样，在康科德的确有那么个商人，他在自己的商店门口挂上一条咸鱼当招牌，直到最后，连店里最老的顾客都分辨不出这是动物、植物还是矿物；然而它仍旧像雪花一样纯净，若是把它放到锅里去煮一煮，那依然是一道可以摆在礼拜六餐桌上的美味的腌鳕鱼。再接下来是西班牙的兽皮，上面的尾巴还保持着卷度和翘起的弧度，就好像这皮还在牛的身上，而牛还奔跑在西班牙的大草原上一样——这是典型的顽固，表明了传统的恶习是不可救药的。我承认，实际上，当我知道了一个人的真正性情的时候，我是不会对其现状进行改变的。正如东方人所说："杂种狗的尾巴可以经过加热、施压及捆绑的处理方式，如此这般十二年，它依旧保持原样。”唯一对付类似这狗尾巴的顽固积习的有效办法就是将其熬制成胶，我相信对它们的处理方法大体上都是这样，这样它们便会被固定住，黏在那里。这儿是一大桶糖浆或白兰地，指名要送给佛蒙特州克丁斯维尔的约翰·史密斯，他是青山山区的一位商人，为附近的农夫们进点儿货，他现在可能就站在墙边，想着港口新进的货物会对他的货价有什么影响；此刻他正在对顾客们说着已经说过二十次的事情，说他在等一车好货。这个消息早都登在了《克丁斯维尔时报》上了。

有来就有往。飕飕的飞驰声警醒了我，我从书本中抬起眼，看到北山上被伐倒的高大松树，经过格林山区和康涅狄格州飞驰而来，不到十分钟，就像箭一样穿过了城镇，几乎没有第二个人看得到它；它即将“成为某个大船上的桅杆”。

听！运输牲口的车厢过来了，上面载着成千上万头山野上、羊圈里、牲口棚里和露天牛棚里运过来的牲口，还有拿着放牧杖的专门赶牲口的人、挤在畜群中间的牧羊人，除了高山牧场上的畜群，其他的都在这儿了，像是被9月的狂风吹卷起来的叶子一般在峡谷间一卷而过。空气里充满了小牛和羊羔颤巍巍的叫声，仿佛火车正在驶过的是一个放满畜群的山谷。当畜群前面的老头羊摇响了脖颈上的铃铛之时，大山就像公羊一样跳了起来，而丘陵就像羊羔一般。还有一车赶牲口的人，夹在其中，如今他们的地位同这些牲口一样了，职责虽没了，但是却仍旧紧紧握住已经没有了用处的放牧杖，好像那是他们职责的象征一般。不过他们的狗到哪儿去了呢？这对它们而言是一场大逃亡，它们被丢了出去，嗅不到畜群的气味了。据我看来，它们在彼得伯罗山后吠叫，或是气喘吁吁地爬上青山西侧的斜坡。畜群被屠宰的时候它们不会出现在现场。它们的职责也没了。它们的忠诚和聪明如今都贬值了。它们只能灰溜溜地回到狗窝里，或是跑去野外，同狐狸、野狼之流混在一起。你的放牧生涯也这样一闪而过。然而汽笛响起，我不得不走下铁轨，让火车过去——

对我来说铁路是什么？

我从没见过它的终结处。

它把沟壑填满为燕子做堤岸，

它使黄沙飞扬，

它使黑莓到处生长。

不过我穿过铁道，就像穿过林间的马车小道一样。我既不会被它的烟雾迷了眼，也不会被它的嘶嘶声震聋了耳朵。

火车驶远，随之而去的还有那个浮躁的世界，池中的鱼再也不会感受到那隆隆作响的声音，而我，比之前还要孤单。这此后的漫长午后，能打扰到我的怕只有远处道路上传来的渺茫的过路车马声响。

顺风的时候，我会在礼拜日听见钟声，那钟声来自林肯、阿克顿、贝德福，还有康科德。甜美而缥缈的钟声宛若天籁，在旷野中回荡。远处丛林的上空，这钟声又多了一丝嗡鸣，仿佛地平线处的松针是它正在拂动的竖琴琴弦。所有在远处听来的声响都有着同样的效果，那就是宇宙七弦琴的颤声，就好像远处的空气为山峰镀上了一层蔚蓝色的边，让眺望的人们更觉得有趣。我所听到的是经过空气传播过来的旋律，这旋律同林中每一片叶子、每一枚松针细声交谈过，大自然构成了新的乐章，山谷与山谷之间反复调试着旋律，回声不绝。这回声其实就是独创的声响，有着魔法般的魅力。它不仅仅是钟声里最优美的片段，还有一部分是丛林的呢喃声，是林间仙子吟唱的平凡歌词、普通曲调。

傍晚时分，林子背后的地平线处传来了低沉的牛哞声，听起来甜美悦耳，乍一听竟像是为我献唱过的那个吟游诗人游荡在山谷里。而当最后，声音拖长，我听出来那是牛发出的普通而自然的声音，我虽失望，但并不沮丧。我这么说并不是在讽刺他人，我清楚地知道吟游诗人的歌唱同牛哞声类似，这二者都是天籁之音。

通常是夏天的某些夜晚，七点半一过，末班车驶出站台，夜莺就会栖在门口的树桩上，或落在房梁上，曼歌妙语，约莫唱上半个钟头。它们每个傍晚都如此准时，简直像闹钟一般，顶多会根据当天的日落时间有五分钟的出入。我有这个难得的机遇，熟知它们的习性。有时同一片林子里散落着四五只鸣叫的夜莺，虽然是一起鸣叫，但总是差那么一个音符，听得出那歌声里不仅有“咯咯”的声音，还有一种独特的嗡鸣声，就好似撞入蜘蛛网的苍蝇翅膀的震动声一般，只不过这声响更大一些。有时会有一只夜莺绕着我飞，距离我只有几英尺，仿佛有绳子拴着它似的，我估摸着是我离它的鸟蛋太近的缘故。夜里能听见它们时有时无的鸣叫，在破晓时分，婉转的歌声再度响起。

当其他鸟唱罢安歇的时候，猫头鹰终于插上话来，接着旋律唱下去，那古老的“呜——噜——噜”的声音，好似悲鸣的女人。它们阴沉的鸣叫简直就是本·琼森的真实演绎。精明的午夜老巫婆！并非诗人笔下那单调的“嘟，喂——嘟，呼”，它们的歌声是墓园里最悲伤的挽曲，是殉情的恋人在冥间丛林回想起痛楚时给彼此的安慰。然而我爱听它们的哀号，那寂寞的回应响彻树林；会让我想起音乐和唱歌的鸟，仿佛它是音乐黑暗而伤心的那一面，是很少被唱起的悔恨与叹息。它们是幽灵，曾经以人形行走于大地之上，做尽黑暗的勾当，它们就是那不祥的灵魂，如今以哀号之声来赎自己犯下的诸多罪过。正是因为它，我对这个万物共同居住的大自然的多样性与包容性又多了一层新的了解。“哦——哦——哦——哦，要是我从没来过这个世界就好了——了——了——了”的声音在湖的另一边响起，怀着无限的绝望，这鸟打着圈儿在灰色橡木上落了下来。“我从没来过这个世界就好了——了——了——了”的声音从远处丛林密布的地方传了过来，这是另一只鸟对它的回应。隐隐约约的“就好了——了——了——了”的叫声接着从更远一些的林肯森林传了过来。

也曾有猫头鹰为我唱过小夜曲。那近在耳畔的声音让人觉得它是大自然中最悲伤的声音，它似乎想将人类垂死的呻吟声定格在自己的合唱之中——这是已经被希望遗弃了的人类遗迹，在步入黑暗之谷的时候满怀着人类的哀伤，却号叫得宛如禽兽一样；绵延不绝的悲伤旋律在此时显得更为刺耳——我发觉，在我模仿它的叫声的时候，我总是以“咯”开头——这声音表达着一切健康积极、充满勇气的想法变得发霉发黏的状态。这听起来仿佛是食尸鬼、白痴及疯子的哀号。而远处丛林中传来的另一声响应，距离使得声音也产生了美——呼呼呼，呼，呼。不管是在日间还是在夜间，在夏季还是在冬季，只要听到这个声响，总会让人产生愉悦的联想。

我庆幸它们是猫头鹰，就让它们为人类发出这白痴又神经的叫声好了。这声音最适合沼泽以及不见天光的黑暗丛林，为人类展现出一片未知的广袤自然。它们是混沌未开的残留，是所有不满的欲念的代表。阳光整日整日地晒在沼泽地荒凉的表面上，生着松萝的云杉孤零零地立着，鹰隼在上空盘旋，山雀在常绿灌木丛间饶舌，鹧鸪与野兔穿梭其下。与阴沉更为适宜的一天开始了，另一批动物渐次苏醒，诠释着大自然的意义。

傍晚的再晚些时候，我能够听见远处桥梁上传来的马车的隆隆声（比我在夜间听到的任何声音都要显得遥远）、犬吠声，偶尔还会听见远处农场上母牛发出的寂寞低哞声。而同时，湖岸上响彻牛蛙的鸣叫声，代表着古老的酒鬼和放纵者的灵魂，数千年来冥顽不化，试着在它们的冥湖边唱上一首——但愿湖中仙子可以原谅我做此比喻，湖中虽无杂草，却有的是蛙——它们仍旧愿意按照老餐桌上的规矩来庆祝，哪怕它们已是声音沙哑，神情肃穆，强颜欢笑；而美酒也饮之无味，变成了仅仅为了饱足其口腹的液体。大醉酩酊也抹不去回忆，它们顶多喝得一肚子是水，大腹便便。最有威仪的牛蛙将下巴搁在一片心形的叶子上，当作是兜住自己滴水下巴的餐巾，在北岸痛饮着它曾经不屑一顾的水酒，一边传着酒杯，一边大叫着："特儿——儿——儿——容克，特儿——儿——儿——容克，特儿——儿——儿——容克！"不远处的湖湾也传来相同的暗号，在那儿一只资历和腰围仅居其次的牛蛙在杯子上饮下了属于它的那一份；当酒杯传过一巡，众蛙高歌为主人祝酒，那是心满意足的"特儿——儿——儿——容克"！每只都依次循环，直到最后一只，也是最瘦小、漏的酒最多、肚皮最瘪的蛙，也唱过，不得有错；如此反复，唱上一轮又一轮，直到朝阳驱散了晨雾，只有为首的蛙还留在岸上，徒劳地反复吼着"特容克"，再停下来等候回复。

我似乎在住处附近没有听见过雄鸡打鸣的声音，我想哪怕只是为了听听这个声音，都值得去养一只公鸡，就像蓄养一只鸣禽一般。毫无疑问，这种印第安野生雉鸡的鸣叫声是所有鸟中最具特色的，若是它们未经驯化，而是野生生长，那么它们很快就会是我们丛林中最有名的歌手，会超过鹅的嘎嘎叫声以及猫头鹰的呼号声；想象一下，当君王们的嘹亮号角声暂歇，母鸡们用自己的咯咯声来弥补这个间隙的样子吧！无怪乎人们将这种动物加入了自己的驯化圈——更别提鸡蛋和鸡腿了。冬日清晨，漫步于住满鸟的丛林，聆听野生雄鸡在树梢上引吭高歌，清亮的声音足足传出几英里地，淹没了其他鸟微不足道的鸣叫声——想想那个场景吧！它将警醒全部国民。谁还不会每日早起，余生里愈起愈早，直到他变得拥有难以形容的健康、富足及智慧？这只异族鸣禽的歌声同本地的鸟歌唱家一样，被各个国家的诗人所歌颂。公鸡的生长不限季节。它比本地的禽类还要本土化。它健康永存，永远声音洪亮，精神奕奕。在大西洋和太平洋上航行的船员们也会被它们的啼叫声惊醒，然而它洪亮的啼鸣却从未将我从睡梦中唤醒。我从不养猫猫狗狗，也不养牛、猪或母鸡，你或许会觉得我在的地方缺乏家的声音；没有搅乳器的声响，没有纺车的吱吱呀呀，也没有水壶烧开的声音，也没有茶壶的嘶嘶声，更没有小孩子的哭闹声，不能使人得到慰藉。一个生活老式古板的人怕是会被逼疯，或者在发疯之前就死于这儿的无聊。墙里甚至都没有老鼠，它们或是被饿得离家出走，或是根本就从未住进来过——只有出没于房顶上或地板下的松鼠，房梁上的夜莺，在窗下尖叫的蓝松鸦，屋地下藏着的野兔或旱獭，屋后的长耳猫头鹰，湖上漂着的一群野鹅或是发出笑声般叫声的潜鸟，还有夜间号叫的狐狸。而那些在种植园里常见的小鸟，云雀啊，黄鹂啊，从未来过我这里。院子里既没有公鸡的打鸣声，也没有母鸡的咯咯声。我根本就没有院子！但是不受围栏拘束的大自然爬到你的床边。你的草地上长着一片年幼而蓬勃的森林，你的地窖里闯入了野漆树和黑莓藤蔓；茁壮的油松枝丫挤着屋顶，想获得更多的生长空间，它们的根系就伸在屋子的下面。狂风吹走的不是天窗，也不是百叶窗，而是将你屋后的松树连根拔起，可以当燃料使用。暴雪中不是没有通往前院大门的路——没有大门，没有前院，也没有通往文明世界的道路。

独 居

这是一个美好的黄昏，身心舒畅，每一个毛孔都吸收着愉悦的力量。我在大自然中自在穿行，我本身就是它的一部分。我在湖边石岸上漫步，尽管天气凉爽，多风多云，我身上只穿了一件衬衫；我眼中所见的没有能够特别吸引我的东西，因为一切事物对我而言都友善非凡。牛蛙的鸣叫是夜幕降临的前兆，拂过水面的徐徐微风送来了夜莺的歌声。杨树叶子在空中舞动，那舞姿美得令我无法呼吸；我的内心正如这片湖水，偶有涟漪，却波澜不惊。晚风掀起的波纹如同平静如镜般的湖水，离风暴都很遥远。天色已暗，风却依旧在林间肆虐、咆哮，波涛拍岸，一些鸟为其他动物唱着安眠曲，永无完整的安宁。最为狂野的动物不会休息，它们此时正追逐着猎物；狐狸、臭鼬和兔子，此时正在无惧无畏地穿梭于丛林之中。它们是大自然的守夜人，连接着白日里生气勃勃的时刻。

我回到家里的时候，总会发现来客们留下的痕迹，或是一张卡片、一束鲜花、一只常青藤编织的花环，或是用铅笔在核桃树叶或树皮上写下的姓名。那些很少来到丛林里的人总会下意识或者有意地摘下一些属于丛林的东西，一边走一边把玩。有人削了一根柳条，编成一只花环，丢在我的桌上。哪怕是我不在场，我也能够分辨得出是否有人来过，或是被压弯了的嫩枝与草叶，或是他们的鞋印，从他们留下的蛛丝马迹，我可以辨出他们是男是女，是老是少，人品如何；或是掉在地上的一朵花，或是被拔起又舍弃掉的一束草，甚至还有带到半英里外的铁路旁边才扔下的，或是雪茄和烟斗残留下的气味。不仅如此，我还能仅凭烟斗的一丝气味发现六十杆以外马路上的过客。

对我们而言，空间是足够的。我们的地平线并不伸手可及。密林和湖水并不在我们家门口。倒是总有那么一个林间的空地，人们很熟悉，也常去，很喜欢它，用围栏把它给围起来，它是我们向自然收回来的领地。为什么我能够独自享有这么一片被人们遗弃了的广袤丛林呢？我最近的邻居离我有一英里远，方圆半英里内都看不到人烟，除非爬到山顶鸟瞰四方。四周环绕着树林，远观铁路贴湖而过，另一侧是围栏围起来的林间小路。不过我所住的地方，除却这些，都是如同大草原一样孤寂。虽说身处新英格兰，但感觉就像是在亚非一般。我拥有着我自己的日月星辰，我有自己的小小世界。在夜间，从未有人登门拜访过，我仿佛是这世上第一个人，又仿佛是最后一个。除非是在春季，一批一批的人过来钓鲶鱼——在瓦尔登湖，他们更多的是在凭自己的性子钓鱼，滥用鱼饵，离开的时候两手空空，将“这世界留给黑暗与我”。黑夜的精髓从未被邻人们打搅过。我相信人们总是害怕黑暗的，哪怕巫婆们都被绞死，基督教徒布满大地，烛火之光驱散黑暗。

我的切身经历告诉我，不管是厌世的人还是情绪低沉的人，都能够在大自然中找到最甜蜜温柔、最天真积极的陪伴。与大自然为邻的健全人士，他的内心大抵是不会非常阴暗的。对于健康且纯洁的耳朵来说，一切风暴都只不过是风神拨动琴弦的乐声罢了。没有任何事物有权力逼迫一个勇敢纯朴的人陷入平凡的忧伤之中。我在享受四季的陪伴之时，更加坚定了自己的信念，那就是无论怎样，生活对我而言都不会是一种负担。那场蒙蒙细雨，替我灌溉了豆子，让我出不了家门，它并不阴郁，也不忧伤，对我来说是好事情。虽然我没办法去锄豆，但我得到的是比锄豆更重要的东西。若是雨季太长，地里的种子会腐烂，种在低处的马铃薯也得遭殃；但这雨对长在高地上的牧草却是好的，它对牧草是好的，那么对我来说，它也是好的。有时候，与他人相比，我似乎更加受到神灵的青睐，远超过我应得的奖赏，似乎神灵的手上有着其他人所没有的保单，我是受到独特的指引与守护的那一个。我不是在奉承自己，有可能的话，倒是他们在奉承我。我从未感觉到孤独，也没有被孤身一人的寂寞感压倒过。倒是有过一次，大概是我搬进林子后若干星期的样子，有那么一个钟头，我怀疑过宁静而健康的生活是不是必须有人做近邻。独处是件让人不悦的事。然而我有时会觉察出我情绪的些微失常，也能够预见情绪的恢复。多雨时节，孤寂的感伤难免泛滥，此时我便会发觉，大自然给予了我多么甜美纯洁的陪伴，就在这滴答的雨滴中，在我房前屋后的点滴声响和景象之中，无穷无尽的友好氛围瞬间包围了我，与人为邻的好处与之相比是那么渺小，我从那时起再未想过与人类做邻居。每一根小小的松针都因为满怀同情心而膨大，成为我的朋友。即便是在所谓荒凉的野外，我也能够立刻察觉出有我同类的气息存在，而我的同类并不是一个人或是一位村民，我以为，再没有地方会令我觉得陌生了。

悲恸者死于悲痛；

在这片生者的大地上，他们的日子并不多，

托斯卡那美丽的女儿。

我最喜欢的时光是春秋两季的暴雨时节，我因此被整天整天地困在房里，暴风雨那无休无止的咆哮声和雨点的拍打声抚平了我的心绪；漫长的白天过去了，暮色初现，无尽思绪得以蔓延开来。雨云飘向东北，镇子上的房屋一样也要接受暴风雨的洗礼。女仆们手持抹布、水桶立于门前，好将雨水挡在门外，我坐在我小小屋子的门后，这门也就是我仅有的出入口了，它尽可保护我不受风吹雨打。有一次雷电交加，雨下得很大，闪电击中了湖对岸的一棵松树，给它击出了一个从上到下显眼又完美的螺旋形印迹，约莫一英寸深、四五英寸宽，就像人们在手杖上凿的螺纹一般。某天我路过这棵树，怀着敬畏之心仰望着树身上日益明显的印迹，想到八年前，那无恶意的天空上曾降下这么一道可怕而势不可挡的闪电劈在这儿。人们常常这么跟我说："我想你一个人在这儿肯定非常寂寞，想要人陪伴，特别是落雨降雪的日子里，还有漫漫长夜。”我通常会这么回答他们——我们所居住的地球也不过是茫茫宇宙中沧海一粟罢了。在遥远的那颗星上面，住得最远的两个人之间的距离又有多远？那颗星的直径我们的仪器甚至都测量不出来。我为何要感到寂寞？我们的星球不是在银河之中吗？你们问我的并不是最重要的问题。怎样的空间才能够使人远离其同伴、离群索居呢？两条腿再努力也不会使两个心灵贴得更近。我们最想靠近的居住场所是什么呢？肯定不会是有很多人的地方，车站、邮局、酒吧、会堂、学校、杂货铺、灯塔山或是五点区，这类人流聚集的地方。我们靠近的居住之地，应该是我们生命永恒的源泉，我们的人生经验告诉我们它在何处，就如同柳树长在水边，将根系伸到水中一样。秉性不同的人对此也会有不同的看法，但是睿智的人便会在此处挖掘他的地窖……有天晚上，我在瓦尔登湖畔的路上碰到了一个老乡，据说他积攒了“可观的财富”——尽管我见都没见过——他正赶着两头牛往市集上去。他问我怎么就决定放弃这安逸的生活。我答道我很喜欢我目前的生活，没开玩笑。然后我就回家上床睡觉了，留他一个人趁着夜色在泥泞中赶路，去往一个叫作布莱顿还是光明城的地方——估计他到次日早上才到得了。

无论时空，只要是死者有一线复活的机会，时间与空间差别都并不大。可能发生这样事情的地方总是一样的，我们总会觉得难以言表的愉悦。大部分情况下我们能够注意到的只是外在肤浅的事物，而它们实际上是分散我们注意力的元凶。万事万物的核心其实就是塑造它们模样的力量。在我们身边，最高法则在不断地起着作用；在我们身边，那不是我们喜欢与之聊天的雇工，而是塑造了我们的造世主。

“鬼神之为德，其盛矣乎。”

“视之而弗见，听之而弗闻，体物而不可遗。”

“使天下之人，齐明盛服，以承祭祀，洋洋乎如在其上，如在其左右。”

我们都是实验的对象，我对这个实验颇感兴趣。在这般情形之下，我们难道不可以脱离这满是流言蜚语的世界，哪怕只是很短的一段时间，以自己的思想来取悦自己吗？孔子有云："德不孤，必有邻。"

有了思想，我们就可以在一种健全的情况下突破自己的禁锢。通过大脑有意识的努力，我们可以超脱于事物的因果之外；所有事情，无论好坏，就像流水一般从我们身边流淌而过。我们并不是与大自然完全合为一体的。我可以是溪水上的浮木，也可以是从天上俯瞰大地的因陀罗。我可能被一场戏剧表演打动，也可能不会因与我相关的事情而动容。我只知道，我是作为一个个人而存在的，我就是产生思想与情感的场所。我发觉我有着某种双重性，这使得我可以像与别人保持距离那般与自己保持着距离。不管我的情感有多么强烈，总有那么一部分的我是超然于外的，带着批评性的眼光，就仿佛他并不是我本身，而是一个旁观者；并不与我分享感情，只是将其记录下来，这并不是我，正如同我不是你。生命之剧——可能是场悲剧——落下帷幕的时候，看客自顾自走开。说到看客，这一切都不过是幻想而已。这种双重性有时候会轻而易举地使我们变成别人的坏邻居和坏朋友。

我发现，在大部分时间里独处是有益健康的。与人相伴，哪怕对方是很棒的人，这都会使你疲惫不堪、精神涣散。我爱好独处，我从未发现过有什么陪伴是比独处更能够使我愉悦的。身处人群中的我们其实比独处室内的我们更加寂寞。思考或是工作中的人总是独自一人，不要去打扰。孤独是不可以以人同其伙伴的距离来衡量的。身在嘈杂人群之中的剑桥大学的勤奋学生，他其实是同沙漠中的苦行僧一样孤独的。农夫可以独自一人在田间林中整日工作，或锄地或砍伐，他并不会觉得寂寞，因为他有事可做；然而到了晚上，他回到家中，却不能够独坐在屋子里，只受自己的思想支配，他必须得到一个能够"看得见人"的地方去消遣，去慰劳孤独了一整天的自己。他因此好奇那些学生是如何能够整晚整晚地独坐室内却不感到无聊忧郁的。因为他意识不到，这些学生，虽身处室内，但其实是工作在自己思考的田野上砍伐着树木，和农夫一样，学生在完工之后也需要寻求娱乐和陪伴，只不过可能会紧缩一些。

社交之流，未免太过廉价。我们见面次数很多，却没时间从对方身上学到些什么。我们每日三餐都会碰面，把陈谷子烂芝麻再拿出来嚼一遍。我们有约定俗成的一套规则，也就是所谓的礼节与礼貌，好让这日常的会面更加令人容易接受，防止我们公开起冲突。我们在邮局见面，在社交场所碰头，几乎每晚都一起坐在火堆旁；我们挤在一起，彼此妨碍着对方的路，起身的时候会踩到别人，我以为，我们就是因此才缺失了对彼此的尊重。毫无疑问，再事关重大的交流也用不着这么频繁地会面。想想工厂里的女工，她们从来都没独处过，哪怕在睡梦中也是如此。若是能够像我所住之处——每平方英里只住一个人就好了。一个人的价值并不是那么肤浅，不需要亲手触摸到他才能感知到。

我曾听说过，有人在林子里迷了路，最后饥渴交加、筋疲力尽，倒在树下。由于身体虚弱，他产生了许多奇特的幻觉，倒是减轻了一些孤独感，他相信这包围着他的病态的想象都是真实的。同理，我们也可以凭借身体与精神上双重的力量从一个相似而不相同且更为正常自然的社会中汲取正能量，意识到我们从未孤单过。

我的房子里，陪伴并不少，尤其是在无人来访的早上。容我打几个比方，好解释一下我的处境。我并不比在湖中大声鸣叫的潜鸟更孤独，也不比瓦尔登湖寂寞。这个寂寞的湖又有什么伴呢？在它那蔚蓝的湖水中住着的不是蓝色的魔鬼，而是蓝色的天使。太阳也是孤独的，除非是在多雾多云的天气，偶尔会有两个太阳，但其中一个是假的。上帝也是孤独的，唯有魔鬼，它从来不缺陪伴，它的追随者众多。我并不比草原上的一朵毛蕊花或蒲公英更孤独，并不比一片豆叶或一株酸模、一只马蝇或一只黄蜂更加寂寞。密尔溪或风向标，北极星或南风，4月的阵雨或1月的雪融，或者是新房子里入住的第一只蜘蛛——我并不比它们更孤独。

漫漫的冬季长夜，大雪肆虐，狂风呼号，曾有人偶尔来我这儿拜访。是一位老移居者，也是这儿最初的主人，据说是他挖就了瓦尔登湖，给它砌上了石头的岸，在四周种上了松林。他会跟我说过去和来世的事情，只有我们两个人，在欢笑及对事物美好观点的分享中度过一个个傍晚，哪怕我们没有苹果，也没有苹果酒。我非常喜爱这个聪明又幽默的朋友，尽管他对自己的情况守口如瓶，比戈夫和惠利还要神秘。尽管传言说他已经死了，却没有人可以指出他被埋葬于何处。还有一位老太太，常常出没于我的房子附近。许多人都看不见她，可我却喜欢时不时在她那芳香的花园里漫步，采摘些植物，听她讲讲神话故事；因为她有着无与伦比的创造力，她的记忆可以追溯到神话时代以前，她可以告诉我每个神话的起源是什么，它们是基于什么事情而编造的，因为这所有事情发生的时候，她还年轻。这个面色红润、精力充沛的老太太，不分季节，不分气候，总是那么开心，我想她会活得比她的儿女们都要长久。

大自然给予我们的无法用言语表达的馈赠，是日光风雨，是冬夏交替，它赐予我们这么多的健康与欢乐，永不停息！大自然的慈悲长伴人类，如果我们感到悲哀，大自然也会受到影响，日光黯淡、长风似哭、云扫雨泪，仲夏的丛林也会脱下叶子换上丧服。我与大自然难道不是心心相通吗？而我自己，不就是生长着叶子和植被的土壤的一部分吗？

有什么药可以使我们保持健康、宁静和满足呢？不是我的或你们曾祖父的药，而是我们曾祖母那放之天下而通行的植物的灵药，她以此永葆青春，比同时代的老寿星们活得都要长久，她以植物们衰退了的脂肪喂养着自己的健康。而我的灵丹妙药，不是用车厢长而浅的黑色大篷车运来的装在药瓶里的东西，它们不过是江湖郎中们拿冥河河水与死海海水混合在一起的骗人把戏罢了。我要的是清晨新鲜浓郁的空气。清晨的空气！如果人们不在一天的开始去呼吸清晨的空气的话，那么他就已经丧失了对这个世界清晨的订购券，我们应该为了这样的人，将空气装进瓶子里，放在店里出售。但是请记住，即便是储存在最阴凉的地下室，它也不能够保存到中午，早在中午到来之前它便顶出瓶塞，随着曙光女神的脚步往西边去了。我并不是健康女神的崇拜者，她是司草药的老医生埃斯科拉庇俄斯的女儿，她的形象常常出现在纪念碑上，一手持着蛇，另一只手举着杯，有时候蛇会在那只杯子里喝水。比起她我更乐意崇拜赫柏，诸神的斟酒者，她是宙斯和赫拉的女儿，拥有让神和人都永葆青春的力量。她或许就是全世界最美好、最健康、最有活力的少女，她走到哪儿，哪儿就是春天。

来　客

我自认自己同大部分人一样喜爱社交，但凡碰到血气旺盛的人，我都恨不得像水蛭一样粘上去不放。我天生就不是个隐士，然而如果我有事需要去酒吧，最坚定的常客也比不上我能坐。

我的房子里有三把椅子：独处的时候用一把，会友的时候用两把，社交的时候用三把。当意外来客们的人数过多的时候，他们只能共享那一把椅子了，不过他们往往不坐，而是站满整个屋子。令人吃惊的是，这小小的屋子倒是能容得下多少了不起的人。我的屋顶下同时容纳着二十五个或三十个灵魂，当然肉体也在这儿，可我们从未觉得拥挤。而人们的建筑物，无论公有或是私有，都有着数不胜数的房间、巨大的大厅以及用来藏酒及储备军需品的地窖，这些建筑对于居民来说实在是太大了。建筑过于高大雄伟，住在里面的人简直就像是寄生在其中的害虫。当使者在特雷蒙德、阿斯特或米德尔塞克斯大酒店的门口发出召唤时，我惊讶地看见从公用的走廊里爬出一只可笑的老鼠，很快就窜进人行道里的某个洞穴之中去了。

在这样小的屋子里有时候也会有不便的，那就是当我们开始用大词语来表达大思想的时候，我们没办法同彼此之间保持足够的距离。在思想扬帆远航之时你总会希望有那么一个空间可以使自己的思想在抵达港岸之前多跑上几圈。思想就好比一颗子弹，它必须克服侧倾和脱轨的困难，才能够准确无误地击中听者的耳朵，而不会贴着耳根飞过去。而且，我们的语句也需要足够的空间来伸展，好在其中展开自己的阵势。人其实同国家是一样的，他也需要适当的边界与天然的设防，甚至是人与人之间一片相当可观的中立地带。我发现隔着湖与对岸的朋友聊天简直就是奢侈。在我的房间里，人们离得太近，没办法听彼此说话——我们说话的声音太低，人们根本听不见；就好像你往平静的水里投入两颗石子，它们就破坏了彼此的波动。如果我们只是多嘴的大嗓门，那我们完全可以站得很近，脸贴着脸，亲密无间，感受彼此的气息；然而，我们若是说着含蓄而有思想的话，那么我们就会希望彼此之间离开得远一些，好让体热和湿气得以蒸发掉。如果我们想享受彼此前所未有的亲密关系的话，我们不仅需要保持沉默，还应该在身体上尽可能地远离对方，这样才有可能听不见对方说的话。依照这个标准，说话是为了方便那些听力不好的人，然而又有许多美好的事情，不能够只凭大吼大叫表达出来。当对话的色彩变得崇高而伟大的时候，我们将椅子向后拉，直到椅子抵到了墙角，而基本上，到这儿就已经没有足够的空间了。

然而我“最好”的房间，也是我作为退路的一间屋子，阳光几乎照不到它的地毯上——就是我屋后的那片松树林。在夏天，每当有贵客来访，我都会引他们到那里去，那儿有一个无价的仆人为我打扫地板、清洁家具，所有东西都归置得井井有条。

有时候客人也会和我一起用些粗茶淡饭，边搅着玉米粉糊糊，或者边看着灰烬中的面包膨胀起来边谈话也不失乐趣，并不会受到打扰。然而若是一下子来了二十位客人，那么就谈不上什么晚餐了，尽管我家里或许有够两个人吃的面包，这时候，吃饭似乎就成了被人们遗忘了的某种习惯；我们自然而然地开始闭口不谈吃饭的事情，而这与礼貌好客也并不冲突，这是最合适最体贴的方式。人体产生的消耗及体力上的消退总是需要恢复的，而在这种情况下，似乎神奇地放慢了速度，生命的活力却站了出来。如此一来，二十位客人我可以招待，两千位客人我也同样招待得了。如果客人来的时候我在家，可离开的时候却满心失望又饥肠辘辘，那么他们至少可以相信，我对他们怀着同情之心。在旧习惯的基础上建立一个更新更好的习惯就是这么简单，许多家庭主妇却不敢相信。你的名誉并不取决于你能够为客人们提供怎样的晚餐。就我个人而言，能够成功地让我不敢造访某人的不是那看守冥府入口的三头犬，而是炫耀用来招待我的饭菜，我将此看作礼貌的婉拒，我不要他再次登门拜访。我可不会再去那样的地方了。我引以为傲的是我的陋室铭，那是一位来客在一片枯黄的核桃树叶上写下的几行斯宾塞的诗：

到了这里，他们填充着的小房屋，
得到什么秘密消息？
阿克脱的儿子，伊苦斯的儿子，
还是好好儿地活在玛密同；
除非他俩死了，才应该悲伤。

温斯洛在就任普利茅斯殖民地总督之前，曾与一名同伴步行穿过丛林去往马萨索伊特做礼节性的拜访。抵达的时候又饿又累，酋长对其热情非凡，却只字未提宴请的事情。夜幕降临之时，用其原话："他安排我们同他和他的妻子睡在一张床上，他们睡一头，我们睡在另一头。说是床，其实也不过是几块搭得离地一英尺的木板，上面铺着一层薄毯。他的两个头领没地方睡觉，我们邀请他们同我们睡在一起；于是，我们睡得比赶路还要辛苦。"次日一点钟，马萨索伊特拿来了"他打到的两条鱼"，大约有鲤鱼的三倍大。"鱼汤煮沸之后，至少有四十个人在等着分一杯羹，大部分人都吃到了。这就是我们一天两夜里吃到的唯一饭食。要不是我们中有个人买了只鹧鸪，我们恐怕就得饿着肚子赶路了。"他们害怕自己会吃不饱睡不好——野蛮人每晚给自己唱的"催眠曲"害得他们头晕目眩——担心自己没有力气往回赶，便赶在精疲力竭之前动身返程了。就住宿而言，他们的确没有得到款待，但是他们觉得不便的地方其实正是主人对其表示的敬意；就宴请而言，我认为印第安人已经尽力了。他们自己也没东西可吃，他们也深知道歉并不能当饭吃；于是他们勒紧皮带，毫无怨言。

温斯洛再度造访他们的时候正是食物充沛的季节，再也没有缺吃少喝的情况了。

至于人，无处不在。我住在林子里的时候接待的来客要远多于任何时刻的访客；我是说，也是有人来拜访我的。同理，我住在林子里的时候待客的环境也要比其他情况下更好，而且来找我的人多不是为了烦琐小事。住得离城里远，这一点就已经让许多人放弃来找我的念头了。我远处于孤独之海的中心，社交之河蜿蜒入海，就我的需求而言，大部分情况下留在我身边的都是最优秀的沉淀。此外，孤独之海的另一边，从那无人涉足的处女大陆向我的方向漂来她存在的证据。

在早上光临我的小木屋的来客只有一位真正的荷马式或帕夫拉哥尼亚式的人，他的名字太过诗意，原谅我不能够在此将其公之于众——他是加拿大人，靠伐木和打桩维生，一天可以给五十只桩子打洞，昨天晚上吃的就是他亲手抓到的旱獭。他也听说过荷马："要是没书看，下雨的时候都不知道干些什么好。"尽管这么多雨季里他可能连一本书都没有看完过。在他遥远的本族教区里，有个会说希腊语的传教士教他念《新约》里的诗。现在他拿着书来找我翻译，我得给他说阿喀琉斯责备帕特洛克罗斯那满面愁容——

你为什么满面泪水，哭得像个小女孩儿？
还是说你从毕蒂亚那里听到了什么消息？
人们说阿克特的儿子墨诺提俄斯还在人世间，
埃阿科斯的儿子珀琉斯跟密耳弥冬人生活在一起，
若是他们中死了一个，我们才应悲痛万分。

他说："好诗。"他胳膊底下夹着一捆要带给病人的白桦树皮，是礼拜日早上收集的。"我觉着今天做这件事应该没什么关系。"他说道。尽管他不知道荷马著作伟大在哪儿，但他相信荷马是伟大的。世间难寻比他还要质朴自然的人了。给世界涂上一层阴影的恶意与病苦对他而言似乎毫无影响。他约莫二十八岁，十二年前就离开了加拿大、离开了父母来到美国打工，希望可以赚钱，最后买一座农场，或是在美国，或是回他的祖国。他是那种很粗糙的人，壮硕而显得笨拙的身体，行动起来却很优雅；粗粗的脖子有日晒的痕迹，黑黑的头发十分浓密，蓝色的眼睛无精打采，满是倦意，瞳孔里偶尔会闪过一丝表情。他头戴一顶灰色布帽，身穿一件脏兮兮的羊毛大衣，脚蹬一双牛皮靴。他很能吃肉，经常拿锡皮桶装上自己的午饭，到离我家两英里多的地方干活——他一整个夏天都在伐木。冷掉的肉通常是旱獭肉，盛着咖啡的石瓶拴在他的腰带上，有时候他会让我喝一口。他很早就会来，穿过我的豆田，不急不忙地去工作，跟那些火急火燎的扬基人可不一样。他不会去伤害自己。工资再微薄，能够养活自己他就不担心。当他的狗在路上捉到一只旱獭的时候，他会先思考个半小时——他很爱在这些事情上神游万仞——想想他是不是可以放心地将旱獭放在湖里泡到天黑，然后再往回走上一英里半，把旱獭给收拾干净放进住所的地下室里，这个时候他通常会把午饭留在灌木丛里。他会这样说，事实上早上路过我家的时候他都是这样说的："看这些鸽子多肥！我要是用不着每天都干活的话，我可以去打鸽子，猎一些旱獭、兔子和鹧鸪——天啊！我一天就能搞到够我吃一星期的肉。"

他是一位技艺精湛的伐木工，伐木的时候有点儿花哨的炫技成分在其中。他横着伐木，切口离地面很近，砍伐过后很快就会长出更加茂密的嫩芽，雪橇也可以从树桩上滑过去；他不会直接伐倒整棵树，而是会将树干砍削成一枝细杆，到最后只手一推树就会倒了。他安静、孤独却又如此快乐，这一点吸引了我；他的眼中闪烁着幸福和满足的光芒。他的快乐如此纯粹。有时候我会遇到正在林间干活的他，伐着木，他会冲着我笑，那笑容中饱含着难以表达的满足感；尽管他英语说得很好，却总是用带加拿大腔调的法语同我打招呼。我走到他身边，他就会停下手里的活，躺倒在刚刚伐倒的松树旁边，心中怀着难以抑制的快乐，伸手把树皮的里层剥下来，揉成一团丢进嘴里，边说笑边咀嚼。他精力旺盛，若是有什么事能够使他动动脑子令他发笑，他就会倒在地上笑着打滚，仰望四周的树木。他喊道："老天爷！我在这儿伐木就够开心的了，我不需要什么更好的娱乐了。"闲暇的时候他会揣上一把袖珍手枪终日在林间游荡，边漫步边每隔一段时间就放上一枪，自己给自己行礼。在冬季，他生起一堆火，拿水壶热咖啡，坐在木头上吃饭。山雀有时候会飞过来，落在他的胳膊上，啄食他手上的土豆；他说过他"喜欢有这些小家伙跟在身旁"。

在他身上，人的动物性得到了最大程度的发展。说到耐劳与知足，他简直与木石无异。有一次，我问他干了一天的活，晚上会不会累，他一副严肃的表情回答道："老天做证，我活到这么大从来没觉得累过。"然而他的智力或者说是人的精神性仍在沉睡，像婴儿一般。他所接受的都只是天主教传教士讲授给土著人的无知而无用的教育，学生永远不会有自己的思考能力，仅仅能够达到信仰和尊敬宗教的程度，孩子永远无法长大成人，只能停留在孩童的阶段。造物主造出他的时候，给了他强壮的躯体及对自我的满足，再以尊敬和信仰支撑住他，好让他能够像孩子一样活完自己的七十年。他是如此天真质朴，不需要去介绍他，就好像你不需要把一只旱獭介绍给你的邻居一般。你的邻居必须像你一样，靠自己去发现它。他从不介入任何事情。人们给他工钱雇他做活，他才能吃饱穿暖；但他从不和人们交换意见。他如此单纯，生来谦卑——如果一个胸无大志的人可以被称作谦卑的话——天生的谦卑在他身上看不出特点，他有可能自己都不曾发觉。在他眼里，聪明一点儿的人就跟神仙似的。要是你告诉他有这么个人要来，他肯定会觉得有什么大事，不过反正也指望不上他，就让聪明人去做吧，人们最好都把他给忘掉。从来没有人表扬过他。他特别尊敬作家和牧师，他们的所作所为简直就是奇迹。我告诉他我写了很多东西，他很长时间里都以为我说的"写东西"就是写字，因为他本身写得一手好字。有时候我能在路旁的积雪上看到手写的他本家的教区名字，字很漂亮，法语重音标得都对，我就知道是他路过了这个地方。我问他有没有想过把自己的想法给写下来。他说他给那些不识字的人读信写信，但他从来没有试过写下自己的想法——不行，他不行，他不知道应该先写哪一个，这简直会要了他的命，况且同时还要注意拼写！

听说，有个知名的改革家问他，是否希望世界得到改变；他不知道这个问题已经有人想过了，他只是惊讶地笑了一下，用加拿大腔回答道：“不想啊，这样已经很好了啊。”哲学家若是跟他打交道，想必会有不少启发。在陌生人目前，他看起来一无所知；可有时候我会发现他那不为人所知的另外一面，我都不知道他是像莎士比亚一般睿智，还是像孩童一般单纯；我也不晓得他到底是有着诗人的思想，还是小孩子的愚蠢。有个老乡跟我说，有次看见他在林子里闲逛，头上戴着一顶紧贴头皮的小帽子，自在地吹着口哨，老乡不禁想起了乔装打扮的王子。

他全部的书籍就是一本年鉴和一本算术书，他对算术可谓精通。年鉴对他而言算得上是百科全书，他认为这书里有着人类知识的梗概，实际上，从某种程度来看，的确是这样。我喜欢问他一些关于时事的看法，他总会以最单纯最实际的眼光去看待问题。他从未听说过这等事情。我问他没有工厂行不行，穿着家里自制的佛蒙特灰布的他说，挺好的。我再问他，离了茶跟咖啡行吗？这个国家里除了水还有什么其他的饮料吗？他曾经用铁杉树叶泡水喝，认为这玩意儿在气候暖和的时候比白水要好。当我问他离了钱行不行的时候，他向我解释了钱的方便之处，就好像哲学家在阐释货币的起源一般，而他的说法也符合“金钱”一词的来源。假如他的财产是一头牛，那么每当他想去店里买那些针头线脑的时候就需要在牛身上抵押出去等值的部分，这既是不方便的，也是不可行的。说到为制度做辩护，他可以比任何哲学家做得都要好。当他在描述该制度与他的切身关系时，他给出的是该制度流行的真正原因，他一语中的，从未想过其他原因。某次，他听到柏拉图对人类的定义——无羽毛的两足动物，而后有人拿出一只拔了毛的公鸡，说它就是柏拉图口中的人类，他却认为鸡跟人类重要的区别就是膝盖打弯的方向不一样。他有时候会喊道：“我太喜欢讲话了！老天做证，我可以整天说个不停！”某次数月未见，我遇到他之后问他在夏天里是否有什么新想法。“老天爷哟，”他说道，“一个像我这样每天都得干活的人不把旧想法给忘掉已经算是好的了。也许跟你一起锄地的人喜欢比速度；那么，老天做证啊，你的心思肯定就在比赛上面，满心都是锄草了。”有时候他会主动问问我，看我是不是有了什么长进。冬季里的某一天，我问他是否一直对自己感到满意，我是想建议他找到一个理念，能够替代心目中牧师的地位，从而让他的生命有更高的追求。“满足！”他说道，“有的人因为这件事觉得满足，有的人因为那件事觉得满足。要是一个人有了足够多的东西，那么老天做证啊，他肯定会趴在桌子上拿壁炉烘着背，这对他来说就是满足！”然而哪怕我使尽浑身招数，也不能使他以精神视角去观察事物。他所能理解的最高层次就是单纯的便利，跟动物似的；而事实上，大多数人都是如此。我要是对他的生活方式提出了一些建议，他只会说来不及了，却丝毫不觉得遗憾。然而，他向来信奉诚实及类似的美德。

他身上具有某种独特而积极的创造力，不管有多微小，我时不时能够发现他在独立思考，在表达自己的观点。这个现象难能可贵，我为了观察到他甘愿随时跋涉十英里，这现象等于诸多社会制度的重塑。尽管他在表达自己想法的时候吞吞吐吐甚至说不出来，但那层意思是有的。然而他的想法十分原始，深陷于动物性之中，尽管比一个仅仅有学问的人更有前途，但距离能够进行报道的成熟思想还远得很。他认为哪怕是社会的最底层，也是有天才的存在的，不管他们的身份多么卑微、学识多么浅陋，他们凡事都有着自己的看法，不会不懂装懂；这样的人同瓦尔登湖一样深不可测，尽管他们有可能黑暗而肮脏。

有许多过客为了一睹我的真容、亲眼看一下房子的内部样子，往往会以讨口水喝为借口，登门拜访。我告诉他们我是在湖边喝水的，把路指给他们，借给他们一只长柄勺。我已经够离群索居了，但仍避免不了每年一度的拜访，我想大概是 4 月 1 日前后，那时候大家都很活跃；我运气还算不错，尽管来客中难免会遇到一些奇葩。有些救济院还是什么别的地方来的蠢货过来看我，我总会让他们绞尽脑汁，主动跟我交代。这个时候对话的主题就变成了智慧，我也就心满意足了。的确，他们中是有一些人比所谓的贫民监管人和行政委员要聪明，我看，换届的时候到了。说到智力，其实蠢货跟正常人也没多大区别。某天，一个头脑简单的善良贫民前来拜访我——我一直觉得这样的人都是被人当作人肉栅栏去看管牛群的，好防止牛跟他有一个会走丢——他对我说他很想过我这样的生活。他单纯而老实地对我说出那样的话，我简直不知道他是太过于谦逊还是太不够谦逊了。他对我说，他“智商不行”。这是他的原话。造物主将他造就成这个样子，然而他仍相信造物主对他和对别人来说都是公平的。“我从小就笨，”他说道，“我没那个脑子，我跟其他小孩儿不一样，我脑袋就是不太好。我猜是上帝故意这么做的。”他就在那儿，证明自己的话是正确的。对我而言，他就是个超自然的谜团。我从未遇见过这么有前途的人，他单纯而真诚，所言皆为实话。他有多谦卑，就有多高尚。我起初并没有看懂，其实这才是明智之举。同这样智力低下的贫农交流，有着真诚坦率的基础，我们的对话甚至比圣人之间的对话进展得还要顺利。

还有一些来客，他们不认为自己是城里的贫民，但他们的确是；至少他们是世界上的穷人；吸引他们登门的不是你的热情，而是你能够给他们什么款待。他们迫切想要得到招待，却还要给自己的行为加上序言：那就是他们决心已定，再不自己拿东西吃了。我对来客的要求就是他不能饿着肚子，不管他是打哪儿来的好胃口。慈善的对象可算不上客人。对那些没有眼色、不知道结束自己拜访的客人，我只得继续手里的活，有一搭没一搭地回答他们。在这个迁徙的季节里，智力程度各不相同的人们纷纷登门拜访。有些人聪明，却无用武之地；有些人是逃奴，还带着在种植园里养成的习惯，时不时地停下来听听动静，就好像寓言故事里的狐狸，好像听见了追着他们的猎犬的吠声。他们的眼光里充满恳求，好像在说——基督教徒啊，你会把我送回去吗？

其中有一个真正的逃奴，我帮助他往北极星的方向前进。脑子里只有一个想法的人，就像只带着一只小鸡的老母鸡，其实那是只小鸭子；而脑子里装着上千个想法的人，整日里蓬头乱发，就像那些带着上百只小鸡的老母鸡，所有小鸡都撵着一只小虫跑，天一亮就能丢二十只——结果把自己搞得羽毛脏乱不堪。靠思想而不是靠腿来行动的人就像是有智慧的蜈蚣，让人浑身不适。有人提议可以准备一个签名簿，就像总统群峰那儿一样，让来客们留下自己的名字；但是，哎呀！我记性好得很，用不上那种东西。

我不得不注意到来客们的独特之处。孩子们和年轻的女人在林子里通常会很开心。他们往湖里打量，观赏花朵，他们将自己的时间安排得很好。那商人，甚至有些农民，他们脑子里只想着孤独，还有自己的工作，以及住的地方离这儿或那儿有多远多远；尽管他们嘴上说着自己喜欢时不时在林中漫步，很明显，他们并不喜欢。那些不得安生的要事缠身的人，所有的时间都在想着谋生和营生；谈到上帝，牧师们似乎垄断了发言权，他们接受不了其他人的观点；医生、律师，还有那些趁我不在家窥视我的碗橱和床铺的家庭主妇——不然某太太怎么会知道我的床单没有她家的床单干净呢？已经不再年轻了的年轻人得出的结论就是在工作中墨守成规——这些人基本上都会说我目前的处境对我不好。唉，矛盾就在这里。年老的、虚弱的以及懦弱的人，不论年纪与性别，想得最多的就是疾病、意外以及死亡。在他们眼中，生活充满危险——你若是不去想它，又何来危险？——他们认为，谨慎的人会选择安全的职业，在那儿大夫随传随到。对他们而言，村庄就是个小区，是个共同防卫的联盟，你想想，他们就算只是去采个浆果药匣子都不离身。不管怎样，一个人只要活着，就有死掉的危险；而半生不死状态下的人，其承受的危险就要相应地减少。一个人坐着不动跟他跑起来时所承受的风险是一样的。最后，还有那些自封的改革家，他们是最让人讨厌的家伙，他们认为我总是在唱着这样的歌——

这就是我自己建的房子，
这就是住在我自己建的房子里的人。

然而他们不知道下一句歌词——

就是这些人，是他们来麻烦，

住在我建的房子里的人。

我并不怕那些猎母鸡的鹞子，因为我不养鸡；但是我怕的是扰人的鹞子。

我还有些最令人高兴的来客。他们是来采浆果的小孩子，是穿着干净衣服在礼拜日早上过来散步的铁路工人，是渔夫和猎人，是诗人和哲学家；总而言之，他们都是真诚的朝圣者，为了自由来到林子里，真正地将村子抛在了脑后，我打算这样去迎接他们——“欢迎你们，英国人！欢迎你们，英国人！”因为我同那个民族打过交道。

豆　田

与此同时，我种的豆子，一行行的长度加起来足有七英里长，必须赶紧锄豆，第一批种下去的豆子比最后种下的豆子长势要好许多；实在不好再拖延了。这件渺小却坚定、充满自尊的赫拉克勒斯式的劳作意义何在，我着实不知。我逐渐爱上了田埂，爱上了我的豆子，尽管我种的比我需要的多出很多。是它们使得我与大地产生了联系，我就像安泰一样力大无穷。我为何要种豆子呢？只有天知道。这就是我整个夏天所做的奇特的劳动——让这片曾经只长着萎陵菜、黑莓和狗尾巴草，开着宜人的花结着可口野果的土地如今长上了豆子。我不了解豆子，豆子了解我吗？我珍惜它们，给它们锄地，每日早晚都去看一眼，这就是我的日常工作。豆子的叶子很宽大，很养眼。雨水露珠都是我的好帮手，为我浇灌干燥的土地；肥力也仅凭土地自身的养分，而这里大部分土地是十分贫瘠的。我的敌人是害虫、冷空气以及大部分的旱獭。旱獭吃掉了我将近四分之一英亩的豆子。不过，我又有什么权利能够把狗尾巴草之类早就扎根在这片土地上的野草给清除掉，破坏它们古老的草园子呢？然而很快，幸存下来的豆子长得旱獭啃不动，我就可以继续对付新的敌人。

我记得很清楚，我是在四岁的时候从波士顿回到这里，我的故乡，穿过这片森林，越过这片荒野，到达湖边。这是我能够回想起的最早记忆之一。今夜，我的笛声唤醒了这片湖水的回应。松树依旧屹立，它们的年岁要比我大得多，若是有树已然倒下，我便用树桩来生火做饭，树桩周围长出了新苗，为新生的一代人准备着崭新的风景。在这片草地上，同一个草根会在来年发出同样的狗尾巴草。就连我，也能够给我童年梦幻中这片神奇的大地换上新装，瞧这满地的豆子叶、玉米叶和土豆蔓，都是我在这片土地上生存过的印迹。

我开了大约两英亩半的山地，这块地大约十五年前还被开垦过一次，我自己还在田里挖出过两三棵树桩，所以我没在地里用肥料。夏天锄地的时候，我翻出了一些箭头，看来这儿很久以前生活过一个如今已经灭绝了的民族，他们在这儿种着玉米和大豆，直到白人过来，接手耕种这片土地。因此，地里的肥力也被耗得所剩无几。

每天清晨，当旱獭和松鼠都还没有穿过大路，太阳也还没有爬上栎树的树梢，露珠未干之时，尽管所有的农夫都警告我不要这样做，我还是要建议你，尽可能在露水未干之前做完所有的活；我会在那时候开始在豆田里锄傲慢的野草，再用土把它们盖起来。一大清早，我光着脚丫在地里干活，活像个造型艺术家，锄着浸着露水、松软的泥土。不过再晚些时候，太阳就会弄烫我的脚。我披着霞光锄豆，在十五杆长的葱绿田埂间来来回回，一边是给我凉荫供我休憩的栎树丛，一边是一片黑莓地，我每锄一遍，那绿意便深了一层。除野草，给豆子茎培上鲜土，让我播撒的植物生长，让黄土学会在豆叶和豆花上寄托夏日情思，而不是寄托于苦艾、野胡椒和茅草，让土地长满豆苗，而非野草。这就是我每日的工作。我没有使用牲畜，也没有雇佣人工，农具也没有改良过，因此我干起活来速度要慢一些，反而同我的豆子们更加亲密了。只要是用自己的双手，哪怕再苦再累，也要比游手好闲强。这其中有着不朽的寓意，在学者眼中有着经典的效果。对于那些穿过林肯和韦兰，往西边不知道什么地方去的旅人眼里，我是一个非常勤劳的农夫；他们自在地坐在轻便马车上，胳膊肘撑在膝盖上，缰绳上松松垮垮地系着彩带；而我则是一个老实待在家里的本地人。很快我的家就从他们的视线和脑海中淡去。我的田地是这路两旁唯一可见的经过耕耘的土地，他们忍不住多看几眼。有时候在田里能听见飘来的旅人们的闲言碎语：“豆子种得太晚了！豌豆也晚了！”——因为别人开始锄地的时候我还在继续播种——种地的农夫连想都没想到。“玉米，我的孩子，是做饲料的；玉米是拿来做饲料的。”“他是住这儿吗？”穿灰大衣戴黑帽子的人问道。其貌不扬的农夫勒住了驽马，过来问我为什么他没在田埂间看到肥料的痕迹，问我在这儿做什么，然后向我推荐用些粪土、垃圾、废料和灰泥什么的都可以。可是这儿有两英亩半的犁沟，而我有的只是一双手和一把锄头——我不想用别人的车或马匹——可粪土堆离这儿远得很。路过的旅人大声地将我的田地跟他们经过的那些土地做比较，我因而得知了我在农业世界中的地位。科尔曼先生写的耕地报告里没有收录我的田地。顺便提一下，大自然在没有人力干涉的情况下野生长出来的那些作物的价值，又由谁来估算呢？有人仔细地计算了英国稻草的收成总量，计算了草的湿度、硅酸盐以及碳酸钾的含量；然而在林间谷地、水洼池边、草场和沼泽地上，都长着丰富和多样的作物，却无人收割。我的田地，其存在可以说是为野地与人为耕地之间搭了一座桥梁；就好像有些国家是开化的，有些国家是半开化的，而有些国家则是蛮荒之地。我的田地就是半开垦的，但这并不是贬义词。我种植的豆子是恢复其野生状态的快乐的豆子，我的锄头为它们演奏着瑞士的牧歌。

不远处的白桦树的树梢上，有一只棕鸫——有人喜欢称它为画眉鸟——在那儿唱了一上午，这鸟乐意与人为伴，要是你不在，它便会飞到其他农夫的田里。在你播种的时候，它会在一旁高声唱着：“播种啊，播种啊——埋土啊，埋土啊——拔起来啊，拔起来啊，拔起来啊。”反正我种的不是玉米，不怕它这种“敌人”。你或许会感到奇怪，我为什么要听它的胡言乱语，听它在单弦琴或是什么二十弦琴上进行的业余的帕格尼尼式演奏，却不去找一些粪土和灰泥。这就是我所信奉的最好最廉价的肥料。

我在田垄之间拿锄头锄起地下新鲜一点儿的土，却扰乱了远古时期曾在这片天空下栖息的、没有留下历史的民族的废墟，直到当代，他们用以战斗及狩猎的工具才重见天日。废墟同自然界的石堆混在一起，有些还能看出印第安人用火烧过的痕迹，有的留有日晒的痕迹，还有被近代殖民者带来的瓷器及玻璃器皿的碎片。锄头碰撞到石块上发出的叮当之声宛如在林间天际回荡着的天籁，为劳作的我奏响伴奏，立刻给予了我难以衡量的收获。我锄的不再是豆子，而锄豆子的也不再是我；如果我能够记起来的话，此时我会对那些去剧院听歌剧的熟人表达我对他们的同情之心，以及自己的骄傲之情。阳光灿烂的午后，夜鹰在头顶盘旋，我有时候会干上一整天的活——夜鹰好似微尘，或者说，好似天空之眼中的微尘。它时不时俯冲而下，叫声凄厉，似乎天幕已被撕碎，然而苍穹仍然是天衣无缝的。鸟好似精灵，飞满天空，在沙地上或山巅的岩石上产卵，那儿无人打扰它们；鸟优雅而纤细，好似湖中泛起的涟漪，又好似被风托起的落叶。大自然之中存在着这等血缘关系。苍鹰是它那一掠而过的波浪的兄弟，它以被气流完美地托起的羽翼来呼应大海粗犷有力的没有羽毛的翅膀。有时候能够看见天空中盘旋着一双苍鹰，时而高飞，时而下落，时而交对而飞，时而飞离对方——就好似我自己思想的体现一般。有时候我也会被林子里飞出来的野鸽子吸引，它们轻轻地鸣叫着，行色匆匆；或是我从一棵腐烂了的树桩底下锄起了一条花纹奇特的蝾螈，有着埃及尼罗河的痕迹，如今它又跟我们成了同时代的存在。当我停下劳作，倚在锄头上休憩的时候，放眼过去，田间地头都能看见这般景象，这就是乡村生活所能提供的无穷乐趣之一。

每逢节日，城里会鸣放礼炮，回声传到林子里就好似玩具枪的声响一般，偶尔也会有隐隐约约的军乐声传来。在我的耳中，远在城镇一端的我的豆田里，礼炮的声响听起来好似尘菌炸开的声音；若是哪天军队出动了而我却一无所知，那这一天我都会过得浑浑噩噩，仿佛地平线处有着什么瘙痒同疾病，仿佛很快就会暴发一阵传染病，管它是猩红热还是会溃疡的疹子，直到等来一阵及时风，急急地掠过田野，顺着魏兰公路抵达我耳边，给我带来关于“国民军”的消息。远处传来的嗡嗡声，好似失控的蜂群，邻里的人都按照弗吉尔的建议，轻轻敲响家里凡是能够发出声响的器具，好把蜂群给赶回巢里去。等到声音渐渐消逝，嗡嗡声不再响起，风也无事可说，我便知道最后一批蜜蜂也安全地回到了在米德尔塞克斯的蜂巢，人们现在一心想的都是涂满蜂蜜的蜂巢。

得知了马萨诸塞州同我们祖国的民主自由有着安全的保障，我内心感到一阵自豪。我再度拿起锄头，心里满是无法表达的自信，怀着对美好未来的坚定信仰，我继续劳作。

当数个乐团同时奏乐之时，这个村庄就好似变成了一个大风箱，所有的建筑物都随着节奏此起彼伏。有时候在林子里听到的是崇高而激动人心的乐章，有时候则是歌功颂德的小号声，我甚至都渴望攻击哪个墨西哥人，我们为何要因为一些小事而忍气吞声呢？于是我环视四周，想找只旱獭或是臭鼬来发泄我的英勇士气。军乐声仿佛是从巴勒斯坦传来似的，缥缥缈渺，不禁使我想起在地平线行进的十字军，就连覆盖在村庄上空的榆树树梢也因了这号角声而轻轻颤动着。这，就是伟大的一天；尽管从我的林间空地里望上去，天空依旧美得不可方物，我看不出有何变化。

我的种豆生涯着实是一段奇特的经历，有播种、锄豆、收获、脱粒、挑拣，以及销售，最后的也是最难的——品尝，我的确是尝过这些豆子。我下定决心，要了解这些豆子。豆苗在生长的时候，我每天从凌晨五点锄豆直到中午，剩下的时间就用来处理其他事情。想想一个人同各种各样的野草或亲密或奇怪的关系——叙述起来会显得冗杂，可毕竟劳作的时候最多的就是重复——无情地锄去野草那纤细的组织，区分出不同的种类，除去某种而专注去培养另一种。那是罗马苦菜，那是苋菜，那是酸模草，那是野胡椒——打败它，剁碎它，把它的根翻出来晒太阳，斩草必除根，片叶不能留，否则数天过后，它又会在原处长成郁郁葱葱的一束。阳光雨露都站在特洛伊人那一边，而在这场旷日持久的战争中，他们的敌人不是鹤，而是野草。我的豆子每天都能看见我装备着锄头来拯救它们，我削弱敌人的势力，战壕里堆满了野草的尸体。无数比这同行军人要高出整整一英尺的赫克托尔死在我武器下，滚进了尘土之中。

在夏天的那些日子里，我的同代人或是在波士顿、罗马醉心于艺术，或是在印度做冥想，或是在伦敦、纽约忙于生意。而我，同新英格兰的其他农夫一样，投身于农业。我种豆子并不为了自己吃，我生来就是毕达哥拉斯的信徒，说到豆子，不管别人是拿它来煮粥还是记投票数，我拿它去换大米。但是，也许吧，必须有人在田里做活，说不定以后有一天会有人以此来写一篇寓言故事。大体上看，田里的活计的确是个难得的娱乐活动，不过若是进行得太久，就会变成一种挥霍。尽管我从不给它们施肥，也不会一次性就把地锄完，但是我进行得却出乎意料地顺利，最终也得到了回报，正如艾弗林所说："事实上，没有任何肥料顶得过不断用铲子刨翻的泥土。"后来他又在其他文章里补充道："泥土，特别是未经耕种的泥土，有着某种磁力，会吸引着生命的盐分、活力或是好处（你想怎么称呼这个都可以），这就是我们用以谋生的坚持刨土的道理所在；所有肥料以及其他肮脏物品的混合物，都只不过是对翻土的改良而已。"况且，这是一块"耗尽了肥力、正在休养的土地"。凯南尔姆·狄格贝也有类似的想法：土地从空气中吸收着"生命力"。我收获了十二蒲式耳豆子。

然而我要写得更加具体一些，因为有人抱怨过，科尔曼先生做的农业报告主要是乡绅们的昂贵实验，因此我将我的支出列出如下：

锄头	0.54美元
耕地、耙地、犁地（太贵）	7.50美元
豆种	3.125美元
土豆种	1.33美元
豌豆种	0.40美元
萝卜种	0.06美元
防鸦篱笆的白线	0.02美元
雇佣三小时的马及童工	1美元
收货时用马及马车	0.75美元
共计	14.725美元

我的收入是（正如我在别处所说）：

售出9蒲式耳12夸脱豆子	16.94美元
5蒲式耳大土豆	2.50美元
9蒲式耳小土豆	2.25美元
草	1美元
草茎	0.75美元
共计	23.44美元

正如我在前面的章节所说，我获得的利润为8.715美元。

这就是我种豆子经历的结果。大约是在6月1日，我种下了白色矮菜豆的种子，垄宽三英尺，垄距十八英寸，注意挑选新鲜饱满的种子，勿和其他种子混杂。首先要注意防虫，缺少豆苗的地方要及时补种。其次留神防旱獭，若是耕地暴露无保护，旱獭会将地里最先长出的嫩芽吃干净；同理，当嫩蔓长出来的时候，旱獭会像松鼠那样笔直地坐在豆田里，将蔓上的蓓蕾和嫩豆荚全部吃掉。最重要的是，请及时收割，这样一来可以躲过霜降冻害，收获良好的可供销售的作物，可以减少损失。

我还得到了更多的经验，我自言自语道，我不会再在夏天里付出这么多努力去种豆子和玉米了。我应该播种那些尚未遗失的种子，譬如忠诚、真实、纯朴、信仰和天真的种子，瞧瞧它们在这样的土壤里能否生根发芽，即便是在这肥力不够，劳作也缺少的情况下，看看这些种子能不能够维持我的生活。我可不信种植这些种子会耗掉土地的肥力。哎呀！我自言自语道，一夏又过，数夏更迭，我不得不告诉你，诸位读者哟，我种下去的种子若真是美德的种子的话，恐怕早已被虫吃了，或是早就丧失了它们的活力，无法萌芽。一般来说，人是同其父辈一样的，父辈若英勇，其子必英勇；父辈若懦弱，其子必懦弱。仿佛冥冥天注定，这一代人也会同当年的印第安人一般，在新的一年来临之时种下豆子和玉米。令我震惊的是，某天我看见一位老人，在用锄头挖洞，至少挖了七十次，可这又不是为了给他自已躺进去而挖的！然而，为何新英格兰人不去尝试别的事情？不要如此看重这些谷物、土豆、草堆还有他的果园——为什么不去种些别的植物？我们为何要如此关心用来做种子的豆子，却不关心新的一代人呢？我所提及的比其他作物更为珍惜的品德，大部分都是分散着悬浮于空气之中的，若是这些品德能够在某个人身上扎根生长，那么这个人，是值得我们为之感到满足与欣喜的。沿途来了这么一种微妙而难以形容的品德，譬如真理或公平，哪怕只有很少一点儿，或是新品种。我们的大使应当将这些种子护送回国，再由国会将其发至全国各地。我们永远不应以虚礼来对待忠诚。只要财富和友谊的精髓长存，我们就永远不应以卑鄙的行当来互相欺骗、侮辱及驱逐。我们不应该如此匆匆见面，大部分人我甚至连见都没有见过，他们看起来很忙，没有时间，在忙着种自己的豆子。我们不应该与这样的人打交道，他们整日里忙着做活，时不时倚在锄头或是铲子上，他们并不像发芽冒出地面的蘑菇，而是像落在地上行走的燕子——

> 他说话的时候，敛着翅膀；
> 时而展开，意欲飞翔，而后再度合拢。

我们甚至会因此以为自己在同天使对话呢。面包并不一定会给我们带来营养，但是总归是对我们有益处的，在我们身体莫名不适的时候，它甚至可以软化我们的关节，使我们灵活柔软、心情愉悦，能够看得见人类或大自然中的慷慨，分享纯粹而巨大的喜悦。

古代的诗歌与神话表明，农业至少是一门神圣的艺术，然而如今追随它的却是贪婪而不知足的我们，目标只是为了有更大的农场和更多的收获。我们没有节庆，没有游行，就连我们的牲畜展览和感恩节也是一样，而它们本来是农夫用来表达自己职业的神圣感，或是唤醒人们对农业神圣性的记忆的。而现在，吸引他的只有高额酬金及美食盛宴。他不再信奉耕作女神克瑞斯及尘世间的朱庇特，而是信奉着恶魔般的财神普鲁都斯。由于贪婪和自私，我们将原本免费的土地视为自己的财产，或是用它来为自己赚得钱财，景色瓦解无存，农业与人类一同堕落，农民们过着最低劣的生活。他了解自然，但他却是一个强盗。加图有言，农业的收获是尤为虔诚的，或者说，是特别公平的（尤其是良好的收益）；瓦罗有言，古罗马人“以同样的名字称呼大地母亲与耕作女神，耕种的人过着神圣而有益的生活，只有他们才是农神萨杜恩的后裔”。

太阳一视同仁地照耀着我们的耕地，也照耀着草原和森林。它们都一样地反射和吸收着太阳的光线，而它们所组成的，不过是太阳在每日行进的路途上看到的壮观景象中很小的一个部分而已。在太阳的眼里，大地都是一样的，耕种得像个花园。因此我们应当以同样的真诚与雅量来报答它所给予我们的光和热。即便我很重视这些豆子，并在秋季收获了它们，又能怎样呢？在我曾经久久注视过的大地眼中，我并不是最主要的耕种者，只不过我对它的影响更加适宜，我的灌溉使得它更加青翠。这些豆子自有结果，收获的人却不是我。它们生长，难道不是为了旱獭吗？麦穗不应当是农夫的唯一希望，麦仁，或是谷粒并不是它全部的果实。我们的收获怎会不好呢？难道我不应当为野草的茂盛而开心吗？它们的种子是鸟的谷仓。相比而言，田地的收获能否填满农夫的谷仓并不是这么重要。真正的农夫不会焦虑，就好似松鼠不会担心来年的林子会不会长满坚果。农夫日复一日在田间做活，不会要求占有田地里所有的产物，在他的脑海里，他不仅献出了第一批果实，同时还献出了他的最后一批果实。

村　庄

上午的时候，锄完地，或是阅读写作告一段落的时候，我通常会再去湖里沐浴一番，游过湖里的一个小湾，洗去身子上因为劳作而沾染上的尘土，或是抚平精神上因为学习而起的皱纹，而整个下午，都是自由自在的。每隔那么一两天，我会踱步到村庄里去，听一听那里人们从不间断的闲聊，或是口口相传，或是在报上转登。若是按照顺势疗法那样去摄入，它也会变得好似树叶的飒飒声及青蛙的呱呱声一样新鲜。我走在村庄里，看着大人小孩儿，就好似漫步在林间瞧着鸟和松鼠一样；只不过我听见的不是松树间的风声，而是马车轱辘的辚辚声。从我屋子的一个方向望过去，在那河边的草地上住着一群麝香鼠；而另一个地平线上，在榆树和梧桐树的树丛下，却坐落着一个住着大忙人的村庄，对我来说，他们和鼷狗一样奇怪，或是各在各的窝边坐着，或是跑到邻居家说些流言蜚语。我常常过去，好观察他们的习性。村庄对我而言，就像是一个巨大的新闻编辑室；在它的一边支持它的，就像曾经在波士顿金融区开店的雷丁公司一样，人们买卖着坚果和葡萄干，或是食盐、谷物，并做杂活来维持生存。有些人对于前一种商品——也就是新闻——有着巨大的胃口，他们有着了不起的消化器官，他们可以一动不动地坐在大马路上，任由新闻像季风那般拂身而过；或是像吸入了乙醚一样，麻痹了神经，对痛觉无感——否则有些新闻听起来实在是令人痛苦——却不会影响到自己的意识。我在村庄里闲逛的时候总会看见这么一拨人，他们坐在梯子上晒太阳，身体前倾，时不时拿挑逗的眼神瞄着四周；要么就是斜靠在谷仓外面，双手插在口袋里，活脱脱一个像柱。他们总爱在外面晃悠，好时刻倾听风声里带着什么消息。他们就是最粗糙的工厂，所有的留言都要先在其中过滤一遍，或是整理，或是压碎，再给倒进室内更加精致的料斗里去。我观察到，村庄的关键部位是杂货店、酒吧、邮局及银行；作为机械上不可或缺的零件，它们分别有一口钟、一柄大枪及一台消防车，都放在便利的地方。为了能够最大程度地利用人的力量，房屋的建造方式是门对门的，这样一来每个过客都会受到攻击，村里的人无论男女老少，都可以给他来一下。当然了，住在街头的人视野最好，也能够打出第一拳，因此他们的住处价格不菲；而数个散布在边缘的住户，每家之间都有很大的间隔，过客可以很容易就翻墙而过或是从小路遁走，这儿的住户付的宅基费和窗户税就相当低廉。到处都悬挂着招牌，好吸引过客；有些抓住了过客的胃，譬如酒馆和饭馆；有些抓住了过客的喜好，譬如纺织品和珠宝店；有些则抓住了顾客的头发、脚或是衣摆，譬如理发店、鞋店和裁缝店。除此之外，还有更可怕的长期有效的邀请，邀你去那些房子里做客，而且每次去的时候都有人招待你。大多数情况下我可以成功地摆脱这些险境，我或是大胆地不顾耳边事地直奔目标，或是像那些被攻击的人所建议的那样，将自己的心思都放在思考高尚的事情上，就像俄耳浦斯那样，“弹着琴，高声地唱着赞歌，乐声淹没了塞壬的歌声，因而脱离了危险”。有时候我像闪电般逃离，没人知道我的下落，我不在乎自己是不是优雅，看到篱笆上的空隙我毫不犹豫就去钻。我甚至已经习惯了突然造访某人的家，在那儿受到了款待，听到了一些重要的新闻和精挑细选的时事——什么已经平息了，战争与和平的前景，世界有可能恒久团结吗——他们让我从后门出去，我便再次逃回到林子之中。

我在村庄里待到很晚再出门，将自己投入到黑夜之中，这是件很惬意的事，尤其是在伸手不见五指的暴雨之夜，我从某个明亮的村舍或是演讲室里起航，肩扛一袋黑麦或是玉米粉，向我那林间舒适的“港湾”驶去，将外面的东西固定好之后，我就带着愉悦的心情缩回到甲板下面，只留下我的躯壳掌舵；在风平浪静的时候，我甚至会将舵盘固定起来。在我“航行的时候”，我在船舱的炉火旁，心生许多奇妙的想法。尽管经历过几次大暴雨，我从未迷过路或是遇过难。即便是在普通的夜晚，林子里也要比大多数人以为的那样要黑得多。我得常常抬头，辨别树梢之间的空隙，好确定我的路线，而在没有车道的地方，我要用脚来摸索自己踩出来的模糊不清的小路，或者是用手去触摸树，靠着它们之间的位置来判断距离。譬如说，在最黑的夜晚，我总是会穿过两棵距离不到十八英寸的松树。有时候，在闷热的夜晚，我回家迟了，我的脚自动就会摸索到日常走惯了的路，哪怕我眼睛看不见，我都可以梦游般地走到家门口，伸手把门闩打开。直到那时，我都回想不起我走的是哪里的路。我想，有可能吧，若是身体的主人抛弃了它，它也能够自己找到回家的路，就好似手不需要帮助就可以找到嘴的位置一样。有那么几次，来客在我家耽搁了一会儿，直到天黑，我就必须给他指出回到车道上的路，指出他要走的方向，要保持这个方向，他应当靠自己的腿，而不是眼睛。某个异常黑暗的夜晚，我这样指引两个在湖边垂钓的小伙子回家，他们的家离林子也就一英里左右，对这儿的路也很熟悉。一两天之后，其中一个小伙子对我说，那天晚上他们走了之后，大半个晚上都在离家很近的地方瞎转悠，直到天亮了才回到家里。由于夜里下了几场大雨，树叶全部是湿的，等他们到家，身上全都湿透了。我听说，在所谓浓厚得可以拿刀切开的黑夜里，有人甚至在村庄的路上都会迷路。住在郊外的人坐着马车来镇上买办，就不得不留下来过夜；走亲访友的女士先生们，要走的路只有半英里远，却也不得不用脚探路，不知道该在什么地方拐弯。无论何时，迷失在丛林之中都是一种很有纪念意义也很有价值的经历。往往是在暴风雪的时候，哪怕是在白天，最常走的路，人们也很难分辨出哪条路能通向村庄。尽管他自己也知道，在这条路上走过不止一千次，却仍不能辨别出它的特征，这条路对他而言就像西伯利亚的某条路一样陌生。到了夜晚，认路的难度可就更大了。我们平日里随意走动的时候，总是不经意地就会像引航员那样，根据某些熟悉的灯塔或是岬角来调整方向；我们即使偏离了日常的航道，潜意识里依然有着对邻近港湾的印象。直到我们完全迷了路或是转了向——想在这个世界上迷失方向，你只需要闭上眼睛原地转一圈——我们才能体会到大自然的浩瀚与神秘。无论人们是从睡眠还是分神的状态中清醒过来，你总是需要再去看一遍罗盘上的刻度。直到我们丢失了方向，或者说，直到我们丢失了世界，我们才能够重新找回自己，认识到我们身处何处，意识到人与人之间关系的无限大。

在第一年夏天的尾声，那是一个下午，我去村里找补鞋匠拿一只鞋的时候，我被抓起来扔到牢里，因为，正如我在别处说过的那样，我既没有纳税，也不愿意承认这个在议会大厅门口像买卖牲口一样买卖人口的国家。我到林中生活，是因为别的原因。但是，不管你走到哪里，总会有人跟踪你、拿他们肮脏的机构折磨你，如果做得到，他们会将你融入他们绝望的共济会式的社会里去。我是可以做一些强有力的反抗，也或多或少会有些效果，与其“疯狂地”对抗社会，我倒宁愿社会“疯狂地”对抗我，绝望的是社会，而不是我。然而，第二天我就被释放了，去拿了我送去修的鞋子，回到了林子里，正赶上去美港山摘些浆果当晚餐。除了那些代表政府的人，我从未受过其他人的打扰。我没有门锁，也不用门闩，只有一台放着纸张的桌子，我的门闩或窗台上连个钉子都没有。不管日夜，我从不闩门，哪怕我会连着几天不回家；就连次年秋天，我在缅因的森林里一待两个星期的时候，也是如此。尽管如此，我家要比被一群士兵包围着还要安全。疲倦了的漫步者可以来我家歇歇脚，在火炉边暖暖身子，拾起我案上的书读一读稍作娱乐；或者出于好奇，打开我的碗橱，瞧瞧我吃剩下什么，我晚饭会吃些什么。尽管有各种各样的人经由我这儿往湖边去，却从未给我带来什么烦恼，除了我丢了的一册小书，一本荷马的作品——或许它不该做成烫金的——我相信它现在在我们这儿军营里的某个士兵手里。我深信，如果所有人都可以活得像我这样纯朴，盗窃和抢劫之类的事情就不会发生。这种事情只会发生在一拨人的所有超出其所需、而另外一拨人的所有不及其所需的时候。蒲柏译的荷马作品或许会适当地被分发给人们——

当人们所需的仅是讨饭的钵，

还会有谁去滋扰战争呢。

“子为政，焉用杀？子欲善而民善矣。君子之德风，小人之德草。草上之风，必偃。”

湖

有些时候，我受够了人际往来和闲言碎语，厌烦了村里的朋友，我就会往住处的西侧去，游荡到更远的地方，去到村庄里少有人问津的地方，“去往新鲜的丛林和崭新的草原”，或是等太阳落山，去美港山大吃一顿浆果和黑莓的盛宴，顺便还能存上几天的分量做口粮。水果真正的风味不会被那些贩卖它们、把它们运到集市上的人尝到。只有鲜有人知的那么一种方式可以获得其真正的风味。若是想知道浆果真正的味道，就去问问牧童或是鹧鸪吧。从未采摘过浆果的人却说自己尝过浆果的味道，这可是个人人都会犯的错误。浆果从来没有到过波士顿，它们长在波士顿的三座山上，却从不知有这么个地方。果实最美味最精华的部分随着运输过程中花蕾的衰败一起消逝，它们也沦落到普通食物的程度而已。只要永恒的正义处在上风，就不会有哪怕一颗的纯洁的浆果从生长的山坡抵达城里。

个别情况下，我会在锄完一天的地之后去找一位不耐烦的垂钓者做伴，他从一大早就在湖边钓鱼，沉默安静，一动不动，好似一只鸭子，又像一片浮叶。一整天都在思索各式各样的哲学体系，最终在一天的结尾之时，也就是我到来之时，确定自己属于古老的住院修士派。还有一位年长一些的人，他是个高明的渔夫，同时还擅长各类木匠活，他一直都认为我的木屋的存在就是为了方便他们钓鱼的人；我也很喜欢看他坐在我的门廊前整理鱼线。有一次我们同船在湖里划行，他坐在船头，我坐在船尾；我们之间没有多少交谈，他因为上了年纪，耳朵不大好使，然而他偶尔哼出的赞歌，与我的哲学思想是那么合拍。我们之间的交流是一种不可被打破的和谐，比任何以言语来沟通的交流都要有意义。不过大部分情况是无人可与我交流，我便拿船桨拍打船身，让回声充斥在山间林海，像驯兽师一般搅动着空气，直到每一片丛林覆盖的谷地和山丘都发出了低沉的咆哮来回应我。

温暖的傍晚，我会乘着船吹着笛子，看见鲈鱼似乎是被笛声吸引，游动着追随我，月亮滑过泛起涟漪的湖底，那儿躺着来自丛林的枯树残枝。以前，我时不时会和一名伙伴一起，在黑黢黢的夏日夜晚来这里探险。我们在湖边升起篝火，以为这样可以吸引到鱼群，我们拿一串穿在线上的虫子钓到了鳕鱼。钓完鱼之后已是深夜，我们将还在燃烧的木头高高地抛到空中，好似焰火一般，看它落到湖中，发出嘶嘶的响声，熄灭不见。我们突然陷在这彻底的黑暗中，摸索着路，吹着口哨，回到人群聚集的地方。然而现在，我的家就在岸边上。

有时候，我在人家的客厅待到大家都要去睡觉了的时候，才会回到林子里，一部分是为了次日的午餐，趁着月光乘船在夜色中钓上几个钟头的鱼，猫头鹰和狐狸为我唱着小夜曲，聆听着某只鸟在近旁突然发出的一声鸣叫。对我而言，这些经历十分珍贵——在离岸二三杆、水深四十英尺的地方抛下锚，有时候会被上千条小鲈鱼和小银鱼包围，它们拿尾巴搅着月光照耀的水面，我则用一根亚麻线来与四十英尺之下的鱼进行着神秘的交流。或者是我乘着醉人的夜风漂浮在湖面上，手中拽着一根六十英尺的麻绳，感受着时不时传来的震动，那是一条生命在绳的另一端徘徊，不确定绳为何物，犹豫着不敢上钩。最后，你缓缓地提绳，两手交替着将它提到水面，一只摆动挣扎着的大头鱼就被拉到空中。尤其是在深夜中，这种感觉尤为奇特，当你在神游万仞之时，手中的钓绳却突然打断了你的遐想，再度将你同大自然连接起来。我的下一杆应该抛到天上去，这同抛进下面的水中一样，都是稠密的物质。我仿佛可以一钩双鱼。

瓦尔登湖美得低调，美则美矣，却称不上大美，既不能吸引从未来过的人前来观赏，也不能留住常住湖畔人的心；然而瓦尔登湖的深邃与纯净，却是很值得为之费些笔墨的。这是一口深邃清澈、水色泛绿的深池，长度为半英里，周长为一又四分之三英里，面积约莫六十一英亩半；这是在一片松树林和栎树林包围之中的不涸之泉，除了云雨和蒸发之外，既没有入流，也没有外流。环绕在湖边的山丘拔地而起，高约四十到八十英尺；山丘绵延至东南和东方，一跃而起，高达一百和一百五十英尺，距离湖分别为四分之一英里和三分之一英里的距离。山上全是植被。我们康城的水域至少有两种颜色：一种是远处看时的颜色，另一种是近在咫尺时看到的颜色。前者取决于光线，随着天色变换。夏日的朗朗晴空，远处看来的水色是一片蔚蓝，特别是风大起浪的时候；再远一些的话，看起来也就一样了。暴风雨的时候，湖面看起来是暗暗的蓝灰色。不过，听说海水今天蓝、明天绿的，也并不是因为天气变化的缘故。冰雪覆盖大地的时候，我曾见过河流，水冰一色，都是青草般翠绿。有人认为蓝色“是纯净水的颜色，无论是液态或是固态”。然而从船上直接往下看，水是呈现出不同颜色的。瓦尔登湖时而呈蓝色，时而呈绿色，哪怕是从同一个角度看过去。处于天地之间的瓦尔登湖染上了两者的颜色。站在山顶俯瞰湖面，湖水映着天色；站在岸边近观，湖水却染上了沙子的淡黄色，逐渐变绿，逐渐变深，直到湖水中间，变成统一的深绿色。有时候光线作用，哪怕是从山顶上看过去，岸边的湖水也是一片鲜绿。有人认为这是翠绿的植物反射而形成的；但是抵着铁轨沙岸的地方，湖水也是一样翠绿。而在春天，绿叶还未舒展开来，湖水也是翠绿，只能说这是蓝色的主调与黄沙的综合结果。这就是湖中的彩虹女神。也是在这块地方，春暖花开时，日光融化冰雪，而湖中心依旧结着冰，化了的冰雪在周围形成一条水路。同其他水域一样，天气晴朗的起风日子里，从某个角度来看，波浪会映出天空的颜色，或许是因为有更多的光线糅杂在一起，从远处看来，颜色要比天空深一些。这时候，在湖面上向四面八方望着水面的倒影，我能看见一种无与伦比、无法形容的浅蓝色，像是似水柔波般变幻莫测的丝绸，又像是宝剑锋刃上闪出的冷光，比天空本身还要蔚蓝，与波浪另一面本身的深绿色交替出现，倒显得深绿色浑浊不堪。在我的记忆里，它是一种玻璃蓝，就像冬日日落前晚霞之间显露的小片蓝天。然而，用玻璃杯舀起一杯水来看，它却是同空气一般无色的。众所周知，一大块厚玻璃上会泛绿色，用制造商的话来说，是由于其“本体”的缘故，只是一小块的话，也同样是无色透明的。瓦尔登湖的湖水得多深才能够泛出绿色，我对此尚未有研究。若是直接注视我们的河流，河水的颜色呈黑色或是深棕色，会同大部分湖泊一样，把在里面洗澡的人的身体染得发黄；而瓦尔登湖的湖水晶莹剔透、纯净无双，湖中的沐浴者身体仿佛石膏一般雪白，泡在水中的四肢扭曲变形，产生一种怪异的效果，值得米开朗琪罗这类人去研究。

湖水清澈如斯，哪怕隔着二十五或三十英尺，也能够一眼望到湖底。在湖面上划船，你可以看见数英尺的水下游着成群的小鲈鱼和小银鱼，只有约莫一英寸长，却可以通过鲈鱼身上的条纹轻而易举地辨认出来，你会觉得在那儿求生的鱼必是苦行僧般的鱼。多年前的一个冬天，我在湖面上凿冰洞，打算捕捞一些梭鱼，我往岸边去，将斧子投回到冰上，然而却鬼使神差地把斧子扔进了四五杆外的一个冰窟窿里，那里的水足有二十五英尺深。出于好奇心，我趴在冰面上往冰窟窿里张望，看见我的斧子大头朝下地立在稍微偏一点儿的地方，斧柄直直地立着，随着波浪的流动微微摇摆着；我若是不去打搅，恐怕它会摇摇摆摆直到斧柄腐烂干净。我拿凿子在斧头正上方又凿开一个洞，拿刀砍下了附近我能找到的最长的枝子，做了个活套，扣在树枝的一端，我再小心翼翼地把枝子放下去，将活套套在斧头的把手上，沿着树枝又放下去一根绳子，这样才把斧子给提了上来。

湖岸是由一串小而圆的铺路石般的白色石子组成的，长而狭窄，除却一两处短短的沙滩，岸极其陡峭，只需一跃，你就会掉入没顶的深水中；若不是湖水清澈，人们就只能在对岸湖底缓缓上升的地方才看得见湖底了。有些人以为这湖是无底的。所见之处，湖水无不清澈见底，一位随意的观察者或许会说湖中不长水草；至于那些引人注目的植物，除了最近刚被淹没的小草地——况且这片草地不属于湖泊——在别的地方再细致地去观察，也不会看见一棵菖蒲或是一株芦苇，甚至连一朵白色或黄色的睡莲都找不到，湖中仅有一些小小的心形叶子和眼子菜，或许会有那么一两棵水盾草；然而沐浴者未必会注意得到这些；水草也同湖水一样清澈透亮。石岸延伸入湖面约莫一两杆，再深处的湖底全是沙子，除却最深处的湖底，那儿沉淀着几度春秋落进湖底的落叶残骸。即便是在隆冬时节，在湖中起锚的时候还会带出鲜绿色的水草。

我们还有一个类似于此的湖，在偏西两英里半叫作九英亩角的地方，名叫白湖。尽管我熟悉方圆十二英里的湖泊，再没有第三个能像它们这般纯粹如深井般的湖泊了。数个民族饮用过其中的水，赞美它们，歌颂它们，又一个个消逝，而湖水依旧常青，依旧清澈。每年春天都是如此！或许在亚当和夏娃被逐出伊甸园的那个春天起，这湖就已经存在了。那时候的瓦尔登湖，伴着雾气的绵绵春雨搅乱了一池湖水，南风吹拂起阵阵涟漪，湖面落满野鸭与鹅，它们不曾知道人类的堕落，于它们，有这片纯净的湖水就足够了。任凭湖水涨落，染上现在的澄清颜色，只有瓦尔登湖才是天国专属，是世界上独一无二的湖，是为星尘过滤的储水器。有谁知道，那些未被人们记住的民族史诗中，会不会有以瓦尔登湖为灵感源泉的卡斯塔利亚之泉？在古代神话的黄金时代里，又是何等仙子做过湖的主人？它是康城之冠上最耀眼的宝石。

或许最初抵达岸边的人留下了足迹。我曾惊奇地发现，在岸边的陡峭山丘和树林被伐倒的地方都有着架起来的窄道，随着地形时起时落，离水边忽远忽近，看起来似乎与这儿的住户一般古老，道路被土著猎人的脚底踩了出来，而如今居住在这片土地上的人，不知不觉地便漫步在这条路上。若是你在冬天，从湖中央往四周看，这路的痕迹尤其明显，最好是在初雪刚落，薄薄的一层雪勾勒出道路的痕迹，像一条白线，没有了杂草和树枝的遮蔽，哪怕是在四分之一英里开外看过去也十分清晰。而在夏天，哪怕你走到近前也很难分辨出来。是雪重新塑造了路，将其做成清楚的白色浮雕。哪怕未来这儿会建起装饰性的别墅、庄园，这个古老的痕迹依旧会被保留下来。

湖水有涨有落，但是却无人知晓其涨落是在什么时节，是否规律；同往常一样，大部分人不懂装懂。通常，水位冬天要稍高一些，夏天则稍低一些，与一般的多雨或是干旱并无关系。我还记得水位比我住在湖边时要低一两英尺的时候，也记得要高出至少五英尺的时候。有一条狭窄的沙洲延伸入湖，一侧水深——我曾在1824年的时候在这沙洲上帮忙给人煮过一锅杂烩汤——沙洲距离主岸约莫六杆的距离，而往后的二十五年间，再也不能在沙洲上做这样的事情了。另一方面，常常听我说话的朋友们记得那年之后的几年间，我常常乘船去被树林包围的隐蔽小湾里垂钓，那个小湾离他们所知的岸边大概十五杆远，那片地方如今已然变成一块草地。湖水持续上涨了两年，现在，1852年夏季，湖水比我住在湖边时恰好高出了五英尺，或者说，它现在同三十年前一样高，又可以在那片草地上垂钓了。水位高低的差距高达六七英尺；而周围山上的流水只是很少的一部分，那么导致水位变化的应该是湖底的暗流。同年夏天，湖水水位又开始下降。这种涨落着实令人震惊，不管它是否呈现出周期性，看起来它都需要许多年才能够完成。我观察过一次上涨及两次部分下降，我估测大约需要十二年或十五年水位才能够降回到我所知的最低值。往东一英里外的弗林特湖，尽管其会偶尔受到入流和出流的干扰，却仍能够同瓦尔登湖保持同步，能够几乎在同时达到同样的水位高度——其他几个位于其中的小湖也是如此。据我的观察，白湖也是一样。

瓦尔登湖间隔时间长久的水位涨落至少起着这么一个作用：最高水位约莫会保持一年多，尽管这会使得绕湖行走更加困难，也毁掉了在上次涨水后于岸边生长起来的灌木及树木，油松、白桦树、赤杨、山杨，等等。待到水退去的时候，只留下一片光秃秃什么都没长的湖岸；因为瓦尔登湖不像其他湖水一般每日涨落，它水位最低的时候，就是湖岸最干净的时候。离我家近的湖畔，一排高达十五英尺的油松树都被淹死了，像是被撬杆撬倒一般齐齐倒下，湖水就是以这种方式阻止了树木的侵犯；树木的大小也表明距离上次湖水涨到这儿的时候过去了多少个年头。湖以这种涨落来宣布着自己对湖岸的所有权。湖岸就这样被修剪得干干净净，树木也不能够因为占得一地而保持其所有权了。它们是湖的嘴唇，片毛不生。湖时不时地舔舐自己的唇瓣。当水域涨到最高处时，赤杨、柳树和枫树从自已被泡在水中的枝干上生出繁盛的红色气根，长达数英尺，以此来维生。我见过湖岸那高高的蓝莓树丛，它们通常是不会结果的，在这种环境下却长出了累累果实。

有些人搞不明白为何岸边会铺得如此齐整。我的老乡们听说过这个故事——是最老的人给我说的他们年轻时候听到的故事——古时候，印第安人在山上举行祭祀活动，这山高耸入云，正如这湖深不可测。据说他们说了亵渎神灵的言语，尽管印第安人从不会犯这样的罪行。仪式尚未结束，突然一阵地动山摇，整座山居然沉陷了，仅存活下一位老妇人，便以她的名字——“瓦尔登”，命名了这个湖。据推测，在山崩地裂的时候，山石滚落下来，堆在湖边形成了现在的湖岸。我们至少可以确信的是，这个湖之前是不存在的，而现在有了这么一个湖。这个印第安传说同我前文提到的老人家说的故事是不冲突的，他清楚地记得，当他第一次带着占卜棒来到这儿的时候，只见草地上升起一层薄薄的雾气，榛木做的手杖直往下指，他便决心在这儿掘一口井。至于那些石头，如今仍有许多人相信，这不是山崩地裂可以解释的；不过我观察到，附近的山上的确有着许多类似的石头，因此在铁轨距离湖最近的地方，人们不得不将山石运到路两边堆砌成墙。而且，湖岸越陡的地方，石头越多，因此，很不幸的是，对我而言，这不再是什么谜团。我发现了铺路的人是谁。如果湖名不是来自某个英国的地名——比如，萨弗伦·瓦尔登——那么，它原本的名字或许会是围而得湖。

瓦尔登湖对我来说就是一口突然挖掘而成的水井。一年中有四个月，湖水是冰冷的，就如同它一年四季都是纯净的。我想这时候的湖水绝不会比城里的水质差。冬季的时候，暴露在外的水面温度要比不直接接触空气的泉水和井水冷。我的屋子里，室内温度从傍晚五点到次日的正午时分，即 1864 年 3 月 6 日，温度有时会升到 65 华氏度或 70 华氏度，部分原因是太阳晒在屋顶上导致的；此时放在屋里的湖水仍旧要比刚刚从村庄里最冷的井里打出来的井水还要低一度。同天，沸腾泉的泉水温度为四十五华氏度，是经测试的泉水中温度最高的一个，尽管在夏天，该泉水是我所知最冷的水，而且其不流动的表层水体并不会与之混合。此外，夏季的瓦尔登湖由于其水深，并不会像其他暴露在日光下的湖水一样水温升高。在天气最为炎热的时候，我从湖里打来一桶水，放在地窖里，夜里水变凉，并且可以保持一整天；我同时也用附近的一口泉里的水。水打上来放一个星期，尝起来仍旧和刚打出来时一样新鲜，丝毫没有抽水机的味道。要是有人打算在湖边野营一周的话，他完全可以打一桶湖水，埋在营地附近的阴凉处几英尺深，无须冰块，也可尽享清凉。

曾有人在瓦尔登湖捕捞起一条重达七磅的梭鱼，更别说还有另外一条迅速咬着钩逃走的大梭鱼。因为没有看见鱼，渔夫猜测它可能有八磅重。鲈鱼和鳕鱼，有些重量会超过两磅，还有银鱼、鳊鱼，极少的一些鲤鱼，两条鳗鱼，其中一条重达四磅——我之所以这么详细地叙述是因为重量往往是鱼类能够出名的唯一途径，而且这两条鳗鱼是我在这儿听说过的唯一的鳗鱼——我还记得有那么几条约莫五英寸长的小鱼，两侧泛着银色，脊背泛着绿色，长得有些像鲦鱼，我在这儿提到这些事情，只是为了将事实与传说结合起来。不过，瓦尔登湖里的鱼并不多。梭鱼产量虽不丰，但却是它值得称赞的地方。有一次我卧在冰上，观察到湖里至少有三种梭鱼：一种修长而单薄，呈铁青色，跟人们在河里捕到的鱼很像；一种是鲜艳的金色，泛着绿色的光泽，住在很深的水域，也是这儿最常见的鱼；第三种则是金色的，形状同上一种很相似，不过身子两侧布着小小的棕色或黑色的斑点，混合着一些模糊的血红色的斑点，长得同鳟鱼很像——它的学名网纹鱼并不适用，应该称为斑点鱼。这些都是肉质结实的鱼，实际重量要比看起来重。银鱼、鳕鱼以及鲈鱼，或者说是湖中的一切鱼类都要比其他水域里长起来的鱼干净得多，漂亮得多，肉质也要好得多，因为这里的水更为纯净，这儿的鱼很容易就能够跟别处的鱼区分开来。或许某些鱼类学家可以从它们中间培养出新的品种来。湖里还有一种纯净的蛙类和龟类，还有少数贝类；麝鼠和貂也在湖边留下了痕迹，偶尔还会有路过的淡水龟造访。有时候，我在早晨将船推进湖里，会惊扰一只在夜晚藏在船底的大淡水龟。春秋两季，野鸭与野鹅常常会来湖里拜访，白肚皮的燕子贴着湖面飞过，斑鹬这个夏天都在湖边的石岸附近游荡。我有时候会惊起一只落在水面上白松枝上的鱼鹰；但是我不确定是否有海鸥的翅下风打扰过这片湖，就好似它们在美港一般。它们最多容忍潜鸟一年一次的造访。这些都是如今常常来湖边活动的生物。

风平浪静的时候，你从船上可以看得到，在东部的沙滩附近，水深约莫八或十英尺，还有湖里的其他部分，有些直径六英尺、高约一英尺，由比鸡蛋尺寸略小的石头堆成的石堆，四周都是沙子。一开始你会奇怪是不是印第安人出于某种原因在冰面上堆起来的，等到冰雪融化，它们就沉没到水底。但是石堆太过规律，迹象也太过新鲜，不可能是印第安人的杰作。这些石堆同河流里发现的石堆很像，不过这儿既没有亚口鱼也没有八目鳗，不知道会是什么鱼去建造这样的石堆。或许会是鲤鱼的窝，它们给湖底带去一抹令人愉悦的神秘色彩。

湖岸参差不齐，毫不单调。在我的脑海里，西岸是锯齿状的深湾，北岸更为陡峭，南岸是美丽的扇形，连绵不断的岬角重叠在一起，形成许多难以勘探的小海湾。群山环绕，小湖中央，森林再没有更好的环境了，也不会有更加美丽的森林了；湖水中的倒影不仅勾勒出了最佳的前景，它蜿蜒的湖岸还形成了最为自然怡人的分界线。它的边界毫不生涩，非常完美，不像那些被斧子硬生生砍去一部分植被、毗邻着耕地的地方。水边的树木有着充足的生长空间，每一棵都往湖的方向伸展着自己最为茂盛的枝丫。大自然编织了一道自然的边界，视线由岸边的灌木丛逐渐抬高到最高的树木。极少能够看见人工的痕迹，湖水拍岸，千百年来都是如此。

湖泊是风景线中最美丽最有表达能力的一部分。它是地球之眼，向湖里望去，你可以看见自己灵魂的深度。紧挨这湖岸生长的水生树木是湖泊的纤细眼睫，四周丛林密布的崇山峻岭是它垂着的眉毛。

9月，某个静谧的午后，我站在湖泊东岸平坦的沙滩上，对岸的沙滩笼罩在薄雾中，隐隐约约，让人看不清楚，我突然理解了“镜湖”一称的由来。当你俯视之时，湖面好似一条细细的纱线，在峡谷中蔓延开来，在远处松林的映衬下闪着光，将一层大气同另一层分隔开来。你会觉得你可以从湖底走到对面的山上去，身上沾不上滴水，燕子也可以落到湖上面。事实上，这些燕子有时候是会飞到这条线下，而后才幡然醒悟。当你越过湖面向西方望去时，你不得不以手遮目，好抵挡水面上太阳的反射，这反射的光几乎和太阳一样刺眼；如果你在这两种光线之间仔细观察，你会发现湖面确实是和镜面一样平滑，只有那些水上划行的昆虫，彼此之间隔着相同的距离，布满了湖面，而它们在阳光下的活动在水面上投射下美丽而不可方物的闪光。或者有一只野鸭在梳理羽毛，或是如前文所说，燕子低低飞过，触到水面，一闪而过。远处，鱼跃出水面，在空中划出一道三四英尺长的弧线；鱼跃出来的地方闪过一道光，在它落入水面的时候，又是一道闪光。有时候整道银色的弧线都显现了出来。又或者，在那儿的湖面上漂着蓟花的冠毛，鱼冲向冠毛，湖水再度泛起涟漪。它像是融化了的玻璃，冷却了但还未凝固，混在其中的些许瑕疵也同玻璃一般美丽而纯净。你也可以常常发现湖面上有一片更加平滑，颜色更加深沉的水域，仿佛是用一张蜘蛛网将其与其他水域隔起来似的，那是水仙子的休憩区。站在山顶，你可以看见湖面的任何地方每时每刻都有鱼在跳跃；因为一条梭鱼或是银鱼在平静的湖面上啄食一只小虫，它的动静就会使得整个湖面皱起涟漪。这着实十分奇妙，一件简单的小事也可以被夸大得如此精美绝伦——鱼的谋杀行径暴露无遗——我远远地观望，即可发现直径为六杆的一圈一圈荡开来的波纹。你甚至可以看得到四分之一英里外，有一只水蝽不停地在水面上前进；它们在水面上划出一道沟，两个方向不同的行进曲线构成了一圈醒目的波纹，而水面的滑行类昆虫却可以轻身滑过，不留痕迹。当风浪来临的时候，滑行虫子和水蝽都躲了起来，待到风平浪静之时，再从各自的避风港里爬出来，满怀冒险精神地一次次做着短途冲刺，直到滑过整个湖面。在晴朗的秋日，坐在高处的树桩上，尽享阳光的温暖，俯视整个湖，看那映着蓝天树木的湖面上泛起的阵阵涟漪，如果不是湖面上的涟漪，很难分得清哪里是水，哪里是云。在这片广阔的水域之中，所有的干扰都会很快被抚平，就好比你拿罐子装走一罐湖水，涟漪一圈圈荡到岸边，一切又重归平静。鱼跃出水面，虫落在湖上，都会激起一朵涟漪，那线条优美动人，仿佛是从生命之泉中流淌而出，是生命的轻缓脉动，是胸脯的起起伏伏。那震撼是快乐还是悲痛，没有人知道。湖上的风景是这样的宁静！人类的劳作再次发出光来，好似在春天里一般。午后的每一片树叶、每一根嫩枝、每一块石头还有每一张蛛网，都好似沾着晨露一般熠熠生辉。桨的每一次起落，虫的每一个动作，都生出一道闪光；看那船桨落到水面上，那回声多么甜美！

9月或是10月的某一天，瓦尔登湖成了镶满宝石的森林之镜，在我看来，珍贵稀有，举世无双。这世界上怕是没有什么能够像湖一般，美好、纯净而巨大。水天一色，真假难辨。湖边居民世代更替，他们丝毫没有玷污这片湖水。它是坚不可摧的镜子，有着永不会磨损的水银，大自然会不断地修复镜面的镀金；风暴也好，尘埃也好，都不可抹暗其永远光鲜亮丽的外表——这面镜子会吞噬其所见到的一切不洁之物，由太阳毛茸茸的刷子来擦拭一新——这是一块轻柔的去尘布——往上面呵气也不会留下痕迹，却会将自己的呼吸送上高空，像云朵般飘浮着，又倒映在自己的胸膛上。

水域可以透露出空气中精灵们的行踪。它不断地从上面接收到新的生命和动作，湖即陆地与天空的媒介。陆地上能够随风摆动的只有草木，而水本身就可以随风起浪。看到粼粼的波光，我便能知道风吹过了哪里。能够俯视水面，实在是很奇妙的事情。或许有一天，我们也可以俯视苍穹，看见更微妙的精灵从天空上一闪而过。

10月下旬，严霜降临，水虫和水蝽不见踪迹。终于，到了11月，无风的平静日子里，再无什么东西可以激得起湖面的涟漪。11月的某天午后，持续了几天的暴风雨终究过去，在宁静的气氛中，天空依旧乌云密布，空气里充满湿气，我发现此刻的湖面异常平静，几乎很难辨认出湖面；它不再反射着10月的明亮色彩，而是11月那萧条的群山景色。尽管我划船的动作已然十分轻柔，却仍荡起了涟漪，层层荡开，一直远到我目力可及的地方，湖面上的倒影也染上了波痕。然而，当我放眼往湖面上望去的时候，我看见远处星星点点的微光，好像是躲避寒霜的水虫聚集到了这里，又或者是太过平静的湖面暴露了湖底泉水的所在。我轻轻地将船划到其中一处，惊奇地发现自己被无数小鲈鱼包围住，每条大约有五英寸长，鲈鱼聚在一起将绿色的湖水映成了深褐色，游来游去，不停地涌到水面，啄皱一池湖水，留下气泡点点。澄清而深不可测的水面映着云彩，我仿佛坐在氢气球上，飘浮在空中，游动着的鱼群仿佛是在翱翔，又似乎是在盘旋，它们成了一群飞翔在我左右的鸟，鱼鳍像船帆一样饱满。湖里有许多鱼群，很显然，它们是想在冬季湖面结冰，封住它们的天窗之前，好好利用这短暂的时节；鱼搅动水面，时而像清风吹皱湖水，时而像雨滴打乱平静。我无心的到来惊动了它们，它们会用尾巴突然地拍打水面，好像有谁拿灌木枝击打水面一般，立刻潜到深水中躲了起来。终于起风了，雾气更浓，波涛汹涌，鲈鱼跳得比以往还要高，半个身子都跃出了水面，水面上登时浮现出上百个直径约三英寸的小黑点。有一年，晚至 12 月 5 日，湖面上现出了水涡，我猜想大雨即至，再加上空气里弥漫着雾气，我连忙坐到船桨边上，划回家去。雨似乎愈下愈大，我却感觉不到有雨滴打在我脸上，我估计我得淋个透湿。然而，水涡突然消失不见了，原来它们都是鲈鱼搅起来的，鲈鱼听见船桨的动静，潜入深水之中，隐约可以看到一群鱼渐渐淡出视线。于是，不管怎样，那个下午没有下雨。

有一位老人，大约在六十年前的时候常常会到湖边来，那时候的瓦尔登湖四周还密布着森林。他告诉我，那时候他看到湖上满是野鸭和其他水禽，上空盘旋着许多老鹰。他来这钓鱼，乘的是在岸边找到的一只独木船。这只独木船是由两棵挖空的松树树干固定起来的，两头给削成了方形。这船十分笨重，然而它坚持了许多年才开始进水，最后的结局或许是沉到湖底。他并不知道这船的主人是谁；它是属于这个湖的。他曾经将核桃树树皮捆在一起做成锚绳。还有一位做过陶匠的老人曾在独立战争前住在湖边，告诉他道，湖底有一只铁箱子，他亲眼看见过。有时候它会漂到岸边，可是等你走过去的时候，它又会滑回深水，消失不见。我很高兴听到那只独木船的故事，它取代了印第安人拿同样材料做成的独木船，样式也更为优美，说不定它其实是岸边长着的一棵树，倒在湖里，漂了几十年，着实是这湖里最适宜的船只。我还记得，当我第一次看向湖底的时候，我发现那儿躺着许多粗大的树干，或是被风吹倒的，或是在上次木材还便宜的时候被伐下来留在冰面上的；而如今，这些沉木大都消失不见了。

我初次在瓦尔登湖上泛舟的时候，湖的四周完全被浓密高大的松树和栎树包围着，在一些小湾里，葡萄藤爬到水边的树上，仅仅留下一个可供船只出入的拱形空隙。湖岸边的山岭太过峻峭，长在山上的树木更是十分高大，当你在西端俯视的时候，会发现它很像用来进行林间演出的圆形剧场。我年轻一些的时候，常常在湖上花很多时间，将船划到湖心之后，我任由徐风推着船走，我则躺在船上，享受着夏日午后半梦半醒的状态，直到船触到沙滩上才将我惊醒，我起身看看命运将我推到了哪个岸边。在那些日子里，闲散才是最吸引人的，也是最多产的。我偷走过许多个上午，要将一天中最宝贵的时光献给闲散；我虽在金钱方面不富裕，但是我多的是洒满阳光的夏季时光，尽可挥霍。我既不会将它们浪费在工坊里，也不会浪费在教室里。然而，自从我离开那片湖岸之后，伐木工糟蹋了那片林子，而如今多年过去，我已不能再漫步于林间的小道，也看不见偶尔从树丛中间望到的湖光水色。如果我的缪斯女神从此沉默，也是情有可原的。林子已被伐倒，你还指望鸟能够歌唱吗？

如今，湖底的树干，古老的独木船以及湖边茂密的丛林都已消失不见，村民们几乎没有人知道湖在哪里，他们不去湖中沐浴或饮水，却想着将神圣不亚于恒河水的湖水用管道引到村子里去洗碗碟！拧一下水龙头或是拔起一个塞子就可以得到瓦尔登湖的水了！那个魔鬼般的铁马，它那震耳欲聋的嘶鸣声响彻整个镇子，它的蹄子已经搅浑了沸腾泉的水，就是它，吞掉了瓦尔登湖畔的森林；那匹肚子里可藏得下千人的特洛伊木马，正是唯利是图的罗马人引进的！这个国度的勇士在何方？穆尔山上的穆尔，去到重伤之处迎接它的挑战，将复仇的长矛刺进这个害虫的肋骨之间吧！

然而，就我所知的湖泊的特征中，瓦尔登湖最为出色，它也在最大程度上保留了它的纯净。许多人被比作是瓦尔登湖，然而很少有人配得上这个荣誉。尽管伐木工一片接一片地砍净岸上的植被，爱尔兰人把他们肮脏不堪的住所建在湖边，铁轨环绕着湖的边界，售冰者在湖上采过冰，它本身却并无变化，依旧是我年轻时候看过的那片水；改变了的，只有我而已。湖面曾经泛起过无数涟漪，却未曾留下一道永恒的波纹。它永远年轻，我仍能够站在那儿，看燕子掠过湖面，叼起一只小虫，一切都如往昔一样。今夜，旧事重现，似乎在过去的二十多年里，我并不是几乎每日都与它相见一般。啊，这就是瓦尔登湖，是我在多年前发现的林间湖泊；在这儿，去年冬季砍倒的林地，次年又会长出茂盛的植物；同样的思想涌现到未变的湖面，带给它及其造物主同样澄净的快乐与喜悦。啊！或许也带给了我。这湖必是勇士的杰作，在他的心中，必不含一丝虚假！他以手围起了这片水，以自己的思想使之深化、净化，他将其作为遗产留给了康科德。我看向水面，那上面映照着的是同样的倒影；我几乎要问出口来：瓦尔登，是你吗？

我的梦并不是用来装饰诗句的，
只有湖畔才接近天堂。
我是它的石岸，
我是飘拂而过的风。
在我手中的，
是它的湖水，是它的沙砾。
若问胜景胜何处？
幽静自在我心中。

火车路过却从未停下来注视这片景色，而我想，车上的机车师、司炉工、司闸员，以及那些凭季票乘车的乘客，他们更能够欣赏这片景色。在夜里的时候，机车师也不会忘却，或者说是他的天性不容他忘却，那就是他曾在白天的时候至少看到过一次这般宁静纯净的景象。哪怕只是看到过那么一次，也足以洗净他身上沾染自金融区和发动机的烟尘。这个湖应当被称作“上帝之滴”。

我曾说过，瓦尔登湖并没有明显的入流和出流，但是它一方面与地势较高的弗林特湖有着间接的联系，因为这两个湖之间有一串小湖相连；另一方面，瓦尔登湖与地势稍低的康科德河有着直接的联系，它们之间也有着类似的小湖，或许在另一个地质时期湖水可以流经此地，若是稍加挖掘——上帝可不允许这么做——就可以重新将湖水与河水连在一起。如果说瓦尔登湖之所以可以保持这样美好的纯净，是因为它在林间过着简朴艰苦的生活的话，那么一旦湖水同不是那么纯净的弗林特湖水混合到一起，或是拿海浪糟蹋了清甜的湖水，不是很令人惋惜吗？

林肯县境内的弗林特湖位于瓦尔登湖的东部约莫一英里处，又名沙湖，是我们最大的湖泊及内陆海。它比瓦尔登湖要大得多，据说面积达一百九十七英亩，水产更为丰富；不过它水位较浅，也没有那么澄净。我的消遣就是穿过丛林走过去。这是很有意义的消遣，哪怕只是为了感受一下拂面的清风，观赏汹涌的浪花，缅怀水手的生涯。秋季起风的日子里，我去拾栗子，栗子落入水中，被浪推到我的脚下。某日，我沿着茅草丛生的湖畔缓步行走，风吹起新鲜的水花溅到我的脸上，我看见了一艘正在腐烂的船的遗骸。船帮已经腐蚀不见，草丛中也仅剩船底扁平的印迹；然而船的样式很易辨识，就好似一大块有着纹路的腐蚀掉了的木板。它和人们会在海边看到的船只残骸一样，充满寓意，令人印象深刻。此时，它已然腐朽得不成样子，同湖岸几乎融为一体，上面长满了茅草和菖蒲。我很欣赏湖畔北端的沙底上的波纹痕迹，水压使它异常结实，涉水者的双脚踏上去也没有关系；纵着生长的茅草恰好对应着波浪的痕迹，一行挨着一行，仿佛是波浪种植了它们。我还在那儿发现了数量可观的奇怪的球体，明显是由细草或草根组成的，或者还有谷精草，直径从半英寸到四英寸不等，表面呈很完美的球形。这些球体躺在浅水区的沙底之上，随着水流前后摆动，有时候还会被抛到岸上。它们或是全部由草构成，或是中心含着一点儿沙子。起初你或许会认为这是水流冲刷的结果，就像是鹅卵石那样。但是最小的直径半英寸的球体也是由粗糙的材料构成的，而且一年当中只有一个季节会有。我以为，波浪并不是构造了这些球体，而是侵蚀了某种本就存在着的物质。在干的时候，它们仍旧可以保持很长一段时间的形状。

弗林特湖！我们的命名本领就是这么可怜。那个又邋遢又愚蠢、农场毗邻这片天堂水域却把湖岸植被砍个干净的农夫，他何德何能以自己的名字来给这湖命名？一些铁公鸡，他们喜欢一元硬币反光的表面，或是亮晶晶的一分硬币，因为他们可以在硬币表面上看到自己厚颜无耻的嘴脸；他甚至把栖息在湖上的野鸭也视为入侵者，他的手指由于长期攥着钱财不放，已经变成了弯曲干枯的硬爪，好似哈比一般——因此我讨厌这个名字。我到那儿去，不是为了看望他，也不是想要打听他；他从不曾看过它，不曾在湖中沐浴，没有爱过它，没有保护过它，从不为它说好话，也不曾感谢上帝创造了它。还不如用在湖中畅游的鱼来命名，用常在这儿出没的飞禽走兽来命名，用长在湖边的野花，或是命运与湖的历史息息相关的野人，或是小孩儿的名字来命名；而不是用一个对湖并没有所有权，而是由趣味相投的邻居或是相关机构颁发契约的人的名字来命名——他满脑子都只是怎么靠这个湖赚钱。他的存在给整个湖岸带来了不幸，他耗尽了周边土地的肥力，还想排尽湖里的水；他唯一遗憾的是这儿没有生长英国干草或是蔓越橘的草地——在他眼里，这个遗憾无法被补偿——若是可以的话，他怕是会排干湖水，出售湖底的淤泥赚钱。湖水又转不动他的磨坊，他没理由留着它。我对他的劳动和农场不存敬意，这一切都是明码标价的。要是能卖上钱的话，他恐怕会把景色还有他自己的上帝都扛到集市上去；集市上才有他真正的上帝。他的农场上结的不是果实，草地上开的不是鲜花，果树上长的不是果子，全部都是钞票；他爱的不是成果的丰美，对他而言，只有变卖成钞票之后才算是真正成熟了。给我能够享受真正富裕的贫困生活吧。农夫们越是贫穷，我越是尊重他们，也越是对他们感兴趣——可怜的农夫们。模范农场！那里的房屋像是立在肥堆上的菌菇，住宅、马厩、牛棚和猪圈，不管是干净的还是不干净的，全部都紧紧地挨在一起！堆满了人！一滴巨大的油渍，满是粪便和脱脂乳的味道！在高级阶段的耕作情况下，肥料是用人心和人脑做成的！就好似你在墓园里种土豆一样！这就是模范农场。

不，不，若是非要以人名来命名自然景观，那么，只要那些最高尚最优秀的人即可。我们的湖至少应该有着和伊卡利亚海那般真正的名字，"英勇的尝试至今仍在岸边回响"。

我去弗林特湖的路上会经过一个小湖，名叫鹅湖；美海文湖是康科德河的扩展部分，据说面积约有七十英亩；白湖大约有四十英亩，距离美海文约有一英里半。这就是我的湖区。我能够享有这些湖以及康科德河，都是我的荣幸。日复一日，年复一年，它们就这样碾磨着我带去的谷物。

瓦尔登湖被伐木工、铁轨以及我自己给玷污了之后，这些湖泊中算不上最美丽却是最有吸引力的恐怕就是林间至宝，白湖——湖的名字普通得不能再普通，或许是出自其水质的清澈，或是沙子的颜色。在这些方面看来，它似乎是瓦尔登湖稍小一点儿的孪生姐妹。它们是如此相似，你或许会以为它们在地下必是相连的。白湖也有着石岸，水的色泽也是一样。同瓦尔登湖一样，在闷热的酷暑天里透过岸边树林往湖里看去，白湖的浅水湾底反射出的光线也会将水面染成朦朦胧胧的蓝绿色。多年以前，我常去白湖运上几车沙子拿去做砂纸，从那以后，我经常去白湖。常去的人提议道，白湖应该被称作绿湖，或者叫作黄松湖——大约是在十五年前，有一棵油松的树梢露在深水区上方，离岸很远，本地将这种树称作黄松，尽管它们其实是同一种树。甚至还有些人认为湖是下沉形成的，因为这儿曾经是一片森林，而这棵树就是森林存在过的证据。书面记录可追溯到1792年的《康科德城地形志》，作者是本地一位镇民，该书收集在《马萨诸塞州历史学会文集》中。作者在介绍过瓦尔登湖和白湖之后，补充道："水位很低的时候，白湖的湖心处会现出一棵树的树梢，它立着的地方便是它曾经生长的地方，树根离水面足有五十英尺；树梢处被折断了，该处的直径为十四英寸。"1849年春，我和萨德伯里城里住得离湖最近的人交谈，得知是他在大约十或十五年前将那棵树从湖里弄了出来。他依稀记得那棵树离岸边大概十二或十五杆远，那里的水深约莫三十或五十英尺。时值隆冬，上午的时候他在湖里凿冰，下午便决定拔树，最后在邻居的帮助下，他把那棵老黄松从湖里给弄了出来。他在冰上凿了一条管道，直通岸边，用牛把树拖到冰面上；不过没干多久，他便惊讶地发现，那棵树是颠倒着立在湖中的，树桩和树枝朝下，小的一头结实地扎在沙地里。大的一头直径约有一英尺，他本以为可以得到不错的木材，可树干久经浸泡，腐烂不堪，只能用作燃料，如果它还烧得着的话。我找他谈话的时候他的棚子里还有些木材。树桩上有着斧砍和啄木鸟啄出的痕迹。他猜想这原本就是棵枯死在岸边的树，最终被风刮倒坠入湖里，树梢浸透了水，而树桩仍是干燥的，重量也要轻一些，于是树桩漂了起来，树就这样颠倒着立在湖里。他那年过八旬的老父亲也说不好那棵树是打什么时候起立在湖里的。如今仍能够看见湖底躺着的数根上好的圆木，水面波纹荡漾，它们好似水蛇般扭动着。

几乎没有船只去惊扰白湖，因为湖里着实没有能够吸引渔夫的东西。湖里生长的不是需要淤泥的白睡莲，也不是最常见的菖蒲，而是在纯净水域中生长的蓝色鸢尾，从环湖石底生长出来，每年6月都会引来蜂鸟；它那带蓝色的草叶和花朵同蓝绿色的水色尤为和谐，特别是花在水面上的倒影。

白湖和瓦尔登湖是地球表面上的巨大水晶，是光明之湖。若是它们可以永久地凝固起来，变成小得可以握在掌心的体积，那么它们很有可能会被奴隶拿了去，当作宝石给镶在国王的王冠之上；然而它们是液态的，体积庞大，因此得以安全地留给我们及我们的后人，而我们却忽视了它们，反而跑去追求克伊诺尔大钻石。它们太过纯净，不具备市场价值；它们不含淤泥。它们要比我们的生命美上多少倍！要比我们的灵魂纯洁多少倍！我们从未领教过它们的吝啬。它们比农夫家门口养鸭子的池塘要干净多少啊！来这儿的是干净的野鸭。没有人类居住者赏识大自然。鸟的羽毛和歌声，同花是和谐的，而哪个少男少女配得上大自然奢华的野性之美？它独自开到荼靡，远离尘器。谈何天堂！你们给大地蒙羞。

贝克农场

有时候我会在松林间漫步，那里的松树像高塔一般树立着，又像是海上装备完整的舰队，枝丫此起彼伏，光影在树叶间舞蹈，温柔青翠，绿影郁郁，德鲁伊特也会弃栎树于不顾，转而来到松林中膜拜；或者会去弗林特湖那边的雪松林，林子里的树木上都覆盖着灰白色的蓝莓，树干高挺，完全可以被种在瓦尔哈拉殿堂之前，攀爬在地上的杜松用挂满果实的藤蔓覆盖着大地；或者会去沼泽地，看那儿的地衣从白云杉上垂下来，好似彩带，遍地都是伞菇，好似沼泽之神的圆桌，还有更加美丽的菌菇装点着树桩，好像蝴蝶，又似贝壳，还像滨螺。沼泽粉花和山茱萸生长在那里，红色的赤杨树莓像妖精的眼睛一般闪闪发光，树藤缠绕着大树，无论多么坚硬的树干，都会被勒出深深的印迹。野冬青果的美让漫步者流连忘返，各种道不清名字的野生禁果使人目不暇接、头晕目眩，此果只应天上有，人间能得几回品。我不去拜访学者，我更愿拜访树木。这些罕见的树种傲然独立于草原之中，或是生长在树林沼泽的深处，或是耸立在山巅之上。譬如黑桦树，有那么几棵榜样，直径约莫两英尺；还有黄桦树，是白桦树的同类，树皮是金黄色的，气味同前者一样宜人；山毛榉树干挺拔，完美无瑕，树皮上覆盖着漂亮的地衣，除了散落各处的罕见样本之外，在镇子里我知道的就只有一小片山毛榉树林，据说是由被榉树果实引来的鸽子所播种长出来的。砍树的时候会看见树干发出的银闪闪的光，一切辛苦也就都值得了。椴树、鹅耳枥，还有朴树，即假榆树，我们仅有一棵长势良好的假榆树；还有一棵高度赶超桅杆的松树，一棵适合做屋顶板的树，或者应该说它是棵比其他铁杉长得都要完美的铁杉树，耸立在林间，如同宝塔一般；我还能说出许许多多诸如此类的树木。这便是我无论冬夏都会去膜拜的圣地。

有次我正巧站在了彩虹与地面交接处，大气的底部都渲染上了彩虹的颜色，而彩色也染到了周围的草木之上，令我目眩神迷，仿佛在透过一块七彩的水晶看这世界。一瞬间，我变成了畅游在虹光之湖中的海豚，若是持续的时间再久一些，恐怕我的一生和我的事业都会被染上彩虹色。我走在铁轨旁的堤道上，总会为我影子周围的光圈感到惊奇，禁不住幻想我或许是被选中的神之子。有位来客告诉我说他所见过的爱尔兰人的影子可没有这些光圈，只有本地的人才会有这个特征。本韦努托·切利尼在他的回忆录中写道，当他被囚禁在圣天使城堡时，在做过噩梦或是看到过可怕景象之后，他总能够在每天早晚，看见自己影子的头部有一个灿烂的光环，不管他身在法国或是意大利，尤其是当影子投在被露水打湿的草地上时，光环尤为明显。这或许同我所说的现象是一样的，这通常发生在早上，但有时候在月光映衬下也很显眼。光环常有，而留神到的人却少有，发生在切利尼这般想象力超群的人身上，便使得迷信有了根据。此外，他还告诉人们：他只给很少的几个人看过自己的光环。不过，说实话，那些意识到自己有着与众不同的光环的人，难道不是真正出众的吗？

某个午后，我穿过森林去美港钓鱼，以补足我素食生活的不均衡。我的路线要经过贝克农场的宜人牧场，曾有诗人为这片静谧的草原赋过诗，开头是这样的——

你的入口是一片宜人的田野，
长满苔藓的果树自叹不如。
毗邻一条泛红的小溪，
麝香鼠偷偷溜过，
活泼的鳟鱼，

游来游去。

在去瓦尔登湖之前，我曾想过在这儿定居。我可以“钓”苹果，跳过小溪，吓跑麝鼠和鳟鱼。这也是一个漫长得无止境一般的午后，一切皆有可能发生，人生大抵如此。尽管我动身时午后已过一半。路上突遇阵雨，不得已立在松树下躲了半个时辰，头顶上堆了些树枝，身上披了块手绢权当避雨之用；我越过梭鱼草，站到齐腰深的水中，突然觉得已经身在阴云之下，电闪雷鸣，震耳欲聋。想必神应当是十分自满的，毕竟他拿闪电霹雳击溃了一名手无寸铁的渔夫。我于是赶到最近的一间棚子里寻求庇护，距离棚子最近的道路也有半英里，但是离湖倒是极近的，那里已经许久无人居住了——

诗人已经垂垂老矣，
木棚是诗人年轻时所建，
看这个小小的木棚，
已经摇摇欲坠了。

这就是缪斯的寓言，如今，这棚子里已住进了爱尔兰人约翰·菲尔德一家，他们有几个孩子，那个宽脸盘的小男孩儿帮着他做活，此时正从沼泽地奔跑回父亲身边躲雨；那个坐在父亲膝盖上，小脸皱巴巴、长着女先知般锥形脑袋的婴儿仿佛置身于圣人堂，以婴儿独有的特权，于饥寒交迫之中带着询问的目光注视着屋外的陌生人，他以为自己是贵胄的最后一支血脉，是世界的希望与焦点，却不知自己只是菲尔德家饿着肚子、乳臭未干的小孩儿。我们挤在漏雨最少的屋檐底下，外面风雨交加。早在载他们全家来到美国的船只造好之前，我就已经多次造访过这个小棚子。约翰·菲尔德一看就是诚实吃苦但没本事的男人；他的妻子日复一日地在那高高的灶台边做饭的确够勇敢，她圆圆的脸上满是油污，袒胸露乳，还在想着有朝一日自己的处境能有所改善；她拖把不离手，尽管看不出来哪儿用到了拖把。跑进屋子里躲雨的小鸡自在地散着步，仿佛自己也是家里的成员一般，我觉得它们太有人性了，拿它们来做烤鸡未必会好。它们或是站着同我对视，或是意味深长地啄着我的鞋子。与此同时，接待我的主人在跟我讲述他的故事，他如何给附近的农夫在沼泽地里做苦工，用铲子或是沼泽锄来翻地，每英亩只收10美元，附加一年的肥料。他那宽脸盘的小儿子兴高采烈地跟在父亲身边干活，并不知道他父亲做了个多么不划算的买卖。我试着以自己的亲身经历来帮助他，我说我也是住在附近的居民，来这儿钓鱼，虽然看起来无所事事，其实我和他一样，是自食其力的人。我的住处干净整洁又明亮，花费却不比他这个破烂住处的年租金高。他要是愿意的话，完全可以用一两个月的时间给自己建一座宫殿出来；我不喝茶，也不用咖啡、黄油、牛奶或是鲜肉，因此我无须工作去换来这些东西。我不努力干活，我吃得也很简单，我的食物花费不多；而他的一天是以喝茶、咖啡开始的，他还要吃黄油、牛奶和牛肉，他不得不为了它们努力工作，一番劳作之后他必须大吃大喝以弥补体能上的消耗——总之横竖都一样，不过横还是要比竖长出来一点儿的，因为他并不满意，同时还搭进去了自己的生命力；然而他却认为自己来到美国是得了便宜，因为在这儿他每天都可以得到茶、咖啡和肉。美国之所以是现在的美国，就是因为它允许你自由地追求一种不需那些东西也可以活得很好的生活方式，政府不会强迫你支持奴隶制度和战争，也不会强迫你支付那些会直接或间接地导致这些结果的额外费用。我有意地把他当作一位哲学家，或是一位想成为哲学家的人来对话。如果地球上所有的草地都能够保持原生态，如果那就是人类开始自我救赎的结果，我将万分欣慰。并不是只有在故纸堆里才能找出有利于文化进步的东西。但是，唉！一个爱尔兰人的文化，居然是一项用道德沼泽锄去进行的事业。我对他说，他在沼泽地里干活这么辛苦，必须有一双厚靴子跟一身结实的衣服，就连这身都要穿脏穿破了；而我穿着轻便的鞋子和单薄的衣服，花费还不及他衣服的一半，他却觉得我穿得像个绅士（事实可并非如此），不费力气、权当消遣地钓上一两个小时的鱼，就可以捕获够吃两天的鱼，或者是赚到供我一星期花费的钱。要是他们一家也过着简朴的生活，他们就可以在夏天的时候去采越橘当作消遣。约翰听着，叹了口气，他的妻子则两手叉腰，都开始盘算自己有没有足够的钱去开始这样的生活，计划着能不能撑得过去。这一切对他们来说都只是推测出来的航线，至于如何驶到港湾里，他们一无所知；因此，我想他们仍旧会以自己的方式勇敢地面对生活的一切，若是没有办法一举破开擎天巨柱，那么就各个击破——想着如何以暴制暴，就如同人们对付蓟草一样。然而他们有着极大的弊端——约翰·菲尔德啊，不懂得计划自己的生活，竟败落到如此田地。

“你钓过鱼吗？”我问道。“钓过，我休息的时候时不时地能逮到好多鱼；我钓过很好的鲈鱼。”“你拿什么做饵？”“我拿鱼虫钓到小银鱼，再拿小银鱼做饵去钓大鲈鱼。”“你现在该走了，约翰。”他的妻子说道，脸上闪着希望的光芒；然而约翰有些拖拉。

阵雨已经停了，挂在东边林子上的彩虹预示着晴好的黄昏，于是我起身离开。走到屋外面，我问他们要杯水喝，希望可以看一眼井底的模样，好完成我对这片土地的调查。可惜啊！井水很浅，还有流沙，绳子断在里面，水桶也坏得不成样子。此时，他们选中了一只厨房里用的杯子，水好像也没烧开，屋里的人商量了半天，才拖拖拉拉地把水杯递给口渴的人——水没有冷，也并不是澄清的。我想道，竟是这浑水滋养了生命；于是我闭起眼睛，巧妙地避开水里的悬浮物，为了不辜负主人的热情，真心实意地喝上了一大口。在礼仪面前，我是不大讲究水干净与否之类事情的。

雨后我离开爱尔兰人的家，信步向湖走去。我沿着蜿蜒的小径在枯萎的草地上行走，蹚过泥洼和沼泽坑，穿过凄凉蛮荒之地，急着去抓梭鱼，这点儿欲望对我这种读过书、上过大学的人来说似乎有些太微不足道。然而当我迎着晚霞跑下山的时候，彩虹正落在我肩上，一阵银铃般的声响穿过清新的空气在我耳畔响起，不知道来自何方，仿佛是我的守护神在对我说——去打鱼吧，去捕猎吧，就这样一天天地四处奔波吧——去更远的地方吧——不用疑虑，在小溪边、在壁炉旁休息吧。在你年轻之时铭记你的造物主。在黎明到来前无忧无虑地起身吧，去追逐，去冒险。正午时你已去到别的湖畔，黑夜追上你，四海为家。再无更广阔的田野，再无更有趣的游戏。随性生长，就好似莎草和凤尾蕨，无论如何也长不成英国干草。让雷声奏响吧，哪怕它威胁着要摧毁农夫的庄稼又如何？它并不是为这个而来。当人们躲进车里和棚子里的时候，你就躲在云下吧。莫以贸易维生，应以爱好维生。莫去占有土地，而应享受其趣味。人活得好似农奴一般，疲于买卖，都是因为少了事业心同信仰。

贝克农场！
清晨阳光做点缀，
风景别样好。
无人愿越过你的栅栏，
寻欢又作乐。
不曾与人起争执，
也未有所困惑。
温顺有如初见时，
还是朴素的红呢外套。
来吧，你所爱的人，
来吧，你所恨的人，
来吧，神之子们，
还有政府中的盖伊·福克斯之流，
将阴谋悬挂在高高的树梢之上！

每天晚上，人们都从邻近的田地或街区回到家中，而家中回荡着烦恼，因为得不到新鲜空气，生命力日益萎缩；早上和傍晚，人们的影子要比自己迈的步子还要长。我们应当每天都从遥远的地方、从探险和冒险中、从新发现中回到家里，带着崭新的经历和品性。

在我抵达湖边之前，某种前所未有的冲动将约翰·菲尔德带到这儿，他改变了主意，日落之前都不去沼泽地干活了。然而这个可怜的家伙，他只钓到了两条鱼，我却捕到了一串，他说自己运气不好；等我们换座位的时候，运气也跟着交换了位子。可怜的约翰·菲尔德——除非他有所进步，否则我相信他是不会懂的——还想着用老国家里的老一套在这个崭新的国度里求生存——拿小银鱼钓梭鱼。不得不说，有时候这是不错的饵料。他有着自己的世界，但他却是一个穷人，天生的穷人，继承了爱尔兰的贫穷，他的祖宗以及在沼泽地里求生活的法子，不会在这个世界里行得通，除非他或是他的后人在沼泽地中跋涉的长蹼的双脚能够长出脚翼。

更高级的法则

我提着钓到的一串鱼，拖着渔竿穿过树林往回走，此时天色已黑，我瞥见一只旱獭偷偷摸摸地穿过我的小路，内心激荡起一阵难以遏制的冲动，想抓住它生吞活剥掉。我并不饿，想捉住它完全是出于它给我带来的野性的冲击。有那么一两次，当我还住在湖边的时候，我发觉自己放纵地在林子里游荡，活像一只半饥不饱的猎犬，寻找着能供我咀嚼的野味，任何兽肉我都能吞下去。最狂野的景象如今也变得好似家常便饭一样。我发觉自己同大多数人一样，内心都想要追求更高级的精神生活，同时还有另外一种本能，追求着原始初级的生活，而这两者，我都尊重。我爱野性，也爱开化的文明。我仍旧喜欢钓鱼所带给我的野性与冒险精神。有时候我会给自己的生活带进一丝野性的色彩，更像动物一般地度日。也许因为我很小的时候就去钓鱼打猎，所以才与大自然有着这么密切的关系；这些活动使得我们早早地接触到自然风光，流连于此，否则，在那么小的年龄，是没有机会进行这样的接触的。渔夫、猎人、伐木工以及其他那些人一生的时光都消磨在田野和林间，他们自身就已经成为大自然的一部分，他们往往也能够用最好的心态去在空闲的时间观察大自然，不似哲学家或诗人那般带着期望之心。大自然毫无畏惧地在他们面前展示自己。大草原上的旅行者本身就是猎人，在密苏里河与哥伦比亚河的上游他是一名设套捕猎的人，在圣玛丽大瀑布他又是一名渔夫。仅仅是一位旅行者的那类人只能从别人那儿学习片面的知识，毫无权威性。最令我们感兴趣的是科学将人们已经通过实践或是本能得知的一些事情报告出来，只有这才是人性，或者说，是出于人们自身的经验。

有些人说美国人因为没有英国人那样多的节假日而缺乏娱乐，这话错了。美国的大人小孩儿都不像英国人那样做各种游戏，但是他们有着更原始更独立的游戏，譬如打猎和捕鱼，只要这些活动在，还轮不到那些英式游戏。跟我同代的人，哪个小男孩儿没有在10到14岁的时候扛过猎枪？他的狩猎场和渔场是没有边界的，而英国绅士们的狩猎场都是禁止外人进入的，相比而言，美国孩子的狩猎场简直比蛮荒人的地盘还要广阔。难怪他们不在公园里玩耍。然而现在境况已经有所改变，倒不是人的数量有所增长，而是猎物数量下降，或许猎人才是猎物最好的朋友，动物保护协会也不例外。

我住在湖边的时候，总时不时希望可以拿一些鱼来换换口味。我捕鱼的目的的确是同最早期的渔夫一样。任何我所能想到的反对捕鱼的理由都是假大空，我在乎的是我的哲学观，而非我的感觉。我现在只说捕鱼，因为我早已对禽类无感，并且在住进林子之前就卖掉了猎枪。并不是我比其他人残忍，我也没觉得自己的感情受到了多大的影响。我既不可怜鱼，也不可怜鱼饵。这不过是习以为常的事情。说到打猎，数年前我扛着一支猎枪，我的理由就是研习鸟类学，只为了寻觅新品种或是稀有的鸟类。不过，我承认现在有了一种更好的研习鸟类学的方式。那就是要更为密切地观察鸟类的习性，哪怕只是这个原因，我也心甘情愿地放下了猎枪。然而，尽管人道主义要求取消狩猎活动，我个人十分怀疑能否有可以代替此项活动的、同样具有价值的娱乐活动了；当我的一些朋友焦急地问我，他们是否应该让自己的儿子去狩猎，我的回答就是，应该——毕竟它是我受到的教育中最好的部分——首先让他们成为猎人，起初只是爱好运动的人，最后可能会成为真正的猎人，直到他们在附近的旷野里都找不到值得他们去捕猎的大型猎物——最终成为人类中的猎手和渔夫。我完全同意乔叟书中的修女的意见：

从来没有一只脱毛鸡，

说过猎人不圣洁。

人类历史中有那么一个时期，猎人是“最优秀的人”，阿尔刚昆印第安人便是这样称呼他们的。对于那种一枪都没放过的男孩子，我们只能抱着同情的态度；他并不比别人更仁慈，可悲的是，他的教育被忽视了。我尊重那些沉迷于打猎的青年，我相信他们很快就可以足够成熟，摆脱出来。只要还有人性，一旦度过心智未开的少年时代，就不会再去肆意屠杀动物，因为动物同他一样，有着生存的权利。野兔在濒死之际的号叫声有如婴儿。我警告你们，诸位母亲，我的同情心并不是只限于人类。

这便是年轻人通常接触森林的方式，同时也是认识自己本性的方式。他去到森林里，首先是作为一个猎人和渔夫，直到他身上更为崇高的种子扎根发芽，他便会走向真正适合自己的职业，做一名诗人，或是博物学者，将猎枪和渔竿抛之脑后。就这点来说，大部分的人都仍处于青年期。在某些国度，打猎的牧师也不是少数。这样的牧师只能成为一匹优秀的牧羊犬，却不能成为一名优秀的牧羊人。据我所知，除却伐木、取冰这类工作，能够让人们在瓦尔登湖待上半天的就只有钓鱼了。一般说来，若他们不是满载而归，就会觉得自己的时间白费了，不管他们是不是在钓鱼的时候有机会观赏到这美丽的湖泊。他们得去上一千次才能达到抛却钓鱼这件俗事，净化自己的目的；这种事情一直都在进行。州长和理事会的委员们在小时候也来过这儿钓鱼，然而现在，他们碍于年纪和面子不再过来，如今与瓦尔登湖已然生疏了。不过，哪怕是他们，也有可能上天堂的。在立法机构看来，要紧的是规范一下钓鱼时应使用几个钩子。然而他们却不了解那钓钩钓起了最好的湖上美景，而立法也成为钓饵了。即便是在文明社会中，未开蒙的人类也是需要通过猎人这一阶段得以成长的。

近年来，我发现我每去钓一次鱼，我的自尊心就会降低一点儿，屡试不爽。我的钓鱼技术不赖，跟大多数人一样，在这类事情上都颇有天赋，时不时会显现出来，但是每当我钓完鱼，我又会觉得不钓鱼反而会更好。我想我没有错，即使这暗示微弱得如同第一缕曙光。毫无疑问，我的本能是来自低级动物的；我钓鱼的经历逐年减少，可是我也没觉得自己变得更加仁慈或是更加智慧，而如今，我已完全放弃了钓鱼。然而，如你所见，我若是住在野外，肯定会受不住野性的呼唤重回渔夫和猎人的生活。此外，食用鱼类和肉类从本质上就是不洁的，我逐渐开始了解家务都是从何而来的，每天打扮得光鲜利落、令人尊敬的样子，家里也要收拾得一尘不染，房间明亮，做到这些得付出多大的努力。我既是自己的屠夫、杂工和厨师，又是享受这一切的绅士，我的经验之谈独此一家。我之所以杜绝动物性食品，是因为它的不洁；再者，我抓到鱼，将它洗净煮熟并吃掉，实际上并没有给我带来滋养。既无意义，也无必要，得不偿失。我只需少许面包或是一点儿马铃薯，也可起到同样功效，况且麻烦更少，也更加洁净。跟我的同代人一样，多年来我已很少食用动物性食物，或是饮用茶水、咖啡等；倒不是我知晓了它们的副作用，而是因为它们同我想象的不同。对动物性食物的厌恶并不是出于经验教训，而是我的本能。低到尘埃中去，你会发现一箪食一瓢饮的生活更美；尽管我从未做到过，但我为满足自己的想象，已经做了很多。我相信，每一个诚心想将自己更高级的、诗意的品性保存在最好状态下的人都会下意识地避开荤食，并尽量少食。昆虫学家陈述道，这是一个相当有意义的事实，正如柯尔比和斯宾塞书中所写：有些处于性成熟期的昆虫，尽管具备进食器官，但不会去使用它。他们将此当作一条定律：通常说来，处在这个阶段的昆虫进食量要较之前的幼虫阶段少得多，譬如贪嘴的毛毛虫变成蝴蝶，好吃的蛆虫变成苍蝇。成熟后的昆虫仅需一两滴花蜜或是其他甜蜜的液体食物即可。蝴蝶翅膀下的腹部仍呈现着它处在幼虫时期的姿态。这也是它注定要吃其他虫子的原因。饕餮之人就是处于幼虫阶段的昆虫；这个国度充斥着这种人，这是一个缺乏想象力的国度，人们巨大的胃囊暴露了他们的本性。

要准备食材烹调一顿简单洁净又不会冒犯想象力的餐饭并不容易；然而，在我们给身体喂食的时候，这样的餐饭是不可或缺的。身体和灵魂应该同样地坐在餐桌旁，这也许是可以做到的。进食适量的水果并不意味着我们需要为自己的胃口感到内疚，也不会妨碍我们去做最有价值的追求。然而在饭菜里加上额外的调味品则不亚于下毒。靠山珍海味过活是不值得的。一个人，无论他是亲手准备这些或荤或素的丰盛大餐，还是每日享受别人的劳动成果，都应该感到羞愧。若仍旧如此，我们就仍未开化，所谓的绅士与淑女，根本算不上真正的男人和女人。这点明确表明了应当做出何种改变。追问想象力为何不能与肉类、脂肪共存都只是徒劳。我倒是对此很满意。说人类是食肉动物难道不是一种指责吗？没错，他的确是依靠捕食其他动物而生存下来的，不过这是很可悲的方式——那些捕捉兔子或屠杀羊羔的人都深有体会——如果有人可以教授他人去吃纯洁而健康的食物，那么他一定会成为民族英雄。不关乎我个人的经验体会，我坚信人类发展的大趋势就是逐渐远离动物性食物，就如同蛮荒部落在进化到文明社会之后便不再互相吞食一般。

一个人的天性会发出极其微弱却持久不断的正确暗示，即便他听从了自己的天性，他也看不见天性会将他带往何种极端或是疯狂的境地；随着他成长得愈加果断愈加忠诚，他应走的道路自会出现在他的脚下。一个健全的人心中哪怕是再微小的抗议，都会最终战胜人类的辩论与习俗。人们从不听从自己的天性，却在天性领着他们误入歧途时对其言听计从。结果或许会是肉体上的衰败，但是无人会对此感到遗憾，因为一切生命都要服从更高级的法则。若是你以满心欢喜去迎接每一天的到来，让生活散发出鲜花芳草的香味，更为灵活、精彩而不朽，这便是你的成功。整个大自然都在向你道贺，你也有理由随时祝福自己。最大的收获和最宝贵的价值是不为人所知的。我们极易质疑它们的存在，很快就会将之遗忘。它们才是最高级的现实。或许最令人震惊、最真实的真相是从来不会在人与人之间交流的。我于日常生活中得到的最真实的收获就仿佛朝夕那难以捉摸、无法形容的霞光一般。我所抓住的，仅仅是一抹星尘，一缕彩虹罢了。

然而，就我个人而言，我从来不会一本正经，若是有必要，我即便是吞下一只油炸老鼠，心情也不会变坏。长期饮用白开水令我愉悦，就如同我喜欢的是自然的天空，而非抽鸦片的人眼中的天堂。我愿永葆清醒，沉醉之渊只能愈陷愈深。我坚信，清水是智者的唯一饮料。设想一下，早起的一杯热咖啡，晚餐配的茶水，会使一切希望成为泡影！啊，受它们蛊惑的我，到底堕落到何等程度！甚至连音乐也可以醉人。这般显而易见的缘由已摧毁了希腊与罗马，即将荡平英格兰与美利坚。在一切毒物中，又有谁不乐意为自己呼吸着的空气而迷醉呢？我反对长时间干粗活的最大原因就是这样会使我吃起东西来也变得粗鲁不堪。但是，实话实说，我现在对这些事情已经不那么讲究了。我不再给餐桌带去宗教气氛，也不再做饭前祷告；并不是因为我比之前聪明了多少，而是不得不承认随着我的成长，我变得愈加粗糙，愈加麻木。恐怕在乎这许多事情的只有年轻人了，正如大多数人的想法一样，只有年轻人才热衷诗歌。我的实践无处可寻，我的意见正在此处。尽管如此，我可从未贸然将自己设定为《吠陀经》中那享有特权的人：凡是无所不在的至高上帝的追随者，便可食用一切存在之物。也就是说，他不必追究自己吃的是什么，也无须挂心为他准备食物的是什么人；即便是在这种情况下，有一点不容忽视，即某位印度评论家所指出的，吠檀多将这一特权限制在危急时刻。

又有谁不曾在食物中获得难以言表的满足感？尽管这满足与胃口无关。一想到平平凡凡的味觉竟能使我获得精神上的感知，我便激动万分，味觉给予我灵感，我在山腰上吃的浆果喂饱了我的天赋。曾子曰："心不在焉，视而不见，听而不闻，食而不知其味。"能辨出食物的真正滋味之人不会是个饕餮之徒；不能做出分辨的人必逃脱不出此列。一名清教徒在吃黑面包皮的时候，胃口未必会比享用甲鱼的参议员差。能玷污一个人的绝非食物，而是用餐时他的胃口。与食物的多少、质量无关，而在于其对饕餮之欲的热望；当进食不是为了维持肉体的生存，也不是为了激励精神的生活，那么它就沦落为我们肚中寄生虫的饭食。一个猎人偏好甲鱼、麝香鼠和其他野味，一位淑女喜爱牛蹄冻和海外的沙丁鱼，那他们是一样的。他去往他的水塘，她去拿她的罐头。奇怪的是，他们、你，还有我，是怎么过着这吃吃喝喝有如无耻野兽的生活？

我们的生命作为一个整体，有着令人震惊的道德伦理。善与恶之间从未停止过争辩。善是永不失它所弘扬的善的主题，总是让我们为之一振。竖琴好似宣传着公司条例的宇宙保险公司的旅行推销员，我们所需的保金便是我们小小的善行。尽管年轻人最终会变得麻木不仁，宇宙法则却始终不变，永远站在最易受伤害的人这一边。且听风吟，听听那风带来的责备声，埋怨必然会有，听不见的人是可怜的。我们每触动一根琴弦，每拨动一个音节，都会感受到宜人的道德感贯穿全身。令人厌恶的噪音也会传播很远，听起来也似乐声，简直是对我们卑鄙生活绝佳的讽刺。

我们的心中住着野兽，崇高的天性一旦入睡，它便会苏醒。它下流肮脏，耽于感官享乐，无法被彻底地驱逐出去；就像损害我们生命与健康的寄生虫那般，占据着我们的肉体。我们或许可以躲开它，却永远也无法改变它的天性。恐怕它有着自身的健康系统；我们仍能保持健全，但却不再纯洁。某天，我拾起一副猪的下颚骨，有着洁白完好的牙齿及獠牙，这便意味着动物性的健康活力同精神上的健康是有所区别的。这头猪虽然健康有活力，但它却并不节制和纯洁，它靠的是其他方法。孟子曰："人之所以异于禽兽者几希，庶民去之，君子存之。"我们若是达到了纯洁生活的境界，又会是什么样的结果呢？若是有哪位智者可以教我如何做到纯洁，我定会不顾一切追随他。"《吠陀经》声称，一个与上帝最为接近的心灵，必然能够控制内心的情感，控制身体的极端反应，并且行善。"精神可以暂时地渗透并操控肉体的每一个组织、每一个机能，将形式上最为粗俗的欲望转化为纯洁与虔诚。生殖能力若是不加控制，就会使我们放荡而不洁；而若能控制住，则会使我们活力无限，充满灵感。节操是人类之花；我们口中的天才、英雄、圣人之类，都只是它的果实。纯洁的河渠一旦打开，人类便会自然而然地流向上帝。然而我们的纯洁与不纯是河中的两股激流，使我们颠簸不已。心中的野兽日趋衰亡，而神性日日增长的人，一定是受到上天庇佑的。和低等兽类结合，就只有羞耻。恐怕我们就像农牧之神和森林之神那样，是神与野兽的杂交产物，是纵欲的结果，而我担心，在某种程度上，我们的生命正是我们的耻辱所在——

给内心的野兽安顿到它应在的地方，

除去头脑中丛生的杂草，它是多么欢乐！

可驱使马、羊、狼以及一切野兽，

并不会让自己在其他野兽跟前显得荒唐！

人不仅仅是猪倌，

也是魔鬼，

使得它们惊慌失措，糟上加糟。

一切淫欲都可以归结到一处，一切纯洁也是如此。一个人大吃大喝，生活放荡，也是一回事。它们不过都是同一种欲望，只要见过一个人做其中一件事，就能知道他是一个纵欲的人。不洁与纯洁不可同起同坐。爬虫若是在其巢穴的一端受敌，那它必会出现在另一个洞穴。如果想要节操，就必须懂得节制。何为节操？怎么能知道他是否有节操呢？他不能够知道。我们都听说过这种美德，却不知道它是什么，我们只是盲目的跟随流言，听见什么便宣扬什么。智慧与纯洁出自努力，无知与纵欲出自懒惰。对于学生来说，纵欲便表现为精神懒散。邋遢的人必是懒散的人，偎在火炉旁边，躺着晒太阳，不等劳累便要入睡。如果你想要摆脱邋遢的毛病，避开一切罪恶，那就去努力工作吧，哪怕只是清洗马厩。天性虽难战胜，却非战胜它不可。如果你不比异教徒更纯洁，更自制，更虔诚，那你算哪门子的基督徒？我知道许多异教教派的清规戒律，说出来怕是会让读者都羞愧不已，在这种情况下还要求他做新的努力，哪怕只是走形式而已。

要说出这些事情，我有些踟蹰，不只是因为话题——我不在乎我的言辞有多下流——而是因为我一旦说出这样的话，我的纯洁性就必然会受到损害。我们自由地讨论着一种形式的纵欲，却对另外一种缄口不提。我们堕落到无法简单地说出人的必要功能的地步。在稍早的年代里，在某些国家，每一种功能都有着对应的法律条文，人们谈到它们的时候都怀着敬意。在印度制法官的眼里，任何事情都不是小事，不管这些法规在当代人的眼中是多么格格不入。他教人们如何吃喝、同居、排泄，他抬举了小事，从没有将其称作烦琐之事。

每一个人都是庙宇的建筑者，而这栋庙宇同他的形象完全一致，庙宇便是他的肉体，里面供奉着他所信仰的神灵，这庙宇无可替代，哪怕他亲手执锤重塑一间大理石庙宇。我们以自己的血肉骨骼为材料，做自己的建筑师和绘画师。崇高的品格会使得人的外表登时变得美好，而卑鄙与纵欲则会使之堕落。

9月的某个傍晚，约翰·法摩尔坐在自家门口，一天的劳作过后，他的脑子里还在多多少少地想着干活的事。沐浴之后，他坐下来，开始修养自己的精气神。夜间有些冷，一些邻居开始担心霜冻。他专心思考了没多久，便被一阵笛声吸引住了，那笛声同他的想法是如此合拍。他仍在思索着劳作的事情，但是尽管他的头脑在不受控制地反复思考，并且在做规划和设计，他也能够发觉，自己已经不再挂心其中。这不过是皮肤上的污垢一直在脱落。而这飘进屋里、钻进他耳朵里的笛声的曲调同他工作的氛围截然不同，唤醒了他身体里沉睡着的某种机能。轻柔的笛声淡化了街道、村庄，隐去了他的生存现状。一个声音对他低喃——明明有这么个辉煌的道路等着你走，为何你仍守在这里过着这般辛苦不堪的日子？在别处田野的上空也闪耀着同样的星星。然而，如何从这种处境里脱身？如何真正地搬去那里？他能想到的唯有进行新一轮的苦行，让精神降入躯壳去救赎他，以与日俱增的敬意对待自己。

与兽为邻

有时候，会有一个伙伴来陪我一起钓鱼，他从镇子的另一边过来，为晚餐捕鱼同晚餐一样都是一种社交活动。

隐士。我真想知道，这个世界此时都在忙些什么。都过去三个小时了，蕨木丛里一声蝉鸣都没有。鸽子都在棚子里睡着，连翅膀的扑腾声都没有。刚才小树林里传来的是农夫们午休的号角声吗？劳工们要回去吃煮好的咸牛肉、玉米面包，喝苹果酒。人为什么要这样自寻烦恼？不吃就不需要干活。我很好奇他们究竟收获了什么。谁愿意生活在一个狗吠声吵得人无法思考的地方？哦，还有家务事！让那些恶魔的门把手锃锃发光，把浴缸收拾干净！最好不要有房子。比如，住在一棵空心大树里，让早上的拜访和晚上的筵席都摆在树洞里！只有啄木鸟啄着树干的笃笃声。哦，你看那人山人海；太阳温度太高了，对于我来说，这些人着实是太过老练油滑。我从泉里汲水，我的架子上放着一只黑面包。听！我听见了树叶在沙沙作响。是饿着肚子的猎犬在林中演习着它追踪猎物的本能吗？或者是那些据说迷失在丛林中的猪？雨后我曾经见过它的足迹。声音越来越近，我的漆树和蔷薇花在颤抖着——啊，诗人先生，是你吗？你今天心情可好？

诗人。瞧瞧那些云朵挂在天边的模样！这是我今天见到的最了不起的事情了。无论是在古画里，还是在外国，都没有这样的云——除非我们现在动身去西班牙的海岸。那是真正的地中海的天空。我以为，既然我不能饿死自己，而今天还未吃饭，那么我就去钓鱼好了。这才是诗人真正的工作。也是我会的唯一手艺。来吧，我们走。

隐士。我无法拒绝你。我的黑面包所剩无几。我很快就可以兴高采烈地跟你走，然而我当下正要结束一段严肃的冥想。我觉着快要得出结论了。让我一个人待一会儿。不过你可以利用这个时间挖一些鱼饵，这样就不会耽搁了我们的进程。这里的蚯蚓不常见，肥料太少，土壤不够肥沃；蚯蚓几乎都要灭绝了。挖鱼饵的乐趣不亚于钓鱼，今天你尽可独享。我倒是建议你拿起铲子去那边的落花生地里挖挖看，就是狗尾巴草摆动的地方。我敢保证，你若是能够像锄草一般在草根里细细寻找的话，每翻三块草皮你就能够挖到一只蚯蚓。又或者你可以走得远一些，我发现了，找到好鱼饵的概率大小是同走开去的路程远近成正比的。

隐士孤身一人。让我来想想，我之前想到哪儿来着？我以为我几乎是处在这个思想的框框之中了，世界在我眼中，是有一个角度的。我是上天堂，还是去钓鱼？我若是匆匆结束这次冥想，是否会有另外一件美妙的事情等待我去做呢？这是我一生中最接近事实本质的时刻，我怕我的思想会一去不复返。要是吹口哨有用，我会以口哨声将他们召唤回来。当思想主动提出建议的时候，我们得三思，这样做是否明智？我的思想如天马行空，不留痕迹，我也无处寻觅。我刚刚在想的是什么？天色朦胧。我要试试孔夫子的三句箴言，或许能找回之前的状态。我不知道这会是一堆垃圾还是刚刚萌芽的入迷状态。嗯，这种机会仅有一次。

诗人，现在怎么样了？隐士，是不是太快了？我刚刚找到了十三条完好的蚯蚓，还有几条不完整的、尺寸不合格的；不过拿它们钓小鱼倒是极为合适；它们盖不全鱼钩。村子里的蚯蚓着实太大了，小银鱼可以饱餐一顿却不知道里面裹着鱼钩呢。

隐士。好吧，那么我们出发吧。去康科德怎么样？那儿的水位若是不太高的话，我们一去必有收获。

为什么这个世界恰好是由我们所看到的东西组成的呢？为什么陪伴人类的正是这些物种呢？就好像老鼠是唯一可以填满墙壁缝隙的生物。我想皮尔贝之类的寓言家都在很大程度上利用了动物，使它们背负了某种意义，从而承担起我们的一部分思想。

我在屋子里抓到的老鼠和普通老鼠并不一样，普通老鼠据说是被引进到城里的，而这种老鼠是村庄里找不到的野生品种。我给一名著名的博物学家送去了一只，结果引起了他的极大兴趣。我在盖房子的时候，就有这么一只老鼠将窝安在了我家下面，在我铺好第二次地板、将刨花打扫干净之前，它就已经会在我吃饭的时候跑出来，在我的脚边拣些面包渣吃。恐怕它此前都未见过人类；它很快与我熟识起来，还会踩过我的鞋子，爬到我的衣服上面。它能够一瞬间爬到屋侧的墙壁上，那动作活像只松鼠。终于有一天，我拿胳膊肘撑在长凳上斜靠着，它爬到我的衣服上，沿着袖子跑上来，绕着我放晚餐的纸跑圈，我便一会儿将纸拉近，一会儿将纸推开，跟它玩着捉迷藏；最后我捏着一小块奶酪给它，它靠近我，开始啃奶酪，就坐在我的手上，吃完之后还洗了洗脸和爪子，就跟苍蝇似的，然后款款离去。

很快就有一只鹟鸟在我的棚子里筑了巢，一只知更鸟为了寻求庇护，在靠着我房子生长的松树上安了家。6月的时候，鹧鸪，这种尤为胆小的鸟，带着它的雏鸟从屋后的树林里走出来，经过我的窗户，到房前去，咯咯叫着呼唤雏儿，好像母鸡一般。种种行为都表明，它是林中的巾帼英雄。你一接近，母鸟便发出讯号，雏鸟们四散逃开，就仿佛一阵旋风吹散了它们一般。雏鸟生得与枯枝落叶实在是相像，常常有旅人不小心踩到了一窝雏鸟，他便会听见母鸟飞起来时的扑扇声，它焦急的鸣叫声和呼唤声，或者露出自己的尾巴和翅膀来吸引旅人的注意，好让他不去怀疑周边环境。母鸟通常还会装作受伤跌落在你面前，羽毛蓬乱，你一时间也无法辨认出这是哪种鸟类。雏鸟则安静地等待着，平平地趴在地上，将脑袋藏在叶子下面，一心听着母亲从远处发来的指令，哪怕你走近也不会惊动它们，它们更不会暴露自己的所在。你有可能已经踩到了它们，或是盯着它们看了一分钟却仍发现不了。有一次我将它们放在我摊开的手掌上，尽管在这种情况下，它们做的仍旧只是服从母亲及自己的本能，它们蹲在我的手心里，不害怕也不发抖。这个本能着实完美。有一次我再次将它们放回到叶子上，其中一只不小心跌到一边，十分钟之后，我又发现它同其他雏鸟保持着一样的姿势。它们不像其他鸟类的幼雏那样发育欠完全，甚至比小鸡还要早熟。它们睁开的眼睛中，宁静、成熟、天真交织的眼神令人难忘。它们的眼睛里似乎闪烁着大智慧，那里除了婴儿般的纯洁，还有老于世故的智慧。这种眼睛并非与生俱来，而是与其中反映着的天空一样古老。林子里还未产出另一种珍宝；旅人也不会常常忘记这么一口清澈的水井。无知粗心的猎人常常会射杀母鸟，而留下的雏鸟们沦为在暗中觅食的野兽或鸟类的猎物，或是同如此相像的落叶一样，腐烂到融为一体。据说，如果孵出它们的是一只母鸡，那么它们很快就会失散，因为它们听不见母亲召唤它们回巢的声音。这些就是我的母鸟同雏鸟。

有多少生物自由自在地于林中过着秘密的生活，它们仍会在村庄附近觅食，只有猎人才猜得到它们的所在。这只水獭竟在这儿过起了隐士般的生活！它长到了四英尺长，足有一个小男孩儿的大小，却没有一个人看见过它。我曾在现在的屋子后面看见过浣熊，如今或许依旧能够听到它们半夜里发出的嘶叫声。我通常会在耕作之后的午后，去树荫底下休息一两个小时，吃吃午饭，看看书，紧挨着泉水，由这泉水发源出一片沼泽地和一条小溪，而它则是从离我的田地半英里外的布里斯特山上流下来的。走过去的话需要穿过一片洼地，那里长满了草和小油松树，再走进沼泽附近的一片大一些的林子里去。那里有一棵枝繁叶茂的五针松，下面有个十分隐蔽、满是树荫的地方，在那儿有块干净而结实的草地可以坐一坐。我挖出了泉水，掘了一口水质清澈呈灰白色的水井，我可以打起满满一桶水而不会搅浑它。仲夏时节是湖水最热的时候，我几乎每天都会去那儿打水。那儿有着鹬鸟，她领着雏鸟来到这儿，在土里找虫子吃；母鸟在离雏鸟们一英尺的高度飞着，雏鸟则在地面上成群奔跑着追赶；不过它最终还是察觉到我的存在，便离开雏鸟，围着我一圈一圈地飞，愈飞愈近，直到飞到四五英尺的距离，它装作摔断了翅膀和腿，吸引我的注意力，以便掩护雏鸟们逃跑。雏鸟们早已排成一排，微弱地啾啾叫着，按照母鸟的指示，快速穿过沼泽。或者有时候我没发现母鸟，却听见了雏鸟们的叽喳叫声。斑鸠也在，坐在泉水上空的枝丫上，或是在我头顶的松树枝头上飞来飞去；还有红松鼠，沿着最近的一根树枝爬下来，极其容易亲近，也很容易好奇。你只需要在森林中某个颇具魅力的地方坐上足够长的时辰，所有的森林居民都会轮番向你展现出它们的身姿。

我也目睹过不那么和平的事件。某天，我走到我的木头堆那儿，或者说，是一堆树桩，我发现了两只大蚂蚁，一只是红色的，另一只黑色的还要大得多，几乎有半英寸长，这两只蚂蚁正激烈地斗在一起。一旦打起来，它们就绝不松手，不停地在木屑上翻滚厮打着。往远处看去，我更加震惊了——木屑上到处都是这样的战士们，这不是一对一的决斗，而是一场战争，是两大蚂蚁种族之间的战争。红蚂蚁总是跟黑蚂蚁打个不休，通常是两只红蚂蚁打一只黑蚂蚁。只见我的牧场里，沟壑之间都满布传奇般的密尔弥多涅斯，遍地死尸，红黑皆有。这是我目击过的唯一战争，是我亲临的唯一被战斗席卷了的战场；两败俱伤的战斗；一方是红色的共和党人，另一方则是黑色的帝国主义者。鏖战不止，至死方休，却一丝声响也没有，我从未见过人类士兵会进行这般惨绝人寰的激斗。我注意到在碎屑上某个洒满阳光的小沟里，有一对蚂蚁紧紧钳住彼此，从日中斗到日落，或直斗到丧命为止。稍小一些的红色武士将自己挂在敌人的前方，它们在战场上翻腾挪跳，红色武士依旧牢牢地咬着敌人的触须根部；强壮一些的黑色武士则将它甩来甩去，待我离近细看，发现它已被撕咬得支离破碎。它们战斗之激烈要甚于斗牛犬。没人愿意投降。它们的战斗口号很明显是"要么胜，要么死"。此时，从山坡的另一边转出一只兴奋的红蚂蚁，它要么是刚刚甩掉了敌人，要么就是尚未参战；应该是后者，因为它肢体都健在；它的母亲命令它，要么拿着盾牌回来，要么就躺在盾牌上回来。又或者它是阿喀琉斯式的人物，愤怒值一直在累积，如今它过来拯救它的普特洛克勒斯了，或者时机已过，它来复仇了。它老远就看到了这场实力悬殊的战斗——黑蚂蚁几乎是红蚂蚁的两倍大小——它飞身上前，在距离交战双方半英寸的地方警惕地站住，时机一到，它便纵身一跃到黑色武士身上，在其右前脚的根部下口，却把自己的命门暴露出来任敌人下手；三只蚂蚁便这样结合成了生命的一体，仿佛是一种新发明的胶体使它们结合起来，胜过一切锁和混凝土。若是此时我发现它们还有各自的乐队，在某片显眼的木片上奏着各自的国歌为各自的勇士们鼓气，激励落在后方的勇士，安抚垂死挣扎的勇士，这完全在情理之中。这么一想，我似乎激动了起来，仿佛它们是人类一般。你越是去想，它们同人类就越相像。若是做起比较来，无论是从参战人数还是战斗中所展现出的爱国精神和英雄主义来说，康科德战史，哪怕是美国战史上都没有能与之匹敌的战役记录。说到参战数量与牺牲数量，这简直就相当于奥斯特利茨或是德累斯顿战役。康科德之战！爱国者阵营损失了两名人员，路德·布兰查德负伤！每一只蚂蚁都是巴特里克——“开火！为了上帝，开火！”数千上万只蚂蚁重现了与台维斯及霍斯曼尔同样的命运。这儿没有一名佣兵。我坚信它们是为原则而战，正如同我们的先人一样，而不是为了逃避三便士的茶叶税。战争的结果对双方都极其重要，值得纪念，至少是和邦克山战役一样有意义。

我拿起了那片木片，上面有着我尤为关注的三名武士。我把它拿进屋子里，放在窗沿上，拿一只平底酒杯扣住，好仔细观察事态进展。我拿着放大镜观察前面第一个提到的红蚂蚁，我看见它仍咬住敌人的右前腿，尽管已经咬断了敌人剩下的触须，它自己却已被敌人开膛剖腹，重要的器官都暴露在黑色武士的大钳之下，而黑色武士的胸甲太硬，它无法刺穿；受难者黑水晶般眸子里迸射出只有战争才激发得出的凶光。它们在杯子底下又争斗了半个小时，当我再次看过去的时候，黑武士已经将敌人们咬得头体分离，而仍有意识的头颅挂在它的身体两侧，像牢牢系在鞍前的可怕的战利品，它微弱地挣扎着想摆脱它们，而它自己的触须已全部脱落，腿也只剩一条，不晓得身上到底负了多少伤；最终能否从这场战斗中幸存下来，在某个老兵疗养院里度过残生，我就不得而知了；不过我想此后它也干不了别的事情了。我不晓得哪一方取得了战争的胜利，也不晓得战争的起因；不过那天，我一直在为目睹到的惨烈战况而激动不已，仿佛这是发生在我门前的人类战争一般。

柯尔比和斯宾塞说，蚂蚁大战由来已久，发生的日期也有所记载，他们说休伯似乎是唯一目击过蚂蚁大战的当代作家。他们说道："在依尼斯·薛尔维乌斯详尽地描述了梨树树干上发生的大小蚂蚁之战后，'这场战争发生在教皇犹金四世在位期间，在场的著名律师尼古拉斯·毕斯托利安西斯忠实地还原了整个战争场面'。此类大小蚂蚁之战还有来自俄拉乌斯·玛格纳斯的记录，小蚂蚁是战胜的一方，它们将同伴的尸体埋葬好，却对敌人的尸首不管不问，留给鸟当食物。这场战争发生在暴君克利斯蒂恩二世被驱逐出瑞典之前。"我所目击到的战役发生在波尔克总统任职期间，韦伯斯特的《逃亡奴隶法案》通过前的那五年。

村中的许多老牛，行动迟缓，只配在储藏食物的地窖里追逐乌龟的它们，却仍会背着自己的主人偷偷来到林子里伸展伸展沉重的肢体，徒劳地嗅着狐狸和旱獭的旧窝。有时候会有杂种狗领路，它们在林间敏捷地穿行，使林中居民一阵恐慌——如今它远远地落在了领队的后面，正冲着某只爬到树上盯着它看的小松鼠吠叫着，慢步跑开，它的重量压得灌木枝都变了形，想象着自己正在追踪沙鼠家族中走散了的一员。某次，我看到有只猫在沿着石岸漫步，当时我就震惊了，因为猫从来不会去离家很远的地方活动。它也被我吓了一跳。尽管是最为驯化的猫，每天躺在毯子上打发时间，只要它一到林子里，也表现得极其自然；它那鬼鬼祟祟、蹑手蹑脚的姿态，简直要比林子里的其他常住民更加地道。有一次我在采浆果，碰见一只带着小猫的母猫，这些小猫野性十足，全都跟它们的妈妈一样冲我拱起了背，恶狠狠地嘶嘶叫着。在我搬到林子里的前几年，林肯县离湖最近的一家农户，吉利安·贝克先生，他有一只"长翅膀的猫"。1842 年 6 月，我去看这只猫，正赶上她（虽不知是公猫还是母猫，我仍是按照常用表达方式采用了"她"）去林中捕猎，这是她的惯例。她的主人告诉我，她大概是在一年前的 4 月来到这儿的，最后由他们家收养了；她有着深棕色的皮毛，喉咙处有个白斑，脚是白色的，有着狐狸那般毛茸茸的大尾巴。冬天的时候身子两侧的毛会变得浓密，平平地垂下来，形成长约十或十二英寸、宽约两英寸半的毛片，下巴的皮毛则像皮手筒，上半部分很蓬松，下半部分则像毡子一般，到了春天，这些东西都会脱落。他们给了我她蜕下来的一双“翅膀”，我保存至今。翅膀里并没有膜的踪迹。有人猜测她是飞鼠或是其他野生动物的杂交产物，倒也不排除这种可能，博物学家曾说，貂和家猫杂交过具有繁殖能力的后代。我若养猫，必养此种；诗人的马既有翅膀，为何猫就不能有呢？

秋季，潜鸟必会飞来，它在湖里换羽、戏水，在我还未起身之时，满湖里都是它狂放的笑声。听闻它已到来，磨坊水闸上的猎人们纷纷行动，或乘坐小马车，或步行，三三两两地扛着有许可证的猎枪，带着子弹和小望远镜来到湖边。它们像秋叶般穿过树林，发出沙沙的声响，至少有十个猎人瞄准了一只潜鸟。有的猎人守在湖的一侧，有的则守在另一侧，这可怜的鸟分身乏术；它若是从这一边潜下去，必会从另一边冒出来。而现在，好心的10月徐风吹起，吹皱湖水，哪怕潜鸟的敌人拿着望远镜扫视湖面，也看不见它的身影，听不见它的叫声，徒有枪声回荡在林子里。水浪扬起，愤怒地拍打着水岸，保护着所有水禽，而猎人们只得退回到镇子上和商店里，继续他们未完的工作。尽管如此，捕猎往往还是成功的。我起早去湖里打水，常常会看见这高贵的鸟从小湾里游出来，离我只有几杆远。我要是驾船去追赶以测试他的反应，它就会潜到水中，消失得无影无踪，直到下午时分我才重新找到它。但是在水面上，它就不再是我的对手了。往往一场雨过，它便悄然离去。

10月，一个平静的午后，我沿北岸划着船。这种日子里，潜鸟最喜欢浮在水面上，就像水草一样。我徒劳地在湖面上寻找着潜鸟，突然，一只潜鸟从岸边往湖心游去，就在我前方几杆处，它那放荡不羁的笑声暴露了它的所在。我撑起一篙，它潜到水下，但是当它冒出头来的时候，离我反而更近了。它再次潜入水中，可我这次却计算错了它可能的方向，当它再度露出水面的时候，我们之间的距离长达五十杆，这里面有我的“功劳”；它再一次发出嘹亮而长久的笑声，可以说是在嘲笑我。它如此狡猾，我同它的距离始终保持在六杆开外。它每次潜出水面的时候都会四处看看，冷静地观测水与陆地的距离，选择好自己的路线，以便在下一次潜出水面的时候保证自己是在最广阔的水域之中，离船只最远。令人震惊的是，它的主意来得如此之快，它的行动力如此之强。它立刻把我带到湖中最宽阔的水域，我再也没办法把它从那里赶出去。当它思考的时候，我就试图揣测它的想法。一场多么好的博弈在湖面上演，人与潜鸟的比赛。突然之间，你对手的棋子消失在棋盘上面，问题在于你如何将棋子摆放在距离它下次会出现的地方最近的位置。有时候它会出其不意地出现在我的对面，很显然，是从船底下游过去的。它耐久度如此之好，简直不知疲惫，游到最远的地方，它便会立刻潜下去；这时候，再没人能够预测出如鱼一般的它在这平静的湖面下会潜游到何处。它游起来像鱼一样迅速，因为它可以潜到湖底最深的地方。据说有人曾在纽约湖水下八十英尺的地方拿捕鳟鱼的钩子捕到过潜鸟——尽管瓦尔登湖比那个要深。想想看，鱼发现这个难看的另外一个世界的来客在自己身边横冲直撞该有多么惊讶！然而它似乎同在水面上那般，在水下也是轻车熟路，它在水底游得还要更快些。有那么一两次，我看到水面上激起了涟漪，只见它将脑袋露出来一下，很快又潜入水下。我发现与其绞尽脑汁计算它下次会在何处出现，还不如拿着桨静静守着等待它再度出现；因为我一次又一次地瞪大双眼盯着湖面的动静，正全神贯注的时候却突然听见它在我身后发出的怪异的笑声。可它既然可以如此巧妙地躲过敌人，为什么还要在浮出水面的时候发出那样的笑声来暴露自己？它那白色的胸脯难道还不够显眼吗？我觉得它真是一只笨鸟。我能够听见它露出水面时的溅水声，因此发现它的踪迹。但是一个小时过去了，它依旧活力不减，随心所欲地潜水，比之前游得还要欢。它冒出水面，端庄地划着水，胸脯上的羽毛一丝不乱，两只长着蹼的脚在身下划动着。它往往会发出那种恶魔般的笑声，又有一点儿像水禽的鸣叫声；但有时候，当它恶狠狠地要了我一通、在离我很远的水面上浮出来的时候，它发出的拖着长音的号叫声几乎不像鸟类，更像是狼号，仿佛那野兽将口鼻贴到地上，从容不迫地发出的号叫一般。这便是他的笑声——或许是这里能够听到的最狂野的声音，整个林子震颤着，都是回声。我想它的笑是在蔑视我的努力，吹嘘自己的胜利。即便那时的天空已经乌云密布，湖面却仍旧平静如斯，尽管我听不见，却能够看见它在这里或是那里将湖水点皱。它那白色的胸脯、静止的空气和平静的湖面都是它的不利条件。终于，它在五十杆外的水面冒出了头，发出了那悠长的号叫，似乎是在向潜鸟之神寻求庇护。很快，一阵东风吹皱湖水，雨幕席卷天地，仿佛它的祈祷得到了响应，潜鸟之神降怒于我；于是我便任由它消失在波澜壮阔的湖面之上。

秋天里，我会连续好几个小时不厌其烦地看着野鸭敏捷地游来游去，盘踞在湖心，离开猎人们很远；在路易斯安那的港湾中，它们无须要花样。在被逼飞起来的时候，它们会在湖上方盘旋，保持着相当的高度，以便轻易地看到附近的其他湖泊与河流，像空中的尘埃；而当我以为它们早已飞往其他地方的时候，它们又斜斜地飞过四分之一英里，降落在无人干扰的水域上；我不知道除了安全，在湖心游着的它们还得到了什么，除非它们和我一样，爱着瓦尔登湖。

木屋御寒

10月，我去河边草地上摘葡萄，收获颇丰，不只是为了果腹，更为了它们的美丽与芳香。我虽没有在那儿采摘越橘，却好好地欣赏了一番它们的美，好似小小的蜡质宝石，装点着草地，仿佛红色的珍珠；农夫拿着丑陋的耙子将它们拔起来，搞得草地一片狼藉，他们只在乎这些东西有多少蒲式耳、值多少钱，他们把从草地上得来的战利品卖到波士顿和纽约；它们注定要被制成果酱，好满足大城市里大自然爱好者的口味。屠夫们在草地上掠夺野牛舌，丝毫不顾惜那些被无情舍弃的野草。伏牛花那精美的果实不过点缀了我的眼界而已，我采了一些野苹果煮着吃，地主和旅人都忽视了这等美味。栗子成熟的季节里，我存上半蒲式耳，留着冬天吃。在那个时节，漫步在林肯县那无边无际的栗子林里，总能让人十分兴奋——尽管如今栗子树们已经被伐倒做了枕木，长眠在铁轨之下——我肩扛麻袋，手持木棍，敲开栗子那带刺的壳，我并不总是等着下霜，我会在树叶的沙沙声、红松鼠和松鸦大惊小怪的叫声中继续采摘——我有时候会去偷它们吃了一半的栗子，因为它们挑的栗子一定好。有时候，我还会爬到树上摇晃树枝。我屋后也有栗子树，最大的一棵几乎能把我的屋子全部遮住，栗子花开的时节，那花簇的芬芳熏染了邻里，不过它的果实大部分都被松鼠和松鸦吃掉了；松鸦在早上成群飞来，在果壳还未落到地上之前就将栗子从里面挑了出来，我将这些树全部让给它们，自己则去更远一些的树林，那儿全是栗子树。这些栗子的确是面包的极佳替代品。也许还能找到其他好的替代品。有一天，我在挖蚯蚓的时候，发现了一串落花生，它们是土著人的马铃薯，了不起的果实，我开始怀疑我是不是在小时候挖到这些东西吃过，或是在梦中吃过。从那之后，我经常会看到这种依附在其他植物上的皱皱的、天鹅绒般的红色花朵，却不知这就是它的花朵。人工耕种几乎使它灭绝。它尝起来有些甜，口感像是霜冻过的马铃薯，煮着吃要比烤着吃美味。它仿佛是大自然含糊的承诺，未来的某个时刻，它将用这种朴素的食物来哺育自己的子女。如今是肥牛和麦浪的时代，这不起眼的果实曾经是印第安部落的图腾，现在却已经被遗忘，人们对它唯一的了解就是它那开花的枝蔓；然而，若是让大自然重新统治这片土地，脆弱的英国谷物就会在无数敌人面前消失殆尽，没了人类的照看，玉米会被乌鸦叼走，就连最后一颗种子都会被叼去西南方印第安人的田野里去，据说，这也是它把玉米种散播开来的地方；而当今濒临灭绝的落花生会顶着风霜和荒野再度繁荣，证明自己是土生土长的植物，作为猎人部落的食物，它将重获那至高无上的地位。发明了落花生并将其赐予人类的一定是印第安的农业女神和智慧女神；诗歌若拿起了令牌，这片土地的一草一叶都是我们诗性的展现。

9 月 1 日，我发现湖对岸的两三棵小枫树叶子已然转红，就在那树干分叉了的三棵白杨树下，在那水边岬角之上。它们的色泽述说了多少故事！日转星移，每棵树都展现出了自己的风采，各自对着明镜般的湖面孤芳自赏。每日清晨，这画廊的主人都会换上一批新画，那代替旧画挂到墙上去的新画有着更为明艳或更为和谐的色彩。

10 月，成千的黄蜂飞到我的小屋过冬，它们将蜂巢搭在屋内的窗户上或是悬在头顶的墙上，有时候会吓得来客不敢进屋。每天清晨都有一些黄蜂冻得掉下来，我就把它们扫出去，但不会费神想着怎么把蜂巢摘掉；说真的，它们当我的屋子是理性的遮蔽所，就这一点，我还挺自满的。我们虽同处一个屋檐，它们却很少骚扰我；它们的数量越来越少，不知是钻进哪个缝隙里避寒去了。

同黄蜂一样，11 月，进入过冬季节之前，我常去瓦尔登湖的东北地区，那儿有着由油松林和石岸反射过来的阳光，使得那块地方成了湖畔的天然暖炉；比起人工的壁炉，晒着天然的太阳取暖才是更愉悦更健康的事。夏日就好像离开了的猎人，而我靠着他余下的灰烬取暖。

我着手修烟囱的时候琢磨了一下泥瓦匠的技术。我的砖是旧砖，得拿泥刀铲平，因此我对砖块和泥刀质量的了解要超出常人。砖上的灰泥已有五十年的历史，并且还在变得愈加坚硬；不管真假与否，人们爱把这个挂在嘴边说。这种说法本身也会随着时间愈加牢固，必须用泥刀铲许多下才铲得掉一些自作聪明的老话。美索不达米亚村庄中有很多建筑都是拿这种品质很好的旧砖搭建而成，这些砖取自巴比伦的废墟，上面的胶泥则更加古老，甚至更加牢固。无论如何，泥刀那独有的坚韧度令我印象深刻，经过那么多次暴力的击打都毫发无伤。我的砖曾经是被砌在烟囱中的，上面并没有尼布甲尼撒的名字。我找了尽可能多的砖头，为减少我的工作量，也为避免浪费，我从湖岸运来石子，填满砖块之间的缝隙，还用湖边的白沙做泥浆。我在壁炉上花费了最多的时间，毕竟这是屋子里最重要的东西。我做活的确很细致，从早一直干到晚，才在地上堆起几英寸高的砖块，那高度跟枕头似的；印象中我倒没有因为这个落过枕，上次落枕还是很久以前的事情了。那时候我邀请一位诗人来家中住了两星期，房间显得狭小不堪。他把自己的刀带过来了，我这儿还有两把，我们把它们往泥地里擦，好使它们锃锃发亮。他帮我做饭。我高兴地看着我的壁炉一点点拔地而起，心想，就算进度很慢，至少我做的是个耐用的家伙。壁炉和烟囱其实都是独立的结构，伫立在地上，穿过屋顶直指苍穹；哪怕以后房子给烧没了，它依旧会伫立不倒，其重要性和独立性由此可见一斑。那时夏季已到尾声。如今已经是 11 月了。

北风吹凉了湖面，不过想要把湖面全部冰封起来，还需要一段时间，瓦尔登湖毕竟是很深的湖。我的房子还未抹上灰泥，我便已经每晚都生火取暖了，烟囱的排烟效果很好，托了墙壁上那无数缝隙的福。然而，就在这冷飕飕、不保暖的房子里，我度过了许多美好的夜晚，四周是满布节疤的粗糙木板，头顶是还带着树皮的椽子。房子抹过灰泥之后没有之前那般悦目，不过不得不承认，是比之前舒适许多。每个人的房顶都应该很高，高到出现某种阴影，足以在夜间生出许多飘忽不定的影子在房梁间穿梭，难道不是吗？这种结构比任何壁画或是最昂贵的家具都要有利于幻想。我可以这么说，于我而言，我的房子不仅是遮风避雨的场所，也是供我取暖的地方时，我才算是第一次真正地住了进去。我拿了一对炭架储藏木材，烟灰落在我建造的烟囱背后，我十分喜悦，我在拨弄火堆的时候更加理直气壮，也更加乐在其中。我的房子很小，难起回音；但是它是独立的单元，离邻家又远，倒显得比实际上要大一些。房间虽小，五脏俱全；有厨房，有卧室，有客厅和储藏间；无论是家长还是小孩儿，主人还是仆人，都可以在这儿各取所需，而这些都归我独有。加图曾说，一家之主的乡间别墅“必须有一间存放油和酒的地窖，很多木桶，这样一来即便是困难时期到来也可以笑对；这对他是有益的，是有道德而充满荣誉的”。我的地窖里放着一小木桶土豆，约莫两夸脱生虫的豌豆，架子上有少许大米，一罐糖浆，还有一配克燕麦粉和一配克玉米粉。

我有时候会梦见一幢富丽堂皇的大房子，是在黄金时代，建材十分结实耐用，毫无艳俗的装饰，这个房子只有一个房间，那是一个宽敞、粗犷、坚固而原始的大厅，没有天花板，也没有抹灰泥，只有光秃秃的房梁和柱子顶起头上的屋顶——用来遮风挡雪。当你跨过门槛，向伏在地上的古代农神致敬过后，就会看见中柱和内柱在接受你的敬意。这是一间洞穴般幽深的房子，你必须举起火把才能够看清房顶；有人住在壁炉旁，有人住在窗台下，有人住在长椅上，有人住在大厅的一头，有人住在大厅的另一头，要是愿意的话，还可以爬到房梁上，与蜘蛛做伴。这是一所打开大门就进得去的房间，省去一切客套话；这是一间旅人们无须再往远处寻找便可在此洗漱吃饭、交谈睡觉的地方；这是一个你在暴风雨之夜会想赶去避风雨的所在，它有着一切房子都必备的东西，但是无须依靠家务来维持；这是一间财宝尽收于你眼底的房子，所有人们需要用到的东西都挂在各自的钉子上；它同时起到了厨房、食品储藏室、客厅、卧室、储藏间和阁楼的作用；在这里，你可以找到必需的用品，比如水桶或梯子；方便使用的东西，比如碗橱。你听着水壶咝咝作响，感恩着为你烧饭的炉火，为你烤面包的烤炉，必要的家具和用品便是房间里的装饰；在这儿，水可以一直流淌，火也不用熄灭，这儿没有女主人，不过有时候你得从地板上挪开身子，好让厨师下到地窖里去，这样你不用跺脚就可以知道地板底下是空是实。这间房子内部和鸟巢一样，空空荡荡，一目了然，你从前门进来，从后门出去，屋子里的人一个不落都被你看一遍；在这儿做客，享受的是在这个房间里活动的自由，而不是把你排除在房间八分之七的空间之外，关在一个小房间里还请你宾至如归——在这单人牢房里。如今的主人不允许客人在他的壁炉旁取暖，而是找来泥瓦匠，在你的走廊里给你单独盖一个，好客之道就在于与你保持尽可能大的距离。为你准备餐饭也是神秘兮兮的，好似他要下毒害你一般。我知道自己去过许多人的私有领地，有时候还被依法赶走过，但是我不晓得我是不是去过许多人的家里。若是顺路，我便会穿着我的旧衣服，到我说的那样的大房子里去拜访生活朴素的国王和王后；若是我误打误撞地进了一间现代宫殿，那么我唯一想学会的就是如何后退着走出去。

我们高雅的语言神经似乎在萎缩，退化成彻底的空谈。我们的生活同其语言符号相距如此之远，其隐喻和借喻可谓风马牛不相及，好似递餐窗和升降送货机的关系一样；换句话说，客厅离厨房和工作室太远了。吃饭就是吃饭，似乎只有蛮荒人才与大自然、真理离得够近，能向它们借来比喻。那些远住在西北地区或是马恩岛上的人又怎么知道厨房里的小议会是个什么东西呢？

然而，我的来客中只有那么一两位敢于留下来同我一起吃玉米糊糊；很多人都是一看危机到来，就匆忙撤退，仿佛房子会坍塌似的。不管怎样，我吃了这么多顿玉米糊糊也没见房子倒下来过。

直到天气转寒，我仍未给房子涂上泥灰。我为此划船去湖的另一边取来一些更白更干净的沙子，有了船这个东西，只要有必要，我就可以去到更远的地方。这个时候，我在房子的四周钉上木板，我边钉木板，边为一锤即可把钉子锤进去的手艺而欢欣鼓舞着。我满怀壮志，希望能够一举将墙边的木板化为灰泥，快速而利落地涂到墙上去。我想起了一个故事，说的是一个自大的人，他身穿体面的衣服，在村庄里闲逛，在工人旁边指手画脚。某天，他冒险要将语言转化为行动，便挽起袖子，拿起一块灰泥板，顺利地在泥刀上堆满灰泥，带着一副自满的神情瞭望头顶上的木板，做了一个大胆的手势；就在此刻，令他极为尴尬的事情发生了：全部灰泥都落到了他镶着褶皱花边的衣服前襟上。我重新欣赏起抹灰泥的实惠与方便了，既能够有效御寒，又可以起到良好的装饰作用，我还了解了泥瓦匠会遇到的各种事故。令我惊奇的是，房砖有着那么强的吸水性，我刚刚涂平的灰泥很快就被它们吸去了水分，要给一个新建的壁炉洗礼需要用掉多少桶水啊。去年冬天，我拿河里的淡水蛤蜊的壳烧出了石灰，仅仅是做一下实验，好知道我需要哪些材料。我要愿意的话，完全可以在一两英里的范围内搞到一些上好的石灰石，自己烧制石灰。

在此期间，湖面上最背阴和水位最浅的小湾已经结上了一层薄冰，比全湖面的封冻要早几天甚至是几个星期。初冰是最有趣的，也是最完美的，它坚硬、发暗而透明，此时是观察浅湾湖底最好的时机；你可以在厚仅一英尺的冰面上躺下，像只在水面划行的虫子那样，悠闲自得地观察着湖底，而那湖底距你只有两三英寸，活像挂在玻璃后面的画，那时的水面总是平静的。沙滩上有许多凹槽，看起来像是虫子爬过去又爬回来时留下的痕迹。至于残骸，湖底散布着由白色石英细颗粒形成的石蚕壳。也许是这些石蚕壳造成的凹槽，因为凹槽里的确散布着一些石蚕壳，但如果这是真的，凹槽的宽度和深度都远大于石蚕壳可以达到的程度。不过冰本身就是最有趣的对象，但是你必须尽早抓住研究它的机会。如果你在结冰后的早上就去观察，你会发现许多气泡，乍一看像是被包在冰层里面，其实是紧紧伏在冰层底部，同时还有更多的气泡往上升起；冰层坚固、发暗，你可以透过它看见水面。这些气泡直径为八分之一英寸到八十分之一英寸不等，清澈、美丽，你可以透过冰面看见上面反射着的你的容颜。一平方英寸中大约含三十或四十个气泡。冰层里有一些长椭圆形的气泡，大约半英寸长，很狭窄，垂直地夹在冰层中间，还有圆锥形的气泡，尖顶向上；冰若是新结的，常常会出现很小的圆气泡，一个顶着一个，好似一串珠子。但是冰里面的气泡就没有冰下的气泡那么多，也没有冰下面的气泡那么明显。我有时候会往上面扔一些石子来测试一下冰层的硬度，被石子击破的冰面里含着空气，形成一个很大很显眼的白色泡泡。有一天，我过了四十八小时之后再返回原地，发现那些大气泡依旧很完美，尽管冰的厚度又增加了约莫一英寸，这点可以从冰层的边缘上看得清清楚楚。然而过去的两天里很暖和，好似小阳春，冰面不再那么透彻，呈现出水的那种深绿色以及湖底，这时冰的透度降低，颜色发白或发灰，冰层厚度虽然是之前的两倍，但是却没有之前那般坚硬，因为热度导致气泡膨胀，聚集到一起，没有了本来的规律性，不是一个挨一个，而是堆在一起，像从袋子里散落出来的银币，一个叠着一个，或是像薄片一样，填充着某些小小的缝隙。冰之美人芳迹已逝，再去研究湖底，为时晚矣。出于好奇，我破开了一块含着中等大小气泡的冰，把它翻个底朝天，好看看大气泡在新结的冰里占着什么位置。新冰是围绕着气泡或是在气泡下方凝结起来的，它其实是夹在了两层冰之间。气泡完全是在下面一层，但是离上层也很近，呈扁平状，或者说有点儿像透镜，边缘是圆圆的，深约四分之一英寸，直径约四英寸；我惊奇地发现，就在气泡的下面，冰的溶解十分有规律，就像反过来放的茶托，中间有八分之五英寸高，水和气泡中间有着薄薄的隔层，厚度还不到八分之一英寸；在这块区域，小气泡往下爆裂，而直径为一英尺的最大的气泡下面或许压根就没有冰。据我推测，我最开始看到的贴在冰层下面的无数的小气泡都是这样被冻起来的，每一个气泡都像是面凸透镜，促使冰层融化。冰块融化时爆裂的声音，也是这些小气泡的功劳。

最终，冬天降临了。此时我刚刚涂好灰泥，寒风便开始在屋子四周号叫起来，仿佛在此之前不被允许这样做似的。夜复一夜，大雁在黑夜中飞来，发出号叫声，翅底生风，即便是冰雪封路，它们依旧照来不误。有的大雁落在瓦尔登湖上，有的则低低地飞掠树林，来到美港，准备出发去墨西哥。有那么几次，当我在夜间十点、十一点从村庄里往家赶的时候，我会听见一群大雁，要么就是野鸭，在我屋后的水洼旁边，踩着枯叶觅食的声响；还能听见它们匆匆离去时头雁那微弱的叫声。1845 年，瓦尔登湖全部封冻的时间是 12 月 22 日晚，而像弗林特湖那样更浅的湖及河流早在十多天前就完全结冻了；1846 年是 12 月 16 日，1849 年约是 12 月 31 日，1850 年约是 12 月 27 日，1852 年是 1 月 5 日，1853 年是 12 月 31 日。从 11 月 25 日以后，白雪覆盖大地，冬日的景象霎时间包围了我。我退回到自己的躯壳里，努力地在屋子里和胸膛里都燃起一堆火焰。如今我在室外的活计就是收集柴火，或是用手抱着，或是拿肩扛着把它们运回家里。有一次我拿一只胳膊夹着一棵枯死的松树回到家里。一道破旧的森林篱笆可没少让我折腾，我将它献给了火神伏尔甘，因为它已不配再做守界神忒耳弥努斯的祭祀品。一个人拿着从雪地里寻找到的，不，应该说是盗取到的燃料来做晚饭，是多么有趣的事情啊！面包和肉都香甜可口。在我们大多数城镇近郊的森林里都有着无数废弃的火把头和薪柴，足够为许多人生活取暖，可如今它们并没有给人带去温暖，有人认为它们妨碍了新苗的生长。湖上还有很多浮木。夏天的时候我发现了一只由带树皮的油松原木做成的木筏，是爱尔兰人修铁路的时候钉成的。我把木筏的一部分拖到了岸边，它在水里浸泡了两年，又在岸上暴晒了六个月，仍旧完好无损，虽然浸透了水，无法晒干。冬季的某一天，我把木筏上的圆木一根根卸下来，自娱自乐地把它们拖过冰面，拖了大概有半英里，一根圆木有十五英尺长，我把它的一端扛在肩上，另一端放在冰上，我则跟在原木后面，像溜冰一样滑了起来；或者是把几根圆木拿白桦树的枝条捆在一起，再用一根更长的、一头带着钩子的白桦木或是桤木，将它们拖过湖去。尽管它们被水泡得透透的，沉得像灌了铅一样，但它们很耐烧，而且火苗也很旺。就好像松脂，在水里泡过之后，放到灯里反而更加耐烧。

吉尔平在描述英格兰森林居民时写道，“森林的入侵者们在森林外缘搭建房屋和篱笆，在古老的森林法则中被认作是十分严重的侵扰行为，以侵占公产之名，加以重罚”，他们惊吓到了林中的兽类，危害到了森林。而我比猎人和樵夫还要关心野生动物和野生环境，仿佛我就是护林员；若是森林里的某个地方被烧毁了，虽然是我不小心烧掉的，我也会难过万分，比森林主人伤心的时间还要长，也更难安慰；不仅如此，森林主人砍伐森林我也会悲痛万分。我衷心希望我们的农民在砍伐树木的时候，也能够感受到古罗马人为了使圣林透点儿光而去疏木时所怀有的敬畏之情，相信这片圣林是献给某位神明的。古罗马人献上赎罪的祭祀，祈祷着，不管你是男神还是女神，这片圣林是祭献给您的，请保佑我，我的家人和我的孩子，等等。

即便是在这个时代，在这个崭新的国度，林木也是很有价值的，比金子更要持久，更要普遍。我们已经有了这许多的发明与发现，仍不会有人轻视一堆木料。它对我们的重要性同当年它对我们撒克逊和诺尔曼的祖先来说一样。他们拿木头来做弓，我们则用木头来做枪托。三十多年前，米绍说过，在纽约和费城，做燃料用的木材“几乎同巴黎最好的木料价格一样贵，有时候甚至还要更加昂贵，不过这个大都市每年都需要三十万夸脱的木材，而其方圆三百英里之内都是平原耕地”。在本地，木价稳定地上涨，唯一的问题就是，今年的木价会比去年高出多少。亲自来到森林里的机械师和商人，他们的目的并无其他，就是为了参加木料拍卖会，他们甚至开出很高的价格，想在伐木工人离开之后去拣些他们剩下的木料。人类依靠森林获得燃料和艺术品的原材料由来已久；新英格兰人和新荷兰人，巴黎人和凯尔特人，农夫和罗宾汉，古迪·布莱克和哈里·吉尔，世界各地的王子和农民，学者和野蛮人，他们都要到林子里找木柴来取暖烧饭，我也不例外。

每个人看着他的柴堆时，心头都会涌上一股喜悦的情绪。我喜欢把我的木柴堆在窗下，木片越多，就越能够使我想起我那愉悦的工作。我有一把没人要的旧斧子，我就拿着这把斧子，在冬日里，在向阳的屋前摆弄着我从豆田里挖到的树根。就像在我犁地的时候给我赶牲口的人所说，这些木柴带给了我两次温暖，一次是在我劈柴的时候，一次是在它们燃烧的时候，没有什么燃料能够比它们带来更多的热量了。说到斧子，有人建议我把它拿到村里的铁匠那儿去敲打敲打，但是我自己动手，还在树林里找来一根山核桃木，给它做了个斧子把，大功告成。斧刃虽钝，斧柄却正。

几片松脂多的松木简直是宝贝。大地深处不知还隐藏着多少这样的宝藏，每想及此，饶有趣味。前几年里，我常常去一片秃山上考察，那儿曾经有过一片油松林，我在那儿挖出了一些富含松脂的树根。它们几乎是坚不可摧的。树根都至少有着三十年或四十年的历史，尽管外层已经腐蚀朽烂，但核心仍旧是好好的，厚厚的树皮离树心有四五英寸远，形成一个环形，几乎与地面齐平。你拿上斧头和铁锹，去探索这个宝藏，沿着这个黄如牛油、状似骨髓的矿藏深入，又或者是像找到了金矿的矿脉那样，往地下深挖。不过，我通常都是用林子里的枯叶来生火的，那些枯叶是我在雪前收集到棚子里的。伐木工在林子里宿营的时候，会用劈得细细的翠色的山核桃木引火。我时不时也搞一些这种木材。当地平线那边的村民升起袅袅的炊烟时，我的烟囱里也冒出了浓烟，提醒瓦尔登谷里居住的谷民们，我还醒着——

袅袅的青烟直上云天，好似伊卡洛斯之鸟，
向天空飞去，羽翼就要融化，
引吭高歌，你是黎明的使者，
在村庄上空盘旋，那是你的巢穴；
又或者，是那逝去的梦，影影绰绰；
子夜的幻觉，为你整理罗裙；
夜幕朦胧，不见星星；
白昼暗淡，云遮住了太阳；
我的熏香，愿你能冲上天际，
你明亮的火光啊，神是不会厌烦的。

刚刚砍下来的坚硬木材最合我意，不过我用得很少。冬季午后，我偶尔会离开烧得正旺的火堆，去散散步；待到三四个小时之后，我转将回来，火仍燃着。我便是走了，屋子也不得空的。它就是我留下来的愉快的管家。我同火住在这儿，我的管家表现得诚实可靠。然而有一天，我边劈着柴火，边想着从窗户向家里望一眼，看屋子有没有着火，这也是我记忆中仅有的一次为怕失火而格外担心；我望了一眼，看到火星溅到我的床单上，引着了，我忙进屋扑灭了火，床单上只烧出个手掌大小的洞。但是我的屋子地势向阳而背风，因此只要是在冬天，无论哪天中午，我都可以将火扑灭。

鼹鼠在我的地窖里做窝，三分之一的土豆都进了它们的肚子，甚至还用给墙涂灰泥剩下的纤维和牛皮纸给自己做了个舒服的小床；哪怕是最野蛮的动物也同人类一样热爱舒适与温暖，它们之所以能够度过寒冬，就是因为它们小心翼翼地保证了自己的温饱。我的有些朋友说起来好像我是来林子里受冻的。动物只会给自己做一个窝，不受风吹雨打，靠自己的体温来温暖小窝；而人类不一样，人类发现了火，将空气密闭在宽敞的住所里，给空气加温，而不是从自己身上剥夺热量，他将此处当作自己的睡觉之处，可以四处走动，无须穿着那些臃肿的衣服，哪怕时值隆冬，室内依然温暖如春，而窗户又给室内增添了光线，灯具又延长了白昼。这样一来，他比本能要先行一两步，省下来的一点点时间，可以用来追求艺术。要是长期暴露在寒风之中，我全身都会麻木，但是若我回到了温暖的室内，我的官能便恢复如初，生命也得以延长。就这点而言，再奢侈的住宅也无吹嘘的本钱，也无须费神思索人类最终将是如何毁灭的。若是北风稍微冷峻一些，便能够轻而易举地随时切断他们的生命线。我们通常会用严寒的星期五和大雪来计算日期，但若是有一个更严寒的星期五或者是更大的雪，那么人类在这个世界上的存在将到此终结。

次年冬季，为了节约起见，我使用了小一点儿的火炉，因为森林终归不是我的；然而小火炉远没有壁炉暖和。做饭也因此从曾经的诗性转化为如今的化学过程而已。在如今这个火炉的时代，人们很快就会遗忘，我们曾经跟印第安人一样，在灰烬中烤土豆。火炉既占地方，又会把屋子给熏得乌烟瘴气，它还把火给藏了起来，让我觉得失去了一个伴侣。劳动了一天的人晚上凝视着火苗，白天积聚起来的杂质和俗事便得到了净化。然而我却再也不能坐在那儿凝视着火苗了，一位诗人写了几行贴切的诗句，给了我新的力量——

明亮的火焰，请永远不要拒绝，
将你那珍贵的生命影像与亲密的同情给予我。
除了我的希望，还有什么如此明艳，直冲云霄？
除了我的命运，还有什么如此低沉，直坠黑夜？
你如此受人欢迎，受人爱戴，
为何会被逐出壁炉和大厅？
难道是你的存在过于耀眼，
你说的箴言无人能听？
难道你神秘的光芒不是在与我们友善的灵魂窃窃密语吗？
还是秘而不宣？
是的，我们安全而坚强，因为我们坐在火炉旁，
暗影唯有消失，
没有喜怒哀乐，只有炉火，
烘暖了手脚——别无他求；
傍着这堆实用的火堆，
今人可以安歇，
不畏魔鬼从黑暗中经过，
因为枯木柴火的火光在同我们诉说。

昔日的居民与冬天的来客

我经历过几场令人愉悦的暴风雪，在炉边度过了美好的冬夜，屋外暴雪纷飞，甚至盖过了猫头鹰的叫声。有好几个星期，我出去散步的时候除了偶尔来伐木、将木材拿雪橇运回村里去的人之外，谁也遇不见。然而，这风雪却为我在林间深雪里开辟了一条小路，因为我踏雪而行，风吹落栎树树叶，掉落在我踩出的脚印里，它们吸收了阳光，融化了冰雪，不仅为我融出了一条干燥的小路，还是我夜间归家时指引我回去的黑色指南。说到人际交往，我不禁想起这儿昔日的居民。据镇上的人们回忆，我房子的附近有一条小路，那儿曾经充满着居民们的欢声笑语，而四周的森林里星星点点地坐落着他们的小花园和小房子，尽管那时候的森林比现在要密得多。连我自己都有印象，有些路两旁的松树会蹭到行驶而过的轻便马车身上，不得不只身前往林肯县的女人和小孩子走起来都胆战心惊的，往往是奔跑着走过这段路。尽管这只是通往附近村庄里的简陋的小路，或者只是给那些伐木工人运木材用的，但多变的景色使得旅人心情愉悦，因而也就留下了深一些的印象。如今从村庄到森林，延伸着一条开阔的田野，从前这儿可是一片长着槭树的沼泽地，以圆木为路基，残余至今的部分留在满是尘埃的道路之下，从斯特拉顿的家宅，即现在的救济院，一直到布里斯特山下。

我的豆田东侧，路的对面，曾住着加图·英格拉哈姆，他是康科德的乡绅邓肯·英格拉哈姆老爷的奴隶，邓肯给奴隶造了一间房，允许他住在瓦尔登森林里；此加图非尤蒂卡的加图，乃康科德的加图是也。有人说他是来自几内亚的黑人。很少有人记得他在核桃树林里的那一小块地，他任由树林疯长，好等自己老了有所用途；然而最终还是让那些更年轻的白人投机家占了好处。然而现在这个人住的也是一间同样狭小的房子。加图那几近湮没了的地窖入口还在，不过也是少有人知，因为洞口被外面的一圈松树遮挡住了，路过的旅人看不见它。如今这里长满了漆树，还有最古老的黄花属之一，也生得郁郁葱葱。

就在此地，我田地的一个角落上，离村子更近一些的地方，曾经住过一个名叫齐尔法的黑人妇女，她住在一间小房子里，为镇民们纺织麻布，她的声音高亢而有辨识度，一旦她唱起歌来，整个瓦尔登森林都为之震撼。最终，在1812年爆发的战争中，她的小房子被英国军人，也就是那些获得假释的俘虏，一把火给烧掉了，当时她不在家，猫狗和母鸡都烧死了。她活得很苦，简直不是人过的日子。有个老人曾经常常往林子里来，他回忆道，一天中午他路过她的门前，听见她对着烧开了的水壶喃喃自语："你们都是骨头，骨头！"我还在那儿的橡树林里看到不少残砖断瓦。

沿着路下去，在右手边的布里斯特山上，住着布里斯特·弗里曼，"一个心灵手巧的黑人"，曾为卡明斯老爷的奴隶——他亲手种下并培育的苹果树依旧生长在这里，是有年头的大树了，但是在我尝来，它结出的果实依旧有着野苹果的味道。不久之前，我在古老的林肯墓园里读到了他的墓志铭，他的墓在墓园边上，毗邻的几个坟墓是康科德战役中撤退时阵亡的英国士兵的无名墓——墓碑上刻着"西比奥·布里斯特"的字样——其实应当写"西比奥·阿非利卡纳斯"，这才是实至名归——"一位有色人种"，好像他已经没颜色了似的。墓志铭上还强调了他去世的时间；只不过是以一种间接的方式告诉我，他曾经活过。他那热情的妻子芬达就葬在他的墓旁，她给人算命，但讨人喜欢——她身材庞大，圆滚滚的，十分黝黑，比任何黑夜之子都要黑，在康科德，这样一个黑黢黢的肉球真的是空前绝后。

顺着山再走远一些，左手旁是林子里的老路，那儿残留着斯特拉顿家宅的痕迹，他们家的果园一度遍布布里斯特山坡，不过这些果树早被油松给毁掉了，只剩下几个树桩，老根上还发了新枝。

离镇子再近一些的地方，在路对面，树林边上，就是布里德的地方；这个地方因为有魔鬼作祟，名气颇响，这个魔鬼的名字在古代神话之中虽未被提及，但它却在新英格兰人的生活中扮演了一个十分突出又惊人的角色，跟那些神话故事的主角一样，有朝一日，会有人为它写一部传记；它首次登场的时候伪装成一个朋友或是一个雇工，然后洗劫全家，甚至灭门——新英格兰危险分子。不过历史不会讲述发生在这里的悲剧；让时间冲淡这一切，为悲剧的色彩染上一抹蓝调。有一个众说纷纭、可信度不高的传言，是这样说的：这儿曾经有一个小酒店，还有一口水井；正是这口水井给过路的旅人提供了爽口的饮料，供他们饮马。人们互相致意，分享新闻，再各自上路。

布里德的小屋长年无人居住，但是在十二年前，它依旧矗立在此地。这小屋同我的屋子大小差不多。如果我没记错的话，它是在选举之夜，被淘气的小男孩儿放火烧掉的。那时候我还住在村庄边缘，读着德芙南特的《刚蒂倍尔特》入了迷，那年冬天我极为瞌睡，不知道这是家族遗传的毛病——我有个叔叔，他在刮胡子的时候都能睡着，因此他不得不在礼拜日的时候逼自己到地窖里给马铃薯去芽，好使自己保持清醒，守住安息日——还是因为我想通读查尔姆斯编的《英国诗选》。这书完全战胜了我的神经。我的头刚刚沉下去，就听见了火警铃声大作，救火车匆匆地驶向那个方向，前面簇拥着一群大人小孩儿，而我跑在最前面，因为我是从小溪上面跳过去的。我们以为失火的是森林南端——我们这些人都有救火的经验——牲口棚啊、店铺啊、住宅啊什么的都烧起来了。有人叫道："是贝克的牲口棚！"另外一个人则回应道："是考克曼的地方。"这时，新的火星腾空而起，出现在森林上空，好像是屋顶塌下来了，我们高喊着"康科德的人来救火了"。马车飞驰而过，装着沉重的负荷，车上或许还坐着保险公司的代理人，不论多远，他们是肯定会去的；紧跟其后的救火车发出了沉稳靠谱的铃声，听说跟在最后的是那些放了火又报警的人。我们就这样继续往前跑着，不管自己感官得到的证据，只管前进，像个唯心论者，直到在拐弯的时候，我们听到了火烧的爆裂声，切实感觉到墙那边火烧的热度，我们才意识到：啊，我们已经到火场了！离火近了，我们的热情反而退了。起初我们还想着把一蛙池的水都给浇上去；最后的结论却是任由它去烧，反正都烧成这样了，房子也不值多少钱。我们便围着救火车站着，一个挤着一个，通过大喇叭来表达我们的心情，或是低声谈论着这世界上发生过的大火，包括巴斯科姆商店的那次火灾，我们私下里以为，我们若是拖着救火车及时赶到，又把一整个蛙池的水都给浇上去，恐怕会把这最后一场灾难给转化成一场水灾。我们最终没有添乱，而是回去睡觉，或是继续读《刚蒂倍尔特》。说起《刚蒂倍尔特》，序言里有一段话说到智慧是灵魂的火药：然而大多数人并不了解智慧，就像印第安人对火药那般陌生一样。对此，我不敢苟同。

恰巧，次日晚上，约莫是火灾发生的同一时间，我散步路过了事发现场，听见了那里传来低低的呜咽声。在黑暗之中，我走近一看，发现这个人我认识，他是这个家族唯一的幸存者，继承了这个家族的优点和缺点，只有他关心这场火灾。只见他趴在地上，查看地窖的墙壁，那儿堆着的灰烬还在燃烧，他同往常一样，喃喃自语着。他成日里都在远处河边的草地里做活，一旦有了自由支配的时间，就会第一时间赶回来看看祖上的老宅，看看他童年时待过的地方。他换了好几个视角观察着地窖，一直是趴在地上往里看，仿佛那里面有什么他还记得的、藏在墙壁缝隙里的珍宝一样，然而那里空无一物，只有一堆残砖破瓦。房子已经没有了，他只能看着这些废墟。他发现了我，似乎很感到欣慰，他在黑暗中努力地指给我看被遮起来的水井；谢天谢地，水井是烧不掉的；他在井边久久地摸索着，寻找着他父亲亲手架起来的辘轳，摸了摸那曾经负着重物的铁钩——这也是他如今唯一能摸到的东西了——他让我相信，这不是一个普通的辘轳。我摸了摸，直到今天，每次去散步的时候我都会看看它，因为它挂起了一个家族的历史。

还是在左边，你能够看见水井以及井边生长着的丁香花丛，如今已经变成了一片开阔的田野，那里曾经住着纳丁和勒格罗斯，不过他们已经回到林肯县了。

比这些人家还要远、还要深入林子里的是离湖畔最近的地方，那儿住着陶工魏曼，他有一块合法的土地，给镇上的居民供应陶器，还让后代继承了自己的手艺。他们都没什么钱财，只有这么一块勉强归自己所有的土地，每年征税官都会过来，都是一无所获，只能“扣押一件不值钱的玩意儿”，走个形式而已，我们读过他的税务本，他的确是身无长物。仲夏的一天，我正在锄地，有个拉着一车陶器往市集上去的人在我的田头勒住了马，向我打听小魏曼的事。他很久以前从小魏曼那儿买过一个陶轮，想知道他近况如何。我曾在《圣经》中读过陶土和陶轮的故事，但是却从来没想过，我们使用的陶器并不是一代代传下来的，或者是像葫芦那样从树上长出来的，听闻我的邻居里有人会这门手艺，我十分欣喜。

在我之前，这片森林里的最后一位居民是一位爱尔兰人，名叫休·夸尔（读他的名字时得努力卷起我的舌头），他住在魏曼的房子里，人们都喊他夸尔上校。传说他参加过滑铁卢战役。若他还健在，我一定会让他把当年的战况再说一遍。他在这儿干着沟渠工人的活。拿破仑战后去了圣赫勒拿岛，他则来到了瓦尔登森林。我听到的他的所有事情都有着悲剧色彩。他是个彬彬有礼的人，颇见过世面，有时候说起话来的文艺程度一般人接受不了。夏天的时他还穿着一件大衣，因为得了震颤性谵妄症，脸色像胭脂一样。我来到林中不久，他就死在布里斯特山下的路上，因此我不记得有他这么个邻居。他的屋子被扒掉之前，他的同伴们都认为那是座“不祥之堡”，没人愿意接近，我去房子里看过。竖起来的木板床上放着他生前穿皱了的衣服，看起来好似他本人在那里一样。他的壁炉上放着一只坏了的烟斗，而不是在泉水边被打破了的碗。泉水永远不会代表着他的死亡，因为他对我说过，他虽然听说过布里斯特泉，却从来没有亲眼见过；脏兮兮的扑克牌撒了一地，有方块、黑桃和红心。一只黑羽毛的小鸡没有给行政官长捉去，静默无声，连鸣叫声都没有，仿佛是在等待列那狐，它仍然会去隔壁的鸡舍里休息。屋后隐约可见是一座花园，那儿曾经种了些什么东西，虽然已经到了收获季节，但是由于园子主人身体不适，浑身发抖，这些植物一次都没有被锄过。里面长满了罗马苦艾和鬼针草，果实全都沾到了我衣服上。屋后的墙上挂着一张新制的旱獭皮，这是他最后的滑铁卢之战的战利品；然而他再也不需要暖和的帽子或手套了。

如今，只有地上的一个凹痕标志着这所房屋曾经的所在，地窖的石头深深埋在地下，洒满阳光的草坪上生长着草莓、树莓、覆盆子、榛树丛和漆树；原来曾是烟囱的角落里如今长出了油松和多节疤的橡树，芬芳的黑桦树迎风摇摆的地方或许正是当年门阶石的所在。有时候可以明显看出井的痕迹，从前这儿还有泉水冒出，如今只剩下干枯麻木的荒草；或者说井是被最后离去的人们拿石板给遮到了深深的草皮之下——日后人们才会发现。把井给藏起来——这是多么令人悲伤的举动！打开一口井就好似打开一眼泪泉。地窖的凹痕就好像是废弃了的狐狸洞和旧洞穴，是人们一度在此热闹生活过的唯一印迹，而人们曾经在这里以不同的方式和不同的方言讨论着“命运、自由意志和绝对预知”。不过据我所知，他们最终的结论无非是“加图和布里斯特在骗人”；这几乎同著名的哲学学派一样给人启发。

门框、门楣和门槛都消失了有一代人之久，但是丁香花仍旧生机勃勃，每年春天花枝招展，引深思的旅客前来采摘；曾经是孩子们亲手栽培在前院里的花——如今长在废弃了的草地墙边，让位给了新生出来的森林——这是家族唯一的血脉。黑皮肤的小孩子们万万没想到，他们当初在房前阴凉地里插下的只有两个芽的幼苗居然会扎出如此之深的根，比他们自己、比投下阴影的房屋本身活得还要长久，比成年人的花园和果林还要长久，在孩子们长大成人、故去后的半个世纪里，它还在给孤独的旅人说着他们模糊不清的家族故事——丁香花仍旧同初次开花一样美丽芬芳。我留意到它那柔和、淡雅而欢快的浅紫色。

这小小的村落，本来是有前途的萌芽，却为何在康科德扎下根来的时候衰败了呢？是因为那儿没有自然优势吗？举个例子，是因为没有水源吗？是吗？不，这儿有着深深的瓦尔登湖和清凉的布里斯特泉——人们可以长期饮用，有益健康，可这儿的人们只会用它来兑酒。他们全都是嗜酒之徒。编篮子、做马厩扫帚、织席子、烤玉米、纺亚麻以及制陶器就不能够在这儿发扬开来？使这片荒野像花朵一样绽放开来，会有无数后代来继承先人们留下的土地？贫瘠的土壤至少可以阻止低地的退化。唉！人类曾经在这片土地上生存，却没有给这儿的景色增添丝毫美丽！大自然或许又要重新尝试，让我做这第一个定居的人，我去年春天盖的小房子就是村庄里最古老的建筑。

我不知道我如今所占据着的地方是否曾经也有人在此盖过房子。我万万不想住在建在一座古城旧址上的城市里，建城的材料全部是废墟，花园便是陵墓。这里的土地苍白贫瘠，带着诅咒，在这成为必须之前，地球自身就将迎来终结。怀着这样的联想，我将人们重新安置回丛林之中，然后酣然入梦。

在这种时节，来拜访我的客人很少。有时候大雪积得很深，一连一个星期甚至半个月都没人敢涉险到我的房子附近，不过我依旧过得十分安逸，好像一只田鼠，或者像牛，或者像家禽，据说它们就算是被埋在雪堆里不吃不喝，短时间内也不会死亡；又或者说是像本周萨顿镇的一家早期的移民。1717 年，他不在家的时候，家里的棚屋被暴雪掩埋住，完全是因为烟囱的热气在雪里化出了一个窟窿，才使得一个印第安人发现了这个棚屋，救出了他的家人。不过没有友好的印第安人来关心我了；不过也不需要他来关心，主人在家呢。大雪啊！听上去都这么令人愉悦！农夫不能把牲口们赶到森林里和沼泽地里，到那个时候，他们就不得不把门口用来遮阴的树木给砍下来，当积雪冻硬的时候，他们就去沼泽地里砍树，等到春暖解冻时才发现，这树竟然离地面有十英尺高。

雪下最深的时候，从公路到我家的那条长约半英里的小路，看起来像是蜿蜒九曲的虚线，点与点之间的距离很大。在一连一个星期的平和天气中，我来回走的步子数量都一样，步距相同，迈步的时候从容而谨慎，像一只精确的两脚规，踩在我自己深深的足迹之中——冬天逼得我们墨守成规——可是足迹上往往会倒映着蔚蓝的天空。但是没有什么天气能够阻挡我散步，或者说是外出，我经常踏着深雪走上七八英里的路去如约拜见一棵山毛榉，或是松树里的老熟人；冰雪将它们压弯了腰，树梢变得更尖，松树变成了冷杉；有时候我会涉过两英尺深的积雪，爬上最高的山巅，每走一步都能从头顶上的枝丫上摇下一大堆积雪；或者是连猎人们都回家过冬了的时候，我手脚并用地在雪地里折腾。有天下午，我自娱自乐地看着一只大林鸮蹲在一棵白松稍矮一些的枯枝上面，就在天光大亮的时刻，我站的地方离它还不足一杆。它能够听见我移动时脚下积雪的声响，但是它看不见我。我动静若是太大了，它便会将脖子探出来，竖起脖子上的羽毛，眼睛睁得大大的；不过很快眼皮就又耷拉了下来，开始打盹儿。我在那看了它半小时，也被它传染得瞌睡起来，它蹲坐在那儿，眼睛半睁着，像只猫，简直就是猫的长翅膀的兄弟。眼皮中间只留一条小缝，用来跟我保持半岛式的关系；它透过半睁不闭的眼，从梦乡之中向外打量，想努力分辨出来我是一个模糊的物体，还是模糊了它视线的尘埃。最终，由于声音愈来愈大，我离得也愈来愈近，它变得不安起来，懒洋洋地在树枝上转了个身，仿佛因为被扰了好梦而颇不耐烦；它最终还是展翅飞走，在松林间振翅飞翔，翅膀展开了，出奇地大且安静，我一丝声响也听不见。它靠的是对周围环境异常的敏感度而非视觉，它在松枝间翱翔自如，靠的是它敏感的羽翼；它重又觅得一枝良木，好在那儿安歇到破晓。

为铁路而修建的长堤横穿草地，我在其上行走，常会遇上肆虐的彻骨寒风，怕是只有在此地，它才能够如此放肆；冰霜击打我的一侧面颊，我虽是个异教徒，却也会将另一侧面颊也交给它。从布里斯特山通过来的马路状况也不见得好。因为我仍需进城，像个友好的印第安人那般，而广阔田地里的残雪都堆到了瓦尔登路两侧的墙边，用不了半个小时，前一个行人的踪迹就消失得干干净净。等我回来的时候，新雪又堆积起来，我奋力跋涉于其中，忙碌的北风将粉末状的雪花堆在路的转弯处，寻不见野兔的踪迹，更看不见田鼠那细小的足印。不过，哪怕正值隆冬，我也常常能够找见一片温暖而柔软的沼泽地，青草和臭崧常青不褪，耐寒的鸟时不时会躲在那里，静候春天归来。

有的时候，尽管有雪，我于晚间散步归来之时，会发现有一串脚印从我家门口走出，那是樵夫留下的深深的足迹，我能发现他在壁炉前削下来的碎木屑，屋子里则满是烟斗的味道。或是在礼拜日的午后，若是我恰好在家，就会听见一个精明的农夫踏雪而来的动静，他不辞长途跋涉，穿过林子来找我谈天说地。做这一行的少有“务农人士”，他算其中一个；他不穿教授袍，却着工装服，他随时能从教会或政府的言行中引申出道德层面上的话语，信手拈来，仿佛同从自家牲口棚里拖一车肥料出来一般易如反掌。我们谈论起简单粗暴的原始时代，那时人们围坐于火堆旁，气候虽严峻，头脑却清醒；没有其他点心，我们便以牙去试那被松鼠遗弃已久的坚果，那些果壳最厚的坚果，其内部往往空空如也。

有朋自远方来，不惧深雪、不畏暴风，长途跋涉抵达我门前的，是一位诗人。农夫、猎人、士兵、记者，抑或是哲学家，恐怕都会望而却步；但是，万物皆奈何诗人不得，他的所作所为，皆出于爱之纯粹。谁能预测其来往行踪？他的使命随时召唤着他外出，哪怕是在医生都已沉睡了的黑夜。我们让我那小小的屋子欢声不绝，回荡着低沉的对话声，足以弥补瓦尔登山谷那经久的沉默。相较而言，百老汇亦显得沉静而空旷。说到会心之处，便相视一笑，或是为了方才的笑话，或是为了还未抖出来的包袱。我们就着稀薄的粥饭，说着“全新的”人生道理，这份薄粥既是宴请来客的饭食，亦是醒人头脑的良药，这正是哲学之所需。

去年冬日里还有一位备受欢迎的来客，我永不能忘怀，有一次他穿过村庄，冒着雨雪踏夜而来，于树影间瞥见我的烛光，与我共享了几度漫漫冬夜。他是最后的哲学家中的一员——康涅狄格州将他献给了全世界——他起先推销的是它的产品，而后，正如他自己所言，推销的是自己的头脑。如今他仍在推销自己的头脑，宣扬上帝的同时贬低人类，只有头脑才能结出智慧的果实，就好似坚果里长出的果仁一般。芸芸众生，恐怕他是信念最坚定的那个。他的言行及态度，永远都意味着事态要比人们所了解的好得多，时代更迭，唯有他不失落。当前的他并无事业，难免会遭人冷眼；但是，当他的时代来临之时，出人意料的法则便会生效，家族的族长和统治者都会来咨询他的意见——

看不清澄清的人，是多么盲目！

人类真正的朋友；人类进步历程中唯一的朋友。一个老朽凡夫，不妨称为不朽之人，他满怀不知疲倦的耐心与信念，将镌刻在人体上的图像刻画得愈加鲜明，而人神的面目早已模糊不清，好似摇摇欲坠的纪念碑。他以热忱的智慧拥抱着孩子们、乞丐、疯人还有学者，海纳百川，包容一切人的思想，以自己的智慧为这些思想增添些宽度和风雅。私以为，他应当在世界公路上开设一家大旅社，吸引各国的哲学家来此借宿，招牌上如是写着：接待的是客，而非心中的猛兽。有着安逸而平和的心境、渴求找寻正确道路的人，请进。我所认识的人中，他怕是最为清醒、最为纯粹的人；昨天的他同明天的他丝毫未变。从前，我们曾漫步谈心，将世界抛之脑后；因为他是不会屈从于制度的人，他生来自由。无论我们走向何方，天地似乎都交汇于一体，因为有他，风景都被增色了。身着蓝衣的人，最适合他的屋顶便是反映出其静美的苍穹。我不觉得他会仙去，大自然离他不可。

每个人都有一堵干燥的思想之壁，我们坐下来，以其试刀，欣赏着黄松木中清晰的泛黄纹理。我们涉水时这样轻柔而满怀敬意，或是我们合力时这样稳定，思想之鱼并未被吓得逃离小溪，也不畏惧岸边的垂钓之人，而是来去庄重，宛若西天上飘着的云朵，那儿有着珠母层式的云团，时而聚拢，时而散开。我们在那里工作，修订神话，润色寓言，建造空中楼阁，只因大地没有与之相匹配的基础。伟大的观察者！伟大的寓言家！与君一席话，真乃新英格兰之夜的一大享受。啊！我们的对话！隐士与哲学家，以及我提到过的年迈的移民——我们仨——我们的对话拓宽了我的小屋，撼动了它的墙壁；我不敢断言这屋里的每一平方英寸除却大气的压力，还承受着多少磅的重量；它已然裂开了缝隙，往后要拿许多枯燥无味的话语才能填满，免得其泄漏——还好我已备下足够多的填絮。

另外还有一个人，我曾在村中他的家里，与其度过“美好的时光”，他时不时来探望我；除了他之外，在那儿我再无其他交往。

同在别处一样，我有时也期待着从不光临的来客。《毗湿奴往事书》里说道：“黄昏时分，屋主应在院落内候上挤一头奶牛的时间，去等待嘉宾的到来；若是他愿意，可以等候得再久一些。”我恪守主人好客之礼，等候的时间足够挤一整群奶牛，却未见那人自城里翩翩而来。

冬天的动物

当湖面被坚冰覆盖之后，它不仅成了通往许多地方去的新快捷方式，而且还可以站在冰上看那些焕然一新的风景。我常在弗林特湖上泛舟，也在湖面上溜过冰，然而大雪过后，那覆着皑皑白雪的湖面看起来竟是如此宽阔，倒变得陌生起来，使我想起巴芬湾。广袤的雪原四周林立着林肯山，我几乎不记得我曾站在这雪原之上；在看不清楚的远方，渔夫在冰面上行走着，牵着狼狗，缓缓移动，仿佛海豹猎人，又好似爱斯基摩人，在这种雪雾缭绕的天气里他们又仿佛传说中的怪物，我分辨不出他们是巨人还是侏儒。晚上我去林肯县做演讲时走的就是这条路，在我家同演讲厅之间再无第二条路，也无第二户人家。途中会经过鹅湖，那儿住着一群麝香鼠，它们将窝筑在高高的冰面之上，不过我路过的时候一只也没有瞧见。瓦尔登湖同其他湖一样，通常是不积雪的；哪怕是积了雪，也只是薄薄一层，不成气候，它是我的庭院，当别处的积雪深至两英尺、村民被困在室内之时，我却可以在这儿随意走动。这儿远离街道，也冲淡了雪橇的铃声，我滑行、溜冰，仿佛置身于一个被踏平了的麋苑之中，上空悬满了被积雪压弯或是挂满冰锥的栎树和黑松树。

说起冬夜的声响，我常能听见远处传来猫头鹰那悦耳的叫声，在白天里也可时时听见；这种声音唯有这冰天雪地里才能产生，仿佛是由合适的琴弦弹拨而出，这是瓦尔登的森林独有的方言，对我来说已是耳熟能详，尽管我从未见过那鸟的模样。冬日傍晚，每当我推开门扉，总会听见它那“呼呼呼，呼，呼”的叫声；声音珠圆玉润，头三个音节听起来好似在说“你好”，但有时候却只有简单的“呼呼”的叫声。刚入冬的一个晚上，那时湖面还未封冻，约莫是九点钟的样子，一只大雁的高叫声惊到了我，我便走出门外，听到它们拍打翅膀的声音，看到它们低低地掠过我的房子，像是在林间卷起一场风暴。它们越过瓦尔登湖，往美港飞去，仿佛是被我屋里的灯光惊得不敢停留，头雁有规律地鸣叫着。突然，在离我很近的地方有只猫头鹰高声叫起来，时叫时歇，回应着大雁；那叫声是我在这林间听到过的最响亮最刺耳的声音，似乎决定要羞辱这来自哈德逊湾的侵入者。它展现出更高的音量，操着本土的语言，似乎是要将侵入者嘘出康科德的地平线。这城堡本是我的地盘，你们三更半夜还来惊扰，是什么意图？是不是以为我已经困倦了，声音不如你们大？“卟——呼，卟——呼，卟——呼！”这是我听过的最为聒噪刺耳的声响之一。然而，若是你有着灵敏的耳朵，便也能够从这噪音中听出和谐的成分，是这平原上从未为人所知的和音。

我还听到过湖中冰面的声响，在康科德，瓦尔登湖是我最佳的床伴，它似乎受着肠胃胀气和噩梦的纠缠，在床上辗转反侧；或者是被地面冻裂的声响惊醒，仿佛有人赶着牲口群往我的门上撞，早上起来，就会在地上看见一条四分之一英里长、三分之一英寸宽的裂缝。

有时，在月夜，我能听见狐狸在积雪中跑动着狩猎，寻找着鹧鸪或是其他野味，像猎犬一样发出穷凶极恶的嗥叫，仿佛已经不耐烦了；又好似在努力表达自己想要获得光明，想立刻变成狗，自由地奔跑在街道之上；若是考虑到时代变迁，野兽不是也同人类一样，自成文明吗？在我的眼里，它们还是早期的洞穴人，仍处于防御的阶段，等着质变。有时候会有那么一只被灯光吸引到我窗下的狐狸，向我发出狐狸的恶毒诅咒，然后逃掉。

红松鼠通常会在黎明时将我唤醒，它跳过屋顶，沿着墙壁爬上爬下，它离开森林好像就是为了这个。冬天的时候，我会将半蒲式耳未成熟的玉米穗撒到门口的雪堆上，观察着被这诱饵吸引过来的小动物们各式各样的举动，十分有趣。野兔常在黄昏和夜里跑来大吃特吃。红松鼠倒是整日里来来去去，它们的小把戏逗得我很是开心。起先，一只红松鼠小心翼翼地穿过橡树丛，在积雪上时跑时停，好似被风吹起的落叶，时而往这个方向猛跑几步，速度惊人，浪费不少体力，那小脚跑起来可真快，仿佛是押了赌注；时而又往那个方向跑上许多步，但每次都超不过半杆的距离；然后又突然停下，做出个滑稽可笑的表情，平地里翻个跟头，好似全宇宙的目光都聚焦在它身上——松鼠的一举一动，即便是在最为幽深的密林，也同舞女一样，每一个舞步都有观众注视着。它在顾盼之间浪费的时间都够走完全程的了——我从未见过松鼠行走——就在这一瞬间，它就已经爬到了幼小的松树顶尖，突然动力十足，责备着所有想象中的观众，既像是在自言自语，又像是在对全宇宙做着演讲——我反正不晓得它是为了什么，恐怕它自己也不晓得。它最终摸到了玉米穗旁边，挑了最合适的一穗，走着不规则的三角形路线，蹦到柴火堆的最上面，就在我的窗子前面，坐在那儿丝毫不畏惧地看着我，能坐上好几个小时，时不时拿来一根新的玉米穗，起先吃得狼吞虎咽，把没啃干净的玉米棒到处扔；到最后口味刁了起来，开始玩弄食物，只愿意吃最里面的玉米芯，一只爪子抓着玉米穗，有时候掌握不好平衡掉到地上，它便会做出一个不确定的滑稽表情看着玉米穗，仿佛玉米穗可以自己动起来一样，心中则捉摸不定，是去把它拾起来呢，还是拿一穗新的，还是干脆走掉？一会儿想想玉米，一会儿听听风声。就是这样，这小家伙一上午就能糟蹋掉许多玉米穗；直到最后，它抓着个最长最粗的玉米穗，甚至比它的身子还要大，一路上巧妙地保持着平衡，把猎物给拖到森林里去，就像老虎拖着水牛一样，走的还是来时的之字形路线，时走时停，挣扎着拖着玉米，负担太重，玉米总是往下滑落，且掉下来的时候总是在竖线和横线之间形成一个夹角，然而小松鼠下定决心，无论如何也要将玉米穗运回去——真是个轻浮草率、异想天开的小家伙——就这样，它把玉米拖到了住处，也许是四五十杆之外的松树顶上，我后来发现了森林里随处扔着的玉米芯。

最后，松鸦来了，在它们鬼鬼祟祟地从八英里之外的地方飞来，其身未到而声先闻，那刺耳的不协调的声音早就传过来了。它们偷偷摸摸地从一棵树飞到另一棵树上，愈飞愈近，啄食松鼠掉下来的玉米粒。它们蹲在油松的枝头上，急匆匆地努力吞咽着，而玉米粒比它们的喉咙要大，把它们噎得够呛；费了好一番力气，才把玉米粒吐了出来，又拿喙啄了一个小时，才把玉米粒啄碎。它们显然是一群贼，我对它们全无好感；而松鼠起先有些害羞，后来便不再扭捏，仿佛拿的是自己的东西一般。

此时还飞来了大群的山雀，它们捡拾松鼠掉落的碎渣，飞到最近的树枝上，脚爪下面抓着碎屑，不停地用喙去啄，就像去啄树皮里的小虫子一样，直到把碎渣啄到小得可以咽得进它们那细细的喉咙为止。这些小山雀每日都来，在我的柴火堆上捡些吃的，或是在我门口啄些碎屑，它们发出微弱的咬舌般的鸣叫声，像是草丛里的冰锥，叮当作响，或是发出欢快的"嘚嘚"声。又或者是更为罕见的情况，在温暖如春的日子里，它们会从林边发出像是由琴弦拨出来一般的夏日之声：菲——比。它们最后都与我熟识起来，甚至有一只还落在了我怀抱着的一捆木材上，毫无畏惧地啄着木头。有一次我在村里的园子里锄地的时候，竟有一只麻雀落在我的肩上，停了一会儿，我因此而感到无上光荣，佩戴任何肩章都比不上此刻的荣耀。松鼠很快也习惯了同我相处，有时候为了走近路，还会从我的鞋子上面踩过去。

当冰雪开始消融，冬季走到尾声，南面的山坡和向阳的柴堆上的积雪融化之时，鹧鸪便会在早晚飞出林子来觅食。无论你走在森林里的哪一面，鹧鸪都会突然扑闪着翅膀飞出来，震落枯叶和树枝上的积雪，雪絮飘落，映着阳光，宛如金色的粉末，这勇敢的鸟不会因冬季而畏畏缩缩。它常常会被积雪盖住，据说"它们有时候会一翅膀扎进柔软的雪中，在那儿躲上一两天"。它们有时候会在傍晚时分来到空地上，啄食野苹果树的嫩芽，我的出现常常会惊到它们。它们每天傍晚都会去同一棵树上，狡猾的猎人早已守候在此，这时候远处森林边上的果树们就遭了殃。不管怎样，我还是很高兴鹧鸪有食可吃。它以嫩芽和水为生，是大自然自己的鸟。

在黑暗的冬季清晨和短暂的冬日午后，我有时会听见一群猎犬狂吠着穿梭于林间，发出追逐时的吠叫声，似乎压抑不住自己喜好追逐的天性，时不时传来的猎人号角的声音说明后面跟着猎人。捕猎的声响撼动森林，却并没有狐狸现身在这湖畔的旷野，也无狗群追逐着它们的亚克托安。大概到了晚上，猎人驾着雪橇归来，寻找过夜的地方，那雪橇后面系着一条毛茸茸的狐狸尾巴。他们告诉我，要是狐狸老实地待在冻土里，它们就可以平安，又或者是直接跑掉，不让猎狐犬抓住它；然而，它在远远地甩开追踪者之后还会停下来听听动静，看他们追上来没有，它跑起来的时候总是绕着自己的窝转，猎人便在那儿候着它。不过有时候它会往好几杆远的水井跑去，一跃而过跳到井的另一边，仿佛它知道水会洗去它的气味一样。有位猎人告诉我，他有一次看见一只被猎犬追逐的狐狸，飞奔着冲向瓦尔登湖，那时湖面上的冰层布满了浅浅的水坑，狐狸蹚过湖面，回到原点。不久猎犬赶到了，却无从追寻它的气味。有时候一群猎犬会出来单独行动，它们经过我的门口，大声吠叫，却无视我的存在，仿佛集体染上了某种疯病，没有什么可以阻拦它们进行追逐。它们就这样绕着圈，直到发现了新鲜的狐狸气味为止，一只优秀的猎犬，为了追踪狐狸可以舍弃一切。某天，有个来自列克星敦的人向我打听他的猎犬，说它留下的踪迹很明显，它已经独自外出狩猎一星期之久。不过，我恐怕就算将所知倾囊告诉给他，他也不会听进去一二，因为每当我想回答他的问题时，他总会打断我，问道："你在这干吗？"他丢了一只狗，却找到了一个人。

有个患有干舌病的老猎人会在一年中湖水最暖的时候来湖中沐浴，也是在这个时候，他会来看望我。他跟我说，多年前的一个下午，他带着猎枪去林中转悠；正走在魏兰马路上的时候，他听得有猎犬的吠叫声在接近，很快，一只狐狸越过围墙跳到路上，又灵巧地跳过另一道墙消失在对面，子弹连它的一根毫毛都没沾到。不远处跑来了一只老猎犬和它的三只小狗，它们是独立狩猎，很快便再度消失在丛林中。那个下午的晚些时候，他正在瓦尔登森林南部的密林中休憩，忽然听到从美港那儿远远传来的猎犬的吠叫，它们仍在追逐那只狐狸，而且正冲着这个方向而来；随着它们的逼近，整个丛林都回荡着它们的咆哮声，愈来愈近，时而在威尔草地，时而在贝克农场。他静静地站了很久，聆听着它们追逐的动静，这在猎人的耳中可谓是曼妙音乐，这时，狐狸突然现身了，它迈着轻松的步子穿过静谧的小道，声响被落叶那充满同情的沙沙声所掩盖，它灵巧而沉静，贴着地面前行，将追逐者们远远地抛在身后；它跳到林间的一块岩石上，背对着猎人直直地坐下，侧耳倾听。有那么一个瞬间，同情束缚住了猎人举着猎枪的手臂，然而这同情只持续了一小会儿，他便以迅雷不及掩耳之势扣动了扳机——砰！狐狸从岩石上滚下来，倒在地上，死了。猎人仍旧守在原地，等着猎犬赶到。它们过了一会儿才赶过来，附近的丛林中早已遍布它们穷凶极恶的吠叫声。老猎犬出现了，它鼻子指着地，中邪一般冲着空气狂叫，径直地冲向那块岩石；但是，当它看见那只死狐狸的时候，它停了下来，惊得忘记了吠叫，默默地绕着死狐狸走了一圈又一圈，小狗也逐个赶来了，同它们的母亲一样，陷入了神秘的静默。这时猎人走上前来，站到它们中间，谜团才就此解开。它们静静地等着，看着他剥下狐狸的皮，跟着猎人带在身上的狐狸尾巴走了一会儿，最终转头再次消失在丛林之中。那天晚上，一个韦斯顿的乡绅来到他的小屋里，向他打听猎犬的行踪，说它们独自去韦斯顿森林狩猎已有一周之久。康科德猎人便把自己所知之事讲给他听，并欲将那张狐狸皮赠给他；然而对方婉言谢绝，转身离去。那晚他没有找到自己的猎犬，但是他次日得知猎犬们穿过了河流，在一家农户家里过了夜，吃饱喝足后一大早便动身离去。

给我讲这个故事的猎人还记得一个叫作萨姆·纳丁的人，这人过去常在美港岩上猎熊，再把熊皮拿去康科德村换朗姆酒来喝；他告诉猎人，他还在那儿见到过麋鹿。纳丁有一只出了名的猎狐犬，名叫布戈因——他发的音是布金——这狗常常被猎人借去。本镇有一个老商人，同时也是队长，镇文书和大会代表，他有一本草账，我在上面看到了下面的记载：1742—1743 年 1 月 18 日，约翰·梅尔文，贷方，灰狐一只，0.23 美元。如今灰狐已不见踪影。在他的分类账上记录着 1743 年 2 月 7 日，赫兹基亚·斯特拉顿“以半张猫皮贷款 0.145 美元”。当然，这是野猫皮，因为斯特拉顿曾是一名中士，参加过法兰西战役，他绝不会去捕猎低等的猎物。鹿皮也可抵押贷款，每天都有买卖。有人仍旧保留着这一代被猎杀掉的最后一只鹿的鹿角，还有人对我讲起他叔父狩猎时的详细情形。这儿的猎人曾是个数量很多、很快乐的群体。我清楚地记得有那么个形销骨立的猎人，他随手从路边捡起一片树叶就可以吹出曲儿来，若是我记得不差，那曲调比所有狩猎号角的声音都要狂放、悦耳。

子夜时分，若是有月，我有时会路遇几只在林间游荡的猎犬，它们似乎害怕我，给我让出道，悄悄地站在灌木丛里，等着我走过。

我储存的坚果惹得松鼠和野鼠争夺不休。我的房屋四周有几十棵油松，直径一到四英寸不等，去年冬季的时候便惨遭野鼠啃咬——那是个挪威式的漫长冬季，积雪深，雪期长，它们不得不靠树皮来弥补存粮的短缺。这些树活了下来，在仲夏时节萌发生机，尽管树皮都给啃掉了一圈，许多树木依旧长了一英尺；然而又是一冬过去，它们无一例外全都死去了。一只小小的老鼠便这样吃掉了一棵大树，不是从上到下囫囵吞下去，而是绕着树干啃了一圈；或许它们就是为了给树林疏疏枝叶才这样做的，树木之间生长得太密了。

野兔（学名 Lepus Americanus）相当不怕人。有一只野兔这个冬天都在我家下面做窝，跟我就隔着一层地板，每天清晨我刚有些动静，它便匆匆离去，吓了我一跳——砰，砰，砰，那是它急急忙忙往外跑时脑袋撞到地板上的声响。它们常会趁着黄昏聚到我门前，吃着我扔出去的土豆皮，它们的颜色同大地是如此接近，若是静止不动，简直看不出它们来。有时候，暮色四合，我会看见一只一动不动地坐在我窗下的野兔。我若是在晚间打开房门，它们便吱吱叫着，蹦蹦跳跳地逃开去。近看它们，又只会引起我的怜悯。有天晚上，一只野兔坐在门边，离我只有两步之遥，起先它怕得瑟瑟发抖，然而不情愿挪窝；可怜的小东西，骨瘦如柴，皱耳朵、尖鼻子、秃尾巴、细脚爪，仿佛大自然已然黔驴技穷，在这支物种上再也没有更高贵的血统，只得拿出这个来献丑。它的大眼睛显得无知而病态，几乎像是水肿。我迈了一步，看啊，它便一跃跨过积雪，舒展四肢，体态优雅，很快便将我抛在了森林外面——这野性十足的野物，象征着大自然的活力与尊严。无怪乎它纤细如此，这便是它的天性。（有人认为，野兔学名 Lepus，词源是 Levipes，脚步轻快的意思。）

没有野兔和鹧鸪的乡野怎敢妄称乡野？它们是纯朴的土生土长的动物，是非常古老的品种，从古至今，它们无不受到人类的尊重；它们与大自然有着同样的色调与性质，与树叶最亲近，最接地气——彼此之间也是紧密相连；不是靠翅膀就是靠腿。当你看见一只野兔或是一只鹧鸪在你眼前一闪而过，你未必会将它看作是野物，它与自然是那么和谐，就好似沙沙的落叶一般。无论时代如何变迁，鹧鸪同野兔依旧生生不息，同这土生土长的一切事物一般，欣欣向荣。若是树木被砍掉，那新发的芽和新抽的枝还会为它们提供庇护，它们的家族会比之前还要兴旺。一片连野兔也养不了的乡野，该是多么贫瘠。我们的森林有着极多的野兔和鹧鸪，每一片沼泽地旁都有它们出没，而那里围着牧童们拿嫩枝编的篱笆，还有他们拿马鬃设下的陷阱。

冬天的湖

寂静的冬夜过去，醒来的我为一个问题所纠缠，而我在梦中并未得出答案，那问题便是何物——如何——何时——何处。我窗前现出来的只有大自然那安详的面容，她养育了一切生灵；已是拂晓，她的唇边没挂着问题。我在白昼醒来，大自然就在眼前，这问题便有了解答。积雪深深深几许，松树的幼苗已然已经冲破积雪，我搭建小屋的山坡似乎在说："向前！"大自然从不发问，也不解答凡夫俗子的疑惑。她早已有了决心。"王子啊，我们眼怀钦慕，把这奇妙而丰富的宇宙万象烙进灵魂。黑夜遮住了这泛着荣光的作品，但是白昼却又将它展现在我眼前。它甚至从地球延伸出去，直到茫茫的太空中。"

接下来便是我早上的活计。首先我拿了斧子和水桶外出找水，但愿这不是一场梦。一场多雪的寒夜过后，要找水源，得先有个探测杖。每年冬季，瓦尔登湖那微波荡漾的湖面，那一经吹拂便荡起涟漪、折射着光影的湖面便会冻结成一到一英尺半厚的坚冰，它承得住最沉重的畜群，或许是因为大雪覆盖，它的表面同平原齐平，难分彼此。同四周群山里的土拨鼠一样，它合上了眼睑，冬眠长达三个月甚至更久。站在雪原上就好似站在群山围绕中的牧场一般，我从一英尺深的雪中辟出一条路，接着再破开一英尺深的冰，在脚下开了一扇天窗，当我跪下来饮水的时候，我看见冰下鱼们宁静的起居室，笼罩着一层柔和的光，仿佛是透过磨砂玻璃照进来一般，湖底的沙子明亮宛如盛夏时节。主宰那里的是水波不兴的宁静，有如琥珀色的暮空，同居民冷静平和的气质完全一致。天堂既在我们的头顶，也在我们的脚下。

一大清早，寒霜将万物变得明快干净，人们拎着渔竿，带着午饭，穿过雪原，抛下鱼线，来捕捉梭鱼和鲈鱼；这帮野性不改的人啊，他们相信的是自己的直觉，而非同镇子上的人一般迷信其他权威，他们来来去去，缝合了那些裂缝。他们穿着结实耐寒的衣服，坐在岸边的枯橡树叶上吃午饭，市民们有多懂人造的知识，他们就有多了解大自然的智慧。他们不看书，他们的所知所言远少于其所作所为。据传，他们的所作所为还并不为人所知。这儿有个人，拿大鲈鱼做饵来钓梭鱼。你往他的桶里看上一眼，就会惊讶万分，仿佛你看到的是夏天的湖泊一般，仿佛他将夏天锁在家里，又或者他知道夏天的藏身之处。不然，他是怎样在大冬天钓到这么多鱼的？哦，他在冰雪封地以后，从朽木里找到了虫子，钓到了鱼。他的生活本身就极为深入大自然，比那些博物学家对大自然做的研究更为深入；他本身就可以成为博物学家们的研究对象。后者用刀尖小心翼翼地解开苔藓和树皮去寻找昆虫；而前者大斧落下，木头劈开，苔藓和树皮四处飞溅。他以剥树皮为生。这样的人有权垂钓，我也爱看他身上体现出的大自然本色。鲈鱼吃了饵虫，梭鱼吃了鲈鱼，渔夫吃了梭鱼；生物链完美达成。

雾霭漫天，绕湖漫步，有时候会看见大大咧咧的渔夫用极为原始的方式捕鱼，颇有乐趣。冰面上有许多狭窄的小洞，间隔四五杆，同岸边的距离是等同的，他们会在小洞上面架起桤树枝，将鱼线的一头系在其上，防止落水。再将松松的鱼线从距离冰面一英寸的树枝上垂下去，在线上拴一片枯树叶，若是枯叶被拉了下去，便知有鱼上钩。绕着湖走上半圈，就能看到这些隐隐现在雾中的桤树枝，摆放得极有规律。

瓦尔登湖的梭鱼啊！每当我看见它们躺在冰上，或者在渔夫们在冰上凿出的、由小孔与水面相连的井里之时，总会被它们的罕见美丽所震撼，仿佛它们是传说中的鱼，不仅于市井不得见，哪怕是在森林里，也百年难遇。其陌生程度就好似阿拉伯之于康科德人的日常生活一般。梭鱼之美超凡脱俗，与枯槁的鳕鱼及黑线鳕这般市井小鱼不可同日而语。它们不似苍松般翠绿，不似岩石般灰暗，不似青天般蔚蓝；在我眼中，它们的色泽更为罕有，像鲜花，类宝石，它们仿佛是珍珠，是瓦尔登湖水那动物化了的精华与结晶。它们是完完全全的瓦尔登物种；在动物世界里，它们本身就是缩小化的瓦尔登湖，即瓦尔登派。它们竟在此地被人捕捞上岸，着实令人惊讶——这金黄翠绿的大鱼本在深邃开阔的湖底遨游，远离路上过往的马车、行人以及叮当作响的雪橇。我从未在市集上见过它的踪迹，它若出现，必会成为万人瞩目的焦点。它们痉挛般地抽搐几下，便轻易放弃了自己水生的灵魂，像是一个阳寿未尽的凡人，早早赶去了天堂。

由于我急于找回瓦尔登湖那遗失已久的湖底，我于1846年初，不待冰雪消融便用罗盘、测链和探测绳仔细地进行了探测。关于湖底，众说纷纭，有人说这个湖是没有底的，这种言论都是没有真凭实据的。人们宁可迷信它是无底之湖也不愿费些心思去做个测量，这迷信维持之久，令人震惊。有一次我在附近散步，看了看两个传说中的“无底湖”。许多人相信瓦尔登湖直通地球的另一边。还有些人长时间卧在冰上，透过亦真亦幻的媒介往下瞧，或许眼睛模糊不清，又害怕染上感冒，便匆忙得出结论，说他们看见了不少大洞，大得可以“塞一车干草进去”——如果有人愿意潜下去运的话；这些洞无疑是冥河的源头，地府的入口。有人从村庄里出发，带了个五十六磅重的秤砣和一车一英寸粗的绳子，却仍探不出湖底所在；因为他们放出一英寸粗的绳子，妄图测出小湖的神奇容量，却将那五十六磅重的秤砣弃之不顾。诸位看官，我可以向你们保证，瓦尔登湖尽管深不可测，但绝对有着结实的湖底。我轻易地便用一根钓鳕鱼的渔线和一块约莫一磅半重的石头测出了湖深。我可以精确地得知石块何时被拉离湖底，因为从水的浮力拖出石块之时，我得使上更大的力气。湖底最深之处恰为一百零二英尺；再加上后来涨起来的五英尺，便是一百零七英尺。面积如此之小的湖却有着如此惊人的深度；不管你怎么想，它的深度也不会削减半分。如果所有的湖都很浅，又会是怎样的光景？难道不会对人类的心灵有所影响吗？我很感谢这个湖泊，作为一个象征，它深而纯粹。既然有人相信无限，就必有人相信有些湖是无底的。

一位工厂主听说了我测出的湖深，不相信这是真的，因为他熟知水坝的构造，沙子不可能沉淀在这样陡的坡度。但是，若是拿湖的深度与其面积相比，最深的湖也没有多深，如果将水抽干，它也不会变为壮观的深谷。它们不似山之间出现的杯状地形；若是穿过湖心将其竖直剖开来看，它并不比一只浅盘子深多少。许多湖泊若是干涸，会留下一片草地，不比我们平日里常见的草坪要浅。威廉·吉尔平以描写风景闻名，落笔也很精确。他站在苏格兰费因湖湾，将此景描写为“一湾盐水，深约六七十英尺，宽有四英里，大约五十英里长，群山环绕”。他写道：如果我们在洪水暴发之后，或者说是在造就它的大自然灾变以后，洪水涌进来之前看到它的模样，那将是多么可怕的深渊啊！

高高耸起的群山，
深深沉下的谷地，
那般宽阔，
是那广袤的河床——

我们在前面已经看到，若是以费因湖的竖直剖面来衡量瓦尔登湖的话，后者不过是前者四分之一宽的浅盘罢了。若是排干法因湖湖水，那深渊将更加可怕。那些友善的山谷，延伸到玉米田里，它们便是大水退去后那“可怕的深渊”，这需要地质学家的火眼金睛和远见卓识，才能使对其毫不知情的居民们相信这一点。只要有一双好奇的眼睛，你就能在低至地平线的山坡上发现原始湖泊的湖岸线，哪怕平原升起，也掩盖不了事实的真相。在马路上工作的人都知道，想要找到洼地，最简单的方法就是在大雨过后去找积水坑。也就是说，想象力若是稍加放纵，便会比大自然潜得更深、飞得更高。同理，若是将大海的深度与它的广度做比较的话，它便相当微不足道了。

我透过冰层观察到的湖底比未结冰时要精确很多，湖底大体上十分规则，这点令我很是惊讶。在最深处，面积约几英亩大小的地方都要比任何经历风吹日晒和犁耕的田野平坦。举例来说，随意选一条线，在此次三十杆的范围内，其深度变化不会超过一英尺；在靠近湖心的位置，不管是哪个方向，我都可以提前算出每一百英尺的变化，误差不超过三四英寸。有人习惯会说哪怕是在这平静的沙质湖底，也有着危险的深洞，然而在此种情况之下，湖水的作用就是荡平一切崎岖之处。湖底规则而匀称，同湖岸和近山一般完美，远在对岸的岬角也能够被测量出来，只要观察对岸，便可确定其方向。岬角变成了沙洲和浅滩，山谷和峡谷变成了深水和沟渠。

我按照十杆比一英寸的比例，绘制出了湖泊的地图，并在上面标了一百多处的水深位置之后，我发现了一个惊人的巧合。标注着最深湖深的数字自然是写在地图中间，我便用一把直尺量了一下地图上的长度和宽度，惊讶地发现最长线与最宽线的交会点正好是湖最深的地方；尽管湖心极为平坦，湖的边缘却十分不规则，测量最长线和最短线的时候将湖湾也算了进去。我不禁自问起来：这是否暗示着海洋最深的地方也同湖泊与水潭一样？山谷对面的高山难道不是守着同样的规则？众所周知，在最狭窄的地方，山峰并不是最高的。

五个湖湾中我已探测了三个，探测发现湖湾的出口有一片沙洲，里面水更深，湖湾不仅是湖在地面上的拓展，也是深度上的扩展，它形成了一个内湾，或者说是一个独立的池塘，两个岬角的方向指明了沙洲的走向。湖岸在线的每一个湖湾的入口处都有一片沙洲。那里的宽度大于长度，沙洲处的水比湖湾里的水要深。已知湖湾的长度、宽度，以及周围湖岸的特点，你便有了足够的要素，可以列出一个万能公式。

掌握了这个经验，我为了测试自己仅仅通过观察湖面轮廓及湖岸特点对湖深的推测究竟有多精确，便绘制了白湖的地图，白湖同瓦尔登湖一样不含岛屿，其面积大约四十一英亩，湖面上也没有明显的出流和入流口；最宽的线与最窄的线挨得很近，在那儿，相对的两个岬角离得近，而相对的湖湾远，我便冒险在最窄的线上标了一点，当然，这点也是标在与之交会的长线之上的。事实证明，最深的地方距我标记的点相差不出一百英尺，比我选的点远了一些，比我预测得深了有一英尺，即六十英尺。当然，若是湖中有内外流，或是湖中有小岛，那么问题还要复杂得多。

我们若是掌握了自然的法则，那么我们只需一个事实，或是一个关于真实情况的描述，便可推测出结果。如今我们只知道少数的几个法则，我们的结论漏洞百出，并不能归咎于大自然的混乱与多变，而是我们计算能力的缺失。我们对于法则及和谐的认识都局限于已知事物；而未知的法则更多，它们看似矛盾，实则一致，由此衍生出更为奇妙的和谐感。特殊的法则取决于我们的观点。如同登山的旅人，每走一步，山的轮廓都有所改变，山的真实形态固然只有一个，然而它的轮廓是无数的。即便你劈开山峰，穿山而过，也未必能认识到山的全貌。

我于湖上所观察到的同样适用于伦理道德。这便是平均法则。这种有着两条直径、双管齐下的规律不仅将我们引向太阳系的中心，更将我们引入人心，而且将一个人日常行为同生活潮流聚合起来，在上面画出长度和宽度，进到他的湖湾和入口，那两条线的交会点便是他人性的深度或高度。我们只需要他湖岸的走势、周边的环境，即可推测出他的深度，以及他那被隐藏起来了的湖底。如果他的周围是擎天峻岭，高山投影在他的湖面之上，那么他身上必然也有着相应的深度。然而，若是湖岸低矮平滑，他必有粗浅的一面。人体有一个突出的前额，那便代表着思想的深度。我们每一个湖湾的入口也都横着一片沙洲，或是一个特定的缓坡；每一个沙洲都是我们临时的港湾，我们滞留于此，被困在陆地中央。这些缓坡通常不是异想天开的造型，它们的模样、大小及方向都取决于湖岸的岬角或古代地壳上升的轴线。若是有风暴、潮汐或是水流的干扰，使得沙洲逐渐扩大，或者因为水位下降而浮出水面，起先那只是湖岸的一个走势罢了，蕴含着一个思想，如今却形成了独立的湖泊，与海洋隔绝，思想才有了自己的位置——或者说是改变，由咸水变成了淡水，成为淡水海、死海或沼泽。一个个新生命的降生，便是一个个新沙洲浮出水面，我们未尝不可做此猜想。我们的确是失败的航海家，我们的思想船仅出入于没有港湾的海角，只熟识诗歌般写意的小湾，或是驶入公共码头，进入枯燥的科学码头，在那儿做好休整，重新进入世界，没有自然洋流赋予其各自的特性。

说起瓦尔登湖的入流与出流，除了自然降水及水分挥发，我着实没有发现别的，也许拿上温度计和绳子我便可以发现一些地方，因为入流处的水温或许在夏季最低，冬季最高。1846年及1847年，凿冰人在湖上取冰，有一天，他们运到岸上的冰被堆冰的人退了回来，说是厚度不够，不能同其他冰块放在一起；如此一来，凿冰人才发现，有一小块地方的冰层比其他地方要薄两三英寸，他们由此想到，这下面有可能是入流。他们还让我看了另外一个被认为是“漏洞”的地方，湖水经由漏洞漏进山底，流进旁边的草地上。他们还将我放在一块冰上，把我推过去看。那是个在十英尺深的水面之下的小洞，那么为了证实这点，便可在洞口放些许有色粉末或木屑，再在草地旁的泉口放置一个过滤器，若此漏洞真的通往草地，必然会滤到水流带过来的一些微粒。

我在进行勘测的时候，厚达十六英寸的冰层随风荡漾，犹如湖水。众所周知，冰面上无法使用水平仪，我便将水平仪放在岸上，前置一根标有刻度的竿子进行观察，尽管冰与湖岸很结实地连在一起，不过，在离岸一杆的地方我观测到了最大量的波动，为四分之三英寸。湖心的波动量可能更大。若是我们的仪器再精确一些，能否测得地壳的波动？水平仪的两条腿支在地面上，第三条腿支在冰上，观测仪对准第三条腿，一旦湖面冰层有所上升，对岸的树便会出现几英尺的差别。我为了观测，在冰面上打了几个洞，积雪很深，将其下的冰面压沉数英寸，其上有三四英寸深的水；水很快灌入洞中，形成一道很深的水流，全方位地冲刷着四周的冰面，这也是保持湖面干燥的基本原因；因为水流进去会使得冰面升高，浮到了水面上，就像在船底凿了一个洞放水。当这种小洞再度被冻结之后，再加上一场新雨，最后冻成的一层冰便形成了覆盖全湖的新冰层，表面光滑，其形似蜘蛛网，内部呈现美丽的暗色图形，光怪陆离，有如冰玫瑰，那是由四面八方的水流汇聚到中心后冲刷而成的。有时候，冰面上布满了浅水坑，我会在其中看见自己的双重倒影，相互叠着，一个在冰面上，一个在树影或山影之上。

尽管时值隆冬腊月，冰天雪地，精明的乡绅前来取冰，为其夏季冷饮做准备；明明还有那么多该操心的事，却在 1 月预见到了 7 月的酷暑与口渴，穿着厚外套，戴着厚手套！这份精明简直令人震撼，甚至博人同情。恐怕他今世还打算准备什么财宝，好为他来世的清凉饮料做准备。他在坚硬的湖面冰层上又切又锯，掀开渔家的天花板，把它们赖以生存的生活环境同空气紧紧捆在一起，搬到车上运走，一路经过适宜运冰的冬日冷空气，运到冷冰冰的地窖里，躺在那里，等待夏季到来。马车远远经过街道，看起来就仿佛固体化的碧空。这些凿冰人都满脸喜庆，满脑子想着说笑和玩闹，我向他们走过去，他们便会邀我一起取冰，我便站在下面配合他们。

1846 年到 1847 年冬，一群来自极寒地区的人来到湖边，带着许多车丑陋的农具——雪橇、犁、条播机、割草刀、铲子、锯子和耙子，每个人手里都拿着一把两股叉，这种工具无论是在《新英格兰农夫》或是在《耕种者》上都没被收录。我不晓得他们是来种植冬黑麦还是种其他什么从冰岛引进的新作物。我没有看见他们带肥料，因此我推断他们和我一样，打算浅耕，相信这经过长期休耕的土地深处有着足够的肥力。他们说，支使他们的是一位幕后乡绅，乡绅想让自己的钱翻一番，而据我所知，他目前已有 50 万美元；然而为了能让自己的钱再生钱，他便在这寒冬时节将瓦尔登湖唯一的外套，唉，也就是它的皮，给扒了下来。他们立刻着手工作，或耕或耙，或滚地或犁地，井井有条，令人赞叹，仿佛他们是冲着建一个模范农场来的；然而，当我离近些去看他们往地垄里撒什么种子的时候，我身旁的那群家伙突然拿工具勾起这片处女地的土壤，直伸到沙层或水层——因土壤十分松软，实际上此处的土壤都很松软——再用雪橇将其运走，我猜他们一定是在沼泽里挖泥炭。他们便这样每日里来来去去，伴着机车特有的尖叫声，从某个极地区域而来，又回到那个极地区域，在我眼中，他们仿佛是一群来自北极的雪鸟。瓦尔登湖有时也会变身为复仇的印第安女子，一个走在队伍后面的雇工，滑进了通向地狱的地裂之中，先前十分勇敢的他如今是七魂已去了六魂，几乎没了体温，他在我的屋子里避难，高兴不已，承认火炉还是有好处的。有时冻土咬住了犁头上的钢片，有时犁给冻在了土里，必须给它凿出来。

说实话，每天都有一百个爱尔兰工人，由北方佬监工看着，从剑桥来到此地采冰。他们用众所周知的方法切割冰块，在此便不再赘述。他们拿雪橇将冰块运到岸上，再给拖到一个冰台上，由马拖着抓钩、滑轮和索具一块块地将冰块搬上去，就像许多桶面粉那样，一行挨着一行，一列挨着一列，好像他们打算给通天塔造个地基似的。他们说，若是干得好，一天下来可以采到一千吨的冰，等于一英亩土地的产量。雪橇来回碾压，形成车道，在冰上压出了深深的轨迹和“摇篮洞”，马匹则在桶一般的冰块中间吃着燕麦。他们便在露天里堆起冰块来，高三十五英尺，六七杆见方，并在外层裹上一层干草，防止空气进入；空前寒冷的风若是乘虚而入，必会吹出大洞来，将易碎的支撑物搞得支离破碎，最终使得冰堆轰然倒塌。起初冰堆看起来像巨大的蓝色城堡，或是瓦尔哈拉殿堂；然而，当他们开始在冰堆缝隙之中填上干草之时，冰堆便覆上了白霜和冰柱，仿佛是以蓝色大理石建成的古堡，那是冬之神的住所——就是我们在年历上看见的小老头——而如今只留一堆布满苔藓的废墟，那是他的陋室，仿佛他们打算同我们一起过夏。他们估计，有百分之二十五的冰块到达不了目的地，还有百分之二三的冰块会浪费在车上。然而这堆冰中，很大一部分的命运同起初的预想完全不同；比如冰块的储存并不似预想的那样好，有的冰块含的空气较多，还有的冰块没能被运往集市。1846 年至 1847 年冬季里堆起来的冰块据估计约有一万吨重，最终用干草和木板将之封存起来；次年 7 月，遮蔽物被卸掉，一部分被取走，剩下的冰堆则暴露在太阳之下，度过了夏天和冬天，直到 1848 年 9 月，冰堆仍未完全消融。瓦尔登湖便这样，收回了大部分的冰堆。

瓦尔登湖的冰同其湖水一般，近看时泛着绿色，远看却是美丽的蓝色，轻易便能将其与白色的河冰分辨开来，甚至能在四分之一英里外就能辨认出来哪个是微绿的普通湖冰，哪个是瓦尔登湖冰。有时候会有个别巨大冰块从雪橇上滑下来，掉落在村庄里的街道上，在街上躺了一星期，像一枚熠熠生光的翡翠，每个路过的人都对其颇感兴趣。我注意到，瓦尔登湖有一个部分在未凝结之时呈现出的往往会是绿色，而结冰之后，从同一个角度看过去，它却变成了蓝色。因此，湖边的洼地到了冬天的时候会呈现出湖水一般的绿色，而一夜过后，便变成了蓝色。或许冰与水的蓝色取决于其包含的光线与空气，透明到了极致，便成了蓝色。冰不失为冥想的好素材。他们说，富莱喜湖畔的冰库里有一些放了五年之久的冰块，依旧新鲜如初。为何一桶水放久了会发臭，冰块却依旧能够保持新鲜呢？人们常说，这便是情感与理智的区别。

就这样，在接下来的十六天里，我每天都能看到那一百个人在窗外忙碌，像农夫一般，成群结队，马匹齐全，农具样样都有。就好似我们在年历封面上看到的图案；每每从窗口望出去，我都会想起云雀和收割者的寓言，或是那播种者的故事；如今他们已经走了，大约三十天过后，我再从窗口望出去的时候，只见瓦尔登湖呈现出的是如大海般纯粹的蓝绿色，湖面倒映云影树荫，蒸发出的水汽静静地飘向天空，丝毫不见曾有人站在其上的痕迹。或许我又可以听见一只独行的潜鸟在潜水、换羽时的笑声，看见寂寞的渔夫独坐小舟，似一枚落叶，身形倒映于湖面之上，而就是这儿，不久以前还有一百个人在忙碌工作。

如此说来，那些在查尔斯顿、新奥尔良、马德拉斯、孟买和加尔各答挥汗如雨的人们喝的都是我的井水。清晨，我将我的智力浸浴在《对话录》这部宏伟的哲学著作之中，该作问世以来，天上不知已过几千年，在它的映衬下，当代世界及当代文学何等渺小；我还怀疑，哲学是否不限于之前的时代，它那遥远的世界观令我们望之弥高。我放下书本，走到水井边饮水。看啊！我遇见了婆罗门教的仆人，梵天、毗湿奴和因陀罗的僧人，他们依旧是坐于恒河之上，坐于庙中，颂着《吠陀经》，或是于树下打坐，身边只有些许面包屑及水钵。我碰见了来给他汲水的佣人，我们的水桶在同一口井里撞到了一起。纯净的瓦尔登湖水与神圣的恒河水混为一体。柔和的风吹着，水流经过传说中的亚特兰蒂斯岛和海斯贝里底斯岛，做了汉诺式的环航，流过饭能、流特尔纳特及波斯湾入口，与印度洋的热带风汇合，抵达就连亚历山大也只听过其名的港口。

春

由于凿冰人大量取冰，湖水通常融化时间都要早一些；因为水随风起波，哪怕是严寒时节，依旧能够消融冰块。而这一年，瓦尔登湖并未早早解冻，因为它很快披上一件厚重的新外套以取代之前的冰层。瓦尔登湖从不像周围的湖一般消融得如此之早，它十分之深，又没有任何出流入流，难以融化销蚀冰雪。我从未见过它在冬季解冻的样子，除了 1852 年到 1853 年的那个冬天，着实是对许多湖泊的严峻考验。瓦尔登湖通常会在每年的 4 月 1 日解冻，较弗林特湖及美港的解冻时间要晚一星期或十天不等，最先化的地方就是最先结冰的北岸及浅湾。它比本地所有水域都要顺应季节的进程变换，绝不受起伏不定的温度影响。3 月里骤寒的几日便足以使得其他湖泊的解冻日期推迟数天，而瓦尔登湖的水温仍在逐步上升。1847 年 3 月 6 日，将温度计插入瓦尔登湖湖心，测得水温为 32 华氏度，即冰点；靠近岸边水温为 33 华氏度；弗林特湖心同天的水温为 32.5 华氏度；距湖岸十二杆远的浅水域，位于一英尺厚的冰层下的水温则为 36 华氏度。弗林特湖中浅水与深水温差三度半，实际上该湖水深确实很浅，由此可知为何它会比瓦尔登湖早许多天解冻。此时，最浅处的冰已经比湖心的冰薄了许多英寸。仲冬时节，湖心反而是温度最高的，冰层也是最薄的。同样，夏季在湖边涉水的人们都能够感受到，岸边的水温要高得多，因其水深仅有三四英寸；而稍远一些的深水的表面也要比深处温暖。春天里，阳光不仅增加了空气和大地的温度，还将热量渗入厚度超过一英尺的冰层，将热量从水底反射到冰层底部，加热了湖水，融化了冰层底部，同时阳光直射在冰面之上，使其表面凹凸不平，原本含在冰层里的气泡被释放出来，呈现蜂窝的形状，直到最后，一场春雨化去一切痕迹。冰也同树木一样，有着自己的纹理，当冰块消融或是变成“蜂窝状”时，不管冰块在何处，气泡的位置一定会与水面成直角。若是水面露出岩石的一角或是漂着根浮木，那么物体周围的冰层通常较薄，且会在反射的热量中消融；我听说在剑桥有人用木制的浅湖做冻水实验，尽管水下有冷空气流通，且上下均有冷气，但湖底折射的阳光将其优势完全抵消掉。仲冬时节的一场暖雨化去了瓦尔登湖上的积着雪的冰，仅剩下湖心深色透明的冰块，此时便会出现长条状的白色厚冰，宽度甚至超过一杆，它便是由反射的热量产生的。同时，正如我所说，冰层里含着的气泡本身也起着凸透镜的作用，使得冰层从下面开始消融。

这是个常年皆有的现象，每天都在小范围内于湖中上演。每到清晨，浅水便比深水升温要快，尽管如此，也并不会升高多少，而到了傍晚，温度也要比深水降得快，直到清晨再度降临。夜晚相当于冬季，清晨与傍晚则是春与秋，正午便是夏季。冰层融解发出的爆裂声便预示着气温的变换。1850 年 2 月 24 日，寒夜过后便是宜人清晨，我去往弗林特湖消磨时光，惊讶地发现，当我用斧头敲击冰面的时候，声音竟然传出好几杆远，仿佛我敲打的是一张紧绷绷的鼓面。日出后一小时，湖面感受到环山折射而来的日光威力，发出隆隆的声响；它伸着懒腰，打着呵欠，活像一个渐渐苏醒过来的人，声音渐响，持续了三四个小时。正午时分，它小憩半刻，重又在傍晚时刻闹腾起来，而此时，太阳在收敛自己的力量。气候若是正常，湖每天都会准时发射黄昏礼炮。但是正午，裂痕过多，空气缺乏弹性，湖泊失去了共鸣，湖面即便有动静，恐怕也不会惊起鱼和麝香鼠。渔夫们说湖面上的雷鸣声惊得鱼不敢咬钩。湖并不是每天都会发出雷鸣声的，我也不能准确说出它会什么时候响起；但是，我还未能从大气中感知到什么的时候，它却会骤然响起。谁又会想到，这么个庞大冰冷、冰层如此之厚的湖竟然会这么敏感？然而，它也有着自己的法则，它之所以发出雷鸣声，是为了让大家服从它，就像春天到了，万物便会萌芽一般。大地生机勃勃。即便是最大的湖泊，也同管子里的水银一样敏感。

吸引我到林间居住的一点便是我可以有机会悠闲地目睹春的降临。湖中的冰层开始变成蜂窝状，我走上去的时候脚跟会陷进去。雨雾与暖阳逐渐消融了冰雪；白昼增长，我意识到我无须再给柴火堆添料，也无须更旺的火。我警醒地等待着春的第一个讯号，倾听着鸟到来时发出的偶尔的乐声，或是花松鼠的啁啾声，它的食物储存也将告罄，或是看着土拨鼠从过冬的巢穴里冒出头来。3 月 13 日，我已听到了蓝鸫、歌雀和红翼鸫的叫声，而此时的冰层仍有一英尺厚。随着气温变暖，冰块不再受到湖水的侵蚀，也不会像在河里一样融化后随水漂走，岸边半杆远的冰已经全部消融，而湖心的冰依旧是蜂窝状，浸满了水，冰块厚度为六寸的时候，还可以踩在冰上；然而次日傍晚，或许是因为一阵暖雨再加上一片大雾，它便全部消融，同雾一起蒸发不见。有一年我走过湖心，而就在短短的五天后，全部的冰都消失了。1845 年，瓦尔登湖于 4 月 1 日完全解冻，1846 年是 3 月 25 日；1847 年是 4 月 8 日；1851 年是 3 月 28 日；1852 年是 4 月 18 日；1853 年是 3 月 28 日；1854 年约莫是 4 月 7 日。

我们生活在这样的极端气候中，凡是关于河流、湖泊解冻以及天气稳定的事情都令我们格外感兴趣。天气转暖，住在河边的人夜里会听见冰裂的声音，轰隆一声，好似打炮，仿佛冰之锁链彻底断掉，在接下来的几天内冰块便会完全消融掉。大地的震动将鳄鱼从淤泥中唤醒。有一位老人，对大自然的观察不遗巨细，大自然的一切变化似乎都在他意料之中，仿佛当他还是孩子的时候大自然便已登上造船台，而正是他，帮大自然安上龙骨——如今他早已长大成人，哪怕活到玛士撒拉的年纪，他也未必会学到更多有关大自然的事了——便是他，告诉我他对大自然变化的惊讶之情，这倒令我很是吃惊，因为我一直认为他同大自然是亲密无间的。一个春日，他带着猎枪坐上了小船，打算同野鸭们一较高低，草地上还有些冰块，而河面上的冰早已消融干净，他一路畅通地从他住的萨德伯里顺流而下到了美港，意想不到的是，那儿居然大部还覆盖着坚实的冰层。在这暖融融的天气里，他居然还看见了这么多残留着的冰，这着实令人震惊。湖面上没有见到一只野鸭，他将船藏在北部一个小岛的背后，而自己则躲到南岸的灌木丛中，等待野鸭到来。距岸边三四杆处的冰已经融化，水流平稳而温暖，水底满是淤泥，这正是野鸭喜欢的地方，他想，不久之后定有野鸭飞来。他纹丝不动地卧在藏身处，约莫过了一个小时，他听见一阵低沉的声音，似乎来自远方，那伟大而难忘的声音他从未耳闻，慢慢地涨起来，漂浮着，仿佛它会有一个全方位而深入人心的收尾一般，那喑哑的碰撞与怒吼，让他以为是一大群飞禽降落的声响，他忙抓住枪跳起来，很是兴奋；然而他惊讶地发现，当他卧着的时候，冰体整个动了起来，漂向湖岸，而他听见的声响便是冰块在撞击湖岸——起初是轻柔地摩擦，打磨着棱角，而最后冰块狠撞到湖岸之上，冰屑高高溅起，最终归于平静。

终于，太阳的光线直射下来，温暖的风吹散了雨雾，融化了冰雪，雾散之后的太阳似乎带着笑意，望着这片白褐相间，雾霭缭绕的大地。旅人从一个小岛寻上另一个小岛，一千条小溪在身边流淌，水声叮咚，溪涧里淌着的是冬季的血液，正在流逝。

我去村庄时会经过一条铁路，泥沙解冻后会顺着道旁深坑往下流，观察因此形成的种种造型，是令我开心的难得之事。其规模往往不大，自从铁路发明以来，新近露出地面、由合适的材料做成的路基数量大增。这材料便是粗细不同的沙子，色彩也各不相同，通常会夹着一些泥土。当春天霜冻再次降临的时候，或是冬天解冻的时候，沙子便会顺着斜坡往下流，活像火山爆发后流下来的熔岩。有时还会穿过积雪流出来，流到此前没有沙子的地方。无数小溪汇合叠加，展现出一个混合的产物，半是服从水流的法则，半是服从植物的法则。它流下来的时候，样子很像枝叶或是藤蔓，喷洒而出的产物约有一英尺深，若是你向下望着它们，便会发现其形似有裂纹的苔藓，又似有裂痕、叠盖在一起的树叶；你会联想到珊瑚、豹脚、鸟爪、大脑、内脏或各种形式的排泄物。这真是个奇形怪状的东西，那形状与色泽曾出现在青铜器之上，这类建筑学上的叶状装饰比古代的莨菪、菊苣、常春藤或其他的植物叶子都要更为久远、古雅；或许在某种情形之下，它必然会成为未来的地理学家们的难解之谜。我对这个深坑的印象极其深刻，好似这是一个被打开来、暴露在太阳之下的石钟乳洞穴一般。沙子色彩各异却又相得益彰，涵盖了铁质的不同颜色，棕色、灰色、黄色、红色。沙子流到路基下的排水沟里，便会平摊开来，形成浅滩，条条小溪也不再是半圆柱形的形状，而是愈加平坦的沙滩，色彩依旧丰富而美丽，你可以从中追溯到植物的原始形态；直到最后，它们融入水中，变成了沙洲，就好像那些河口前的沙洲一般，植物的形态便也消失在荡漾的水波之中。

整个路基高约二十至四十英尺，有时候会覆盖上厚厚的一层叶状装饰，或者是沙子的裂痕，或是在其一侧，或是两侧皆有，约莫四分之一英里，那是春日的产物。这些枝枝叶叶的惊人之处便在于它们是眨眼之间冒出来的。我在太阳首先照射到的一侧看到的是完全没有生机的景色，而在另一侧却有着如此华丽的叶状装饰，一个小时的产物，我却为之深深地感动了，从某个特殊的意义来说，我是站在一个创造了世界及我自己的大艺术家的实验室中——去到了他仍在创作着的地点，看着他在路基上忙活着，挥霍着旺盛的精力，将他那新鲜的设计涂得到处都是。我感到自己愈加接近地球的中心，因为流沙呈现的是叶状，仿佛动物的肺脏。沙地上的图案便是叶状，难怪大地表现在外部的表现形式是叶子了，因为在它内部，正是这样的意念在驱使着它。原子早已学会这个法则，并已孕育其中。高悬在树枝之上的叶子在此看见了自己的原型。无论是地球还是动物，体内都有一片潮湿的厚叶，这是一个特别适合用于肝肺及脂肪叶（它的字源为 Labor；Lapsus 意为“漂流向下”；Globus 意为“叶，地球”；还有 Lap, Flap 等其他衍生词）的词汇；从外部来看，这是一片干燥的落叶（Leaf），就连 f 和 v 的发音也被挤压成干瘪的 b。叶（Lobe）的复音是 l 和 b，柔和的 b 发音（单叶片，双叶片为 B），以及于后面推动着它的流音 l。在地球（Globe）一词中，g,l,b 中的喉音 g 增加了字面上的意义。鸟类的羽翼也是叶子，不过更为干燥及单薄罢了。如此这般，你便由泥土里笨拙的蛴螬蜕化为轻盈起舞的蝴蝶。地球也在不断地变化着以求超越自己，它的轨道上生出翅膀，就连冰也是以精致的水晶叶子为起点的，好像那是由一个模型印压出来似的，而这模型，便是印在镜子般湖面上的水草的叶子。整棵树不过也就是片叶子，河流则是更大的叶子，汁液便是夹在其中的大地，城镇则是它们排在叶腋上的卵。

太阳西沉，沙流静止。然而早晨一到，这些溪流便再度流动，不断分出支流，生出无数个小溪流。或许你从此便能看出血管是怎样形成的。若是仔细观察，便可发现，起初在那正在融化的一团沙子中流出一道柔软的沙流，前端呈现指头的形状，缓慢地摸索着向下的道路，直到太阳升高，热度和水汽增大，流量最大的部分为了顺应最凝滞的那部分所遵守的法则，同后者分离开来，独自形成一道蜿蜒的管道或者说是血管，你可以看见这其中有一条银色的小溪在闪烁，像闪电一般从一个叶片——或者说是支流——到另一个，时不时被淹没在沙子中。沙子流淌时速度之快、组织之完美，令人叹为观止，它利用最好的材料组成了管道的两边。这便是河流的来源。在河水沉淀下来的硅质里说不定就有骨骼组织，而更加精致的土壤和有机物中会有肌肉纤维或细胞组织。人是什么？不过是一团正在融化的泥土罢了。人类手指尖端不过是一滴凝结住了的物质，手指和脚趾从体内的溶解体中渗出，延伸到了极限。在更为适宜的环境之中，谁知道人类的身体会延伸流到什么程度？手掌难道不是一张摊开着的棕榈树叶吗？上面还有着叶片和叶脉。耳朵倒可以被想象成地衣，学名为石耳，悬在脑袋两侧，一边一个，下面则是叶片，或是水滴状物体。而嘴唇——词源为 Labium，大约是由 Labor 演化而来的——它就是从洞穴般嘴巴的周围延伸出来叠在上下两边。鼻子，显而易见，它就是一个凝结了的水滴或是钟乳石。下巴则是更大的一滴，是这个脸部的汇聚所在。面颊便是从额头过渡到脸蛋的斜坡，布在颧骨之上。每一张草叶也是或大或小的流动着的水滴；叶片就是草的手指；它有多少个叶片，便代表着它会往多少个方向流动。如果热量再高一些，或者有其他有利影响，它可能会流得更远。

由此看来，这个小山坡便已代表了大自然的全部活动法则。创世主不过是发明了一片叶子的形状。有没有哪位商博良可以为我们破解叶片中的密语，好让我们翻开新的一叶？这现象比富饶丰美的葡萄园更要令我欣喜。实际上，它的性质有关分泌，肝脏啊，肺叶啊，肠子啊，多得无边无际，似乎大自然将自己的内面翻了出来似的；不过这也从侧面证明了大自然是有肠子的，终归还是人类的母亲。这是从地里冒出来的霜，这是春天。在草木青翠、百花争妍的春季到来之前，它便已经来了；就好像诗歌还未诞生之时便有了神话一样。我不晓得还有什么可以洗净冬天的雾霾及积秽。它使我相信地球仍在襁褓之中，往四面八方伸展着婴儿般的手指，光秃秃的额头上长出新的卷发。一切皆有机。堆在路基上的叶状图案仿佛是锅炉中的渣滓，表明大自然的内部正在“熊熊燃烧”。大地不是已死的历史片段，有如层层相加的一页页书页，主要供地质学家和考古学家去钻研；而是一篇鲜活的诗章，像树叶，比花与果实出现得要早——这不是一个化石的地球，而是一个活生生的地球；相比之下，一切活着的动植物都不过是寄生虫，寄生于这伟大的中心生命体上。它的震动将会把我们的残骸从坟墓中甩出来。你可以融化金属，将其铸成你所能想到的最美丽的形状；然而，并不能像大自然构造出的图案那样令我兴奋。不仅仅是地球，以后一切位于其上的法则都是可塑的，仿佛陶器工人手中的陶土一般。

不久之后，不仅是在这片湖岸，在每座小山、每片平原、每个洼地上都有霜从地里冒出，仿佛一只从冬眠的巢穴里爬出来的兽，去寻找音乐的海洋，或是迁徙到云中的他乡。温柔劝诱的消融之神比执锤的雷神要强得多。一方是将其融解，而另一方则是将其破为碎片。

土地上的积雪已经部分融化，一连几天的晴好天气将大地晒得很干爽，这新生的一年冒出来的柔嫩初痕与顶住寒冬、坚持过来的枯萎之花相比颇有趣味——长生草、黄花、蔷薇以及那些高雅的野草都比夏季时更为艳丽、有韵味，好似夏季时的它们还未完全成熟；就连羊胡子草、香蒲、毛蕊花、狗尾草、绣线草、白色绣线菊以及其他一些硬实的植物，也为最早飞来的鸟做了用之不竭的谷仓——这些了不起的野草都是孤寂的大自然的装饰。我尤为感兴趣的是羊毛草那穹顶式的头部，它将夏天带回到冬季里的回忆中，是艺术热衷模仿的形式，其在植物王国中有着天文学之于人类脑中已有定式一般的关系。这是一个比希腊语和埃及语还要古老的风格。冬季的许多现象都让人无法将其与娇嫩、易碎的精制品联系到一起。我们惯于将冬天形容为狂野的暴君，殊不知，它是在以情人般的温柔点缀着夏的长发。

春的脚步近了，红松鼠一对一对地出现在我的屋下，我坐着读书或写作的时候它们便直接跑到我的脚下，一直在嘁嘁喳喳地叫，声音里还打着弯，听都没听见过；我要是跺跺脚，它们反而嚷嚷得更大声，他们疯狂地捣乱，早已不畏一切，认准了人类不能奈何它们。不，你奈何我不得——吱吱——吱吱。它们对我的抱怨声充耳不闻，或者是不能理解话中含义，反而对我破口大骂，我倒是束手无措。

春天里的第一只麻雀！新的一年，更年轻的希望！湿漉漉的田野露出了部分，缥缈的银铃般的鸣叫声是蓝鸟、歌鸫和红翼鸫发出来的，宛若冬季最后一片雪花叮当响着飘落下来。此时此刻，历史、编年表、传统及文字又算得了什么？小溪欢唱，迎接春的到来。沼泽鹰低低地掠过草地，已经开始寻觅那第一批苏醒过来的柔弱动物。满山谷里都是冰雪消融下沉的声音，湖中的冰块快速融解。山坡上的草生得血脉，仿佛烧起了春天的野火——春雨带来一片新绿——似乎是地球释放出体内的热量，来迎接太阳的回归；火苗的颜色不是黄色，而是绿色——象征着青春常在，草叶则像一条长长的绿色绸带，从草地上流出来，流往夏季。它被霜冻阻拦过几次，却仍旧顽强地进行下去，推掉去年残留下的枯根，给新生命以生长的空间。它像小溪一般源源不断地涌出来。它也几乎与小溪一样，在6月万物生长的日子里，小溪干涸之后，草地便成了它们的管道，年复一年，牲口们都来这常绿的溪中饮水，刈草的人会提前赶来收割，为冬天做储备。因此，人类即便是已灭绝，但只要根还在，就能够永远伸展出绿色之叶。

瓦尔登湖在迅速融解。西岸与北岸已然出现了一条两杆宽的运河，东岸的运河更宽。一大块冰从主体分裂开来。我听见歌鸫在岸边的灌木丛里唱着——喔力，喔力，喔力——且普，且普，且普，且普——且唯呦，唯呦，唯呦。它也在为破冰助威。冰块边缘的大片曲线是多么壮观！同湖岸或多或少有几分呼应，却要规则得多。由于最近短暂的一阵严寒天气，冰块尤为坚硬，其上有着水波的纹路，看起来仿佛宫殿里的地板一般。东风徒劳地搅着浑浊的冰水，直到吹皱对岸的活水。在阳光下看着熠熠生光的水带，湖泊洋溢着喜庆与青春气息，似乎在诉说着湖中鱼的喜悦，抑或是在替湖岸沙子抒发欢乐之情——波光粼粼，有如鱼鳞般闪耀，仿佛整个湖就是条活泼的大鱼似的。这便是冬与春的区别。瓦尔登湖曾经死去，如今再度复活。不过，如我所说，今年春天，湖解冻得较为平稳。

从风暴和寒冬转到宁静温和的气候，从懒散的黑暗时光转到活跃的光明时刻，是为万物称颂的难忘的转折点。一切似乎都是突如其来的。霎时，我的屋里盈满光线，尽管夜幕即将降临，冬日的云朵仍浮在天空，屋檐下还在滴着冻雨。我向窗外看去，瞧啊！昨天还是覆盖着灰蒙蒙冰层的湖面，如今已是透明平静，如同夏季傍晚般，饱含着希望，湖心映照出夏日的暮空，尽管抬头看去天空中丝毫没有此般景象，仿佛它映照着的是地平线那头。我听到远处有一只知更鸟在鸣叫，我觉得我简直听了一千年知更鸟的啼鸣，再过个一千年我都难以将其忘却——那悦耳有力的歌声，不逊于昔日。傍晚的知更鸟啊，在新英格兰夏日结束的时候婉转鸣叫！若是我能寻到它所在的枝头就好了！我说的是它，是枝头。至少，这不是候鸟。我房前屋后的油松和橡树丛一直无精打采，却在突然之间恢复其特性，看起来更为明亮翠绿，更加欣欣向荣，似乎一场春雨净化了它们，给予了它们新的力量。我知道，再也不会有雨了。你看一看林子里随便哪一根枝丫；不，不，观察你自己的柴火堆就足以判断得出冬天是否已然过去。天色渐黑，一群大雁低低地飞过丛林，那叫声惊了我一下。仿佛是疲惫的旅客自南方的湖泊游玩归来，时间已迟，便大声地抱怨着，互相安慰。我站在门口，听得见它们翅膀的拍打声；途经此处，它们骤然发现了我家的灯光，顿时安静下来，落在湖上。我便进得屋来，关上房门，度过了我于林间的第一个春夜。

早上，我立在门口，透过迷雾看大雁们在湖心戏水，距我有五十杆远，它们看起来庞大而喧闹，相比之下，瓦尔登湖竟似供它们嬉戏的人造水池了。然而我一出现在湖岸上，头雁便大力扑扇翅膀，雁群登时飞了起来，它们排成一列在我的头顶上盘旋，共有二十九只，旋即转向直接飞往加拿大，时不时传来头雁有规律的鸣叫声，好似在呼唤它们去往更加泥泞的湖里用早餐。几乎是同时，一群野鸭惊起，同它们吵闹的表亲一起，往北方飞去。

有那么一个星期，我会在起雾的早上听见孤雁在盘旋着，呼唤着，寻找它的伴侣，它仍留在林子里，叫声之大，已经超过了林子能承受的范围。4月，成小群飞翔的鸽子再度出现在空中；到了适当的时候，我还能听见小燕子在林中空地上叽叽喳喳，虽然城里并没有住满它们，轮不到我来养几只。但我想它们是古老的鸟种，白人来到之前它们便已住在空心的树洞中了。几乎在所有的气候带，乌龟和青蛙都是春天的先驱和信使，鸟唱着歌飞过，羽翼丰满，植物萌芽开花，和风拂面，调整着两极之间的轻微摆动，捍卫着自然的平衡。

季节变换，每一个季节都是最好的，春之降临有如混沌初开，宇宙诞生，迎来了黄金时代——

> 东风退回到欧若拉及纳巴泰王国，
> 退回到波斯及洒满曙光的山冈。
> 人类诞生了。
> 究竟是造物主为了一个更美好的世界，
> 拿神圣的种子造出了他，
> 还是大地刚从高高的苍穹坠落，
> 还保留着一些天堂的种子。

一场牛毛春雨，便将草地染上一层翠绿。我们的前景也是如此，一旦有更优秀的思想深入，便会更为光明。如果我们能够活在当下，善于利用眼前的每一个机遇，就好像草叶会吸收每一滴落在它身上的细小雨滴一般；不应将时间浪费在惋惜错过的大好机会上，那么我们便是得到了福气，尽到了职责。春天已然到来，我们却仍困在冬季。宜人的春日清晨洗涤了一切罪恶。这是罪恶消融的日子。阳光如此和煦，浪子也会回头。我们自身恢复了纯真，便也能够发现邻人的纯真。昨天，你的邻人还是个酒鬼或登徒子，你不是可怜他，便是鄙视他，你怀着悲观的态度看这个世界。然而初春的阳光明亮温暖，重塑了这世界，你发现他正在沉静地工作，看到他枯竭、堕落的血管里涌动着新鲜的快乐，祝福着新的一天，怀着新生儿的纯真之心去感受春的影响，他的一切罪孽都不值一提。他的身上不仅洋溢着满满的善意，更有神圣的味道蠢蠢欲动，也许这就像新生的本能一般，盲目而不大见效，无须等待很久，南山坡上便不再充斥着秽言秽语。你看，他那粗糙的树皮上仍有纯洁的萌芽等着拔节抽条，跃跃欲试，想体验新年的新生，同最青春的植物一样柔嫩而新鲜。他甚至已然加入神的喜悦中间。狱卒为何不打开监狱的大门？法官为何还不撤销他的案子？牧师为何还不遣散他的教众？这都是因为他们没有服从上帝给予他们的暗示，不愿接受每个人都有权利获得的救赎。

“是其日夜之所息，雨露之所润，非无萌蘖之生焉，牛羊又从而牧之，是以若彼濯濯也。人见其濯濯也，以为未尝有材焉，此岂山之性也哉？虽存乎人者，岂无仁义之心哉？其所以放其良心者，亦犹斧斤之于木也，旦旦而伐之，可以为美乎？其日夜之所息，平旦之气，其好恶与人相近也者几希，则其旦昼之所为，有梏亡之矣。梏之反复，则其夜气不足以存；夜气不足以存，则其违禽兽不远矣。人见其禽兽也，而以为未尝有材焉者，是岂人之情也哉？”

黄金时代初创时，既没有复仇者，
也没有法律，人人自然会信守忠诚及正直，
没有罪名，没有恐惧，没有可怕的字眼，
被刻在黄铜上，高高挂起，
乞援的人们无须害怕法官的言语；
没有复仇者，一切都很安全。
倒在山上的松树无人会将其运下山来，
乘着水波，让它看看外面的世界，

人们除了自己的海岸，再不知其他。

春光永驻，和风送暖，

抚慰着自然开出的花。

4 月 29 日，我在九亩角桥附近的河岸上垂钓，我站在摇曳的草地和藏着麝香鼠的柳树根上，听见了一种奇怪的嘎嘎声，有些像孩子们用手指玩木棍发出的声音。当我抬头望天的时候，我看见了一只轻盈优美的鹰，似乎是夜鹰，一会儿像波纹一般直冲云霄，一会儿又俯冲而下，降下一两杆的距离，向人展示着翅下，羽翼在阳光下熠熠生光，有如缎带，又好似贝壳内部的珠质。此情此景令我想起猎捕苍鹰，这项运动曾经有着多么崇高的立意，激发了多少诗人的灵感。它的学名应是灰背隼，不过我并不在意它的名字。这是我见过的最为飘逸的飞翔。既不似蝴蝶翩跹般简单，也不似老鹰那般搏击长空，它在田野上空自得地漫游；时而发着古怪的叫声盘旋而上，时而如风筝般一次次表演着优美的飘落，再次翻腾着飞起来，仿佛它的双爪从未沾过大地。它在这世上似乎没有伴侣——它独自在那儿嬉戏——除了清晨和天空，它什么都不需要。它并不寂寞，却在它翱翔其上的大地撒下一片寂寞的投影。孵化出它的母亲在哪儿？它的亲人、它的父亲又在哪一片天空呢？这空中的臣民，它与大地的联系似乎就只有那个在某个石缝中被孵化出来的蛋——或者说，它的老家就在云层的一角。由彩虹编成，以晚霞为边，仲夏时节升起的雾霭做衬？而此刻，它的窝便搭在峭壁般的云彩中间。

除此之外，我还捕到了很难得的金色、银色以及亮铜色的鱼，它们看起来像一串宝石。啊！有多少个初春的早上，我穿过这些草地，从一个小丘跳到另一个小丘，从一个柳树根跳上另一个柳树根，野河谷与森林都沐浴在纯净明亮的光芒之中，那光芒足以将亡者们从坟墓中唤醒。无须任何更为有力的证据来证明不朽的存在了。万物皆沐浴在这种光芒之下。死亡啊，你的毒钩在哪？坟墓啊，你的胜利又在哪？

若不是托了村子周围这些未经勘探的森林和草地的福，人们的乡村生活必将无比乏味。我们需要来自荒野的滋补——涉水到鸬鹚和野鸡藏身的沼泽地，倾听鹬的叫声；嗅一嗅随风作响的莎草之味，只有更具野性更加孤独的水禽才在此筑巢，貂将肚皮贴在地上，匍匐前进。我们一方面急于探索并学习一切事物，另一方面却又要求一切事物都得是充满神秘感、未经探索的，田野与海洋都必须是狂野的，因为无法被探测而一直荒着。关于自然，我们永不会腻。那无穷无尽的活力，那广袤壮观的地貌，那残骸漂浮的海港，那树木枯荣集于一体的荒原，那雷雨云以及一连下了三星期而引发洪水的大雨，每观及此，我们便重又有了精神。我们需要突破自己的极限，去往从未涉足的地方过自由的放牧式生活。腐肉令我们作呕，望之却步，而它却能够成为秃鹰的美餐，以此汲取健康及力量。通往我家的路上有一个坑，里面倒着一匹死马，我不得不绕行，尤其是在空气凝重的夜晚，但我深信，大自然给予我极好的胃口及无敌的健康，想必是给我的补偿。我爱看大自然中生活的无数生物，这样一来，大自然便可承受住食物链的考验。弱小的生物汁液一般悄然无声地被榨干，不复存在——苍鹭一口吞下了蝌蚪，乌龟和蟾蜍在马路上被轧死；有时候还会有腥风血雨！不幸无所不在，我们应当看淡。大智若愚。毒药未必有毒，伤口未必致命。怜悯心最不可靠，稍纵即逝。诉诸同情的方式不可一成不变。

5月初，橡树、山核桃、槭树及其他树木刚刚在湖旁的松林中抽出枝来，它们仿佛阳光，给景色增添亮调，尤其是在阴天，仿佛太阳突破迷雾包围，将淡淡的日光洒向山坡各处一般。5月3日、4日的样子，我在湖上看见了潜鸟，5月的第一个星期，我听见了夜莺、棕鸫、威尔逊鸫、小鹟、红眼小雀以及其他鸟的叫声。我早就听见了画眉鸟的动静。鹟鸟又来到我的门窗外东瞧西看，好奇着我这木屋能否用来做窝，它一面打量着我的房子，一面扇着翅膀，握紧爪子，似乎它的身子是由空气支撑着的。很快，硫黄色的油松花粉便铺满了湖面、石块及岸边的朽木，你可以收集一整桶。这便是我们曾听说过的“硫黄雨”，甚至在迦梨陀娑的剧作《沙恭达罗》，我们也可读到“莲花的金粉染黄了小溪”这样的句子。就这样，季节变换，转眼已经入夏，人们可以漫步在愈长愈高的青草之上。

我于林间第一年的生活便到此为止了；次年情景很是相似。1847年9月6日，我离开了瓦尔登湖。

结　语

医生往往会明智地建议病人换个环境，换换空气。感谢上帝，这里并不是地球的全部。牛眼树并不长在新英格兰，此处也很难听到嘲鸫的叫声。大雁比我们更要配得上“世界公民”的称号，它们在加拿大吃早饭，午饭时分则出现在俄亥俄州，晚上则在南部的河湾理着自己的羽毛。就连野牛，也顺应着季节的变换，它们在科罗拉多牧场上吃着草，直到黄石有着更青翠更可口的牧草在等着它们到来。然而我们人类却认为，如果将栏杆和篱笆推倒，在农场建起石墙，便可设立一道屏障，我们的生命和命运也都有了保障。你若当选了镇文书，那这个夏季便不能去火地岛了，无须遗憾，你从此可都处在地狱烈火之中了。宇宙远比我们看到的要广袤。我们应当像好奇的旅人一样，打量着船尾的风景，而不似愚蠢的水手，只顾埋头撕麻絮。地球的另一边不过是我们同类的家园罢了。我们的航行不过是兜兜转转，医生能治的不过是表层的疾病。有人到非洲南部追猎长颈鹿，而自然，这不是他想要追逐的猎物。请问，一个人能有多少时间用来追猎长颈鹿？猎鹬和土拨鼠也能够提供难得的娱乐；而我认为，你拿枪对着自己或许会是更为高尚的游戏——

直视内心，
未涉足之处千千万。
周游其中，

成为内心宇宙志的专家。

非洲代表什么？西方又代表着什么？我们内心的地图上岂不是一片空白？若是被发现了，可能便像海港一般，呈现出黑色。我们将要发现的难道是尼罗河、尼日尔河同密西西比河的源头吗？还是环绕大陆的西北走廊？这些问题当真是与人类息息相关的吗？难道富兰克林爵士是唯一失踪的人，他的妻子才会苦苦寻觅他的下落吗？格林奈尔先生又是否知道自己身处何处？还是学学芒格·帕克、路易斯、克拉克和弗洛比舍吧，去探索你自己的溪流海洋，去勘测你自己的更高纬度吧——若是有必要，再装上一船肉罐头吧，你还可以将空罐头堆得像天一样高，以此作为标记。肉罐头的发明就只是为了储存肉？不，你要做一名哥伦布，探寻自己内心深处的新大陆和新世界，开辟思想的管道，而非商贸的运河。每个人都是自己的王国之主，沙皇的大帝国与此相比也不过是夜郎小国，是埋在冰雪之下的小丘罢了。然而有些人虽爱国却无自尊，因小失大。他们深爱着最终将长眠于此的土壤，但是对让土壤充满生机的精神却丝毫无爱。爱国精神不过是寄生在他们头脑里的蛆虫罢了。南海远征队又有何意义？铺张浪费，其结果却只是间接承认了一个事实：精神世界里也有大陆及海洋，个人不过是其中的一个地峡或小湾。他尚未探清自己内心，便坐上了政府的大船，船上有五百名水手及仆人来服侍他一人，穿越风霜严寒，食人岛国，比起探索内心的海洋，独自去大西洋及太平洋冒险要容易得多——

任其漂泊，探索异邦澳大利亚人罢，
我更加了解上帝，而他们只是认得更多的路。

周游世界若只是为了去数一数桑给巴尔岛上有多少只猫，那可太不值了。不过在你有更好的事情去做之前，做做这个也无可厚非，你或许会发现一个“西姆斯之洞”，最终得以进入自己的内心世界。英国及法国，西班牙与葡萄牙，黄金海岸和奴隶海岸，都是内心之海的前沿；当然，这儿可以直达印度，但没有船只敢于驶往无知之地。若你学会了各种语言，通晓各国风俗，走得比其他旅人都要远，适应一切气候，逼得斯芬克斯触石而亡，你甚至可以听听老哲学家的，你可以试试探索自己的内心。这要的便是眼力与魄力。只有败将和逃兵才去战场，他们都是半路逃跑又回去参军的懦夫。现在就出发，目标是最远的西方，不要在密西西比河或太平洋上逗留，也不要抵达衰败的中国和日本，而是勇往直前，沿着这条切线，无论冬夏，不分日夜，任其日升月落，直到地球陨没。

据传，米拉波拦路打劫，就是“为了证明自我若是与最神圣的社会法则做斗争，需要多大的决心”。他称道：“在军队里打仗的士兵，其所需的勇气远没有剪径贼的一半那么多。荣誉和宗教无法阻拦一个思考成熟且坚定不移的决心。”世人都以为这便是男子气概，然而，这事虽称不上无法无天，却颇为无聊。一个明智的人，就会发现自己总是在与“最神圣的社会法则做斗争”，因为他所遵从的是更为神圣的法则，无须越出常规，便可验明自己的决心。人不应对社会持有这种态度，而应听从自己的法则，绝不是与代表正义的政府对抗，如果他能遇到这么个政府的话。

我离开森林，同我住进森林一样有着充分的理由。于我看来，我还有许多种生活要去尝试，不应只拘泥于这一种活法。我们是如此容易陷入循规蹈矩的生活方式，给自己踩出了一条轨道。我在这儿还未住满一星期，便已经踩出了一条从门口到湖边的小路；而今已过去有五六个年头，路的痕迹依旧清晰可寻。恐怕是其他人也走了这条道路，助我拓宽了它。土壤表层松软，容易留下人类的脚印；心灵之路也是如此。世界之路多脏多破啊，轧满了深深的传统与顺从的车辙！我不愿在船舱中度过旅程，我要去到世界的甲板之上，站在桅杆的前面，在那里，我可以用最好的视角观察漫布山谷的月光。我不愿下去。

至少我通过这些实验学到了一些东西：若是一个人执着地去实现自己的梦想，去过自己想要的生活，那么他便会取得平日里意想不到的成功。他将舍弃一些事物，跨越一道隐形的边界；以他为中心，便会衍生出通用而更为自由的新法则；或是旧法则改头换面，按照他的喜好，变得更自由，他便会按照更高级的生存法则生活。他的生活越简单，宇宙法则也就越简单，孤独不再是孤独，贫困不再是贫困，病弱也不再是病弱。你建的若是空中楼阁，无须担心功夫白费，那本就是它们应该存在的地方。你现在要做的，便是在其下打起基础。

英国和美国做了个可笑的要求：你必须说话，他们才能理解你的意思。人类与伞菌生来都非如此。仿佛言语极其重要，没有了它们便不能够深入了解你。仿佛大自然只能够维系一种理解的体系；仿佛大自然养得起兽类，便养不起鸟类，养活了飞禽而不养活走兽，老牛都听得懂的嘘和吁才是最好的英语。仿佛只有愚蠢才是最安全的。我怕的是我的表达不够夸张，没有超越我日常经验的狭隘局限，不足以解释我所深信着的真理。夸张！这取决于你的处境。一头来到异地他乡寻找草场的水牛就不似母牛那般夸张，它会在哺乳的时候踢翻奶桶，跳过栅栏去追它的小牛。我渴望在无拘无束的地方交谈，就好像醒来的人同另一个刚醒的人交谈一般；我深信，若是给一个真实表达做铺垫的话，我还不够夸张呢。有谁听到一段音乐便会担心今后说话会更加夸张？至于未来可能会发生的事情，我们应当轻松以对，我们的轮廓应当更加模糊，我们的影子会在阳光下流下难以察觉的汗水。我们的言语稍纵即逝，留下来的只言片语文理不通。言语的真实性难以捉摸，只有文字的丰碑傲然矗立。表达我们信仰与虔诚的文字并不明确，但是在那些崇高的人心中，它们意义非凡，散发着乳香。

我们为何总将自己的感知降为最低，并将其赞为常识？最普遍的常识便是人们的睡眠，其表现方式通常是打鼾。有时候，我们倾向于将偶尔犯傻的人与傻子归为一谈，只因我们只能赏识到他们三分之一的智慧。有的人哪怕只是罕见地早起一次，也会对朝霞吹毛求疵。我听说他们认为卡比尔的诗歌有着四重含义：幻觉、精神、智慧以及《吠陀经》的通俗教义。然而，在本地，若是一个人的文章有着一种以上的含义，它便会成为众矢之的。英国在努力治疗马铃薯腐烂病，却没人去治疗大脑的腐烂病——这才是流行甚广、关乎生死的疾病。

我并不以为我的文字已到了晦涩难懂的地步，但是若有观者认为，我的此段描述同对瓦尔登湖面上的冰进行描述的段落一样没有致命的错误，我真是万分自豪。南方的客户不喜欢冰块的蓝色调，仿佛那是泥浆，实则不然，这才是其纯洁的象征；反观之，客户更喜欢剑桥的冰块，它呈现的是白色，但有着水草的味道。人类所喜爱的纯洁竟是这笼罩大地的雾霭，而不是澄净蔚蓝的天空。

有人在我耳边窃窃私语，说我们美国人以及大部分的现代人，都是智力上的矮子，不足以与古人媲美，甚至比不过伊丽莎白时代的人。但说这话又是什么意思？活狗总比死狮强。难道一个人是矮子，就应当悬梁自尽，而不是去想着如何做矮子中的佼佼者吗？每个人都安于其事，努力去成为他想要成为的人。

我们为何如此急于求成？为何冒险做着这样的事情？一个人若是跟不上自己的同伴，恐怕他听到的是另一种鼓点。就让他跟随他所听到的音乐节拍吧，不管这是怎样的曲调，也不管它来自多么遥远的地方。他能否同苹果树或橡树那样迅速成熟，这并不重要。他应该将他的春天变为夏天吗？如果适合我们的条件尚未成熟，我们又应当以什么现有的事物来取代呢？仅仅是一个虚假的现实，不足以撞碎我们的船只。难道我们要不辞劳苦地在头顶上建起一道蓝玻璃制成的人造苍穹，竣工后还要凝望高高在上的真实的天空，而视前者为无物？

柯洛城里有一位艺术家，生性好追求完美。有一天，他突然想做一支手杖。他认为，一件作品之所以不够完美，原因之一便是时间，而要造出完美的作品，时间便不在考虑范围内。他扪心道，哪怕这辈子一事无成，也要将这支手杖做得十全十美。他立刻动身到森林里寻找木材，执意要用合适的材料来做；他找了一根又一根，却没有一根能入得了他的眼，他的朋友渐次离开了他，因为他们在各自的工作中渐渐老去，而他丝毫没有变老。他那专一的目标与坚定的意志，还有他高度的虔诚，已于他不知不觉间庇佑了他，令他长生不老。他不向时间妥协，时间便只得为他让道，远远叹息着，对他束手无策。在他还未找到一根心满意足的棍子之前，柯洛城便已成为废墟。他便坐在废墟上削着树枝的皮。他还没有给树杖做出合适的形状，坎大哈王朝便已结束，于是他拿起木棍，用尖头在沙子上写下这个王朝的最后一个人的名字，重又埋头工作。等到他将木棍打磨好、抛光，卡尔伯已不是北极星了；他还未给手杖套上金环，镶上珠宝装饰，梵天早已几度醒转。我为何在此处提及这些？等到艺术家完成其作品的最后一部分，他忽觉眼前一亮，这手杖竟成了梵天创世以来最精美之物。他在制作手杖的同时，也创造了一个崭新的体系，一个美丽而比例适宜的世界；古老的城市与王朝早已消逝，取而代之的是更为美丽壮观的新城市与新王朝。他看见了脚下堆着的新鲜的刨花，恍然大悟，这一切不过是梵天的一念，时间的流逝不过也是幻觉，只是梵天用以点燃人类脑海中那一点儿火绒所需的时间罢了。纯粹的材料加以纯粹的艺术，其结果怎能不是绝妙之物？

我们给予万物万般面容，而最终使我们受益的唯有真理。只有真理经得起考验。在大多数情况下，我们不在自己应在的位置上，而是在一个虚假的地方。出于我们脆弱的天性，我们假设了一种情况，将自己置身其中，因而同时出现在两处，想要脱身，难度翻番。清醒的时候，我们只认事实，即实际情况。说你必须说的话，而不是你当讲的话。任何真相都要好过谎言。修补匠汤姆·海德站在刑台之上，当被问起是否有遗言的时候，他说道：“告诉裁缝们，在缝第一针的时候记得给线打个结。”而他同党的祈祷早已被遗忘。

无论生活如何卑贱，你都应该面对它，努力活下去；不要将其拒之门外，也不要恶意谩骂。它还没有你恶劣。你最为富有的时候看起来反而更加窘迫。哪怕是在天堂，爱吹毛求疵的人也能挑出毛病来。热爱生活，不管有多糟糕。哪怕是在陋居，你也会有愉快、激动人心而荣耀万分的时刻。从陋居窗子里照进来的落日也同照耀在富人家宅的一样灿烂；门前的积雪也一样在早春时节融化。一个人只要心境淡泊，哪怕身居陋室，仍如住在宫殿中一般心满意足，满心愉悦。在我看来，唯有镇上的穷人才过着最不羁的生活，许是因为其伟大，当之无愧。大多数人认为他们不需要城镇来抚养，事实却是他们往往是通过卑劣的手段来养活自己，这更加不光彩。就像对待园子里的芳草一般去对待贫困吧。无须费神去争取新事物，不管是新衣服还是新朋友。回味旧友，重归其中。改变了的不是外物，而是我们。卖掉你的衣服，留下你的思想。上帝也会知道，你不需要这个社会。我若是被关进阁楼的一角，像蜘蛛一般，但是，只要我还有思想，这世界对我而言依旧宏伟。哲学家有言："三军可夺帅也，匹夫不可夺志也。"不要急于谋求发展，不要急于将自己暴露在诸多影响之下；这一切都是毫无意义的胡闹。谦逊有如黑暗，方能显出天国之光。贫困与低贱的阴影聚集在我们四周，"看啊！创造拓宽了我们的视野"。我们要时刻挂在心上，哪怕我们得到了克罗伊斯的宝藏，我们的目标也不能动摇，我们的方式不能改变。不仅如此，如果贫困限制了你的范围，比方说，你买不起书籍报纸，那么，你只不过是被困在最关键也是最重要的经验之中罢了；你必须去跟产出最多糖分和淀粉的东西打交道。捉襟见肘的生活才是最甜美的。你不会去做无意义的琐事。下层人绝不会因为上层人的宽宏大量而失去什么。多余的财富只买得到多余的东西，灵魂的必需品，用钱是买不来的。

我住在一堵混入用来铸钟的铜锡合金的铅色墙角之中，在我午休的时候，常会听见一种杂乱无章的叮当声，那是我同辈人发出的噪音。邻居们把他们同赫赫有名的绅士淑女交往的经历说给我听，告诉我晚餐时遇见了哪些权贵；然而，我对这些没有一丝兴趣，就像我对《每日时报》的内容不感兴趣一般。他们的兴趣与话题主要是围绕着那些人的衣着打扮和行为举止；然而无论你如何打扮，鹅还是鹅。他们跟我聊起了加利福尼亚和得克萨斯，英国和印度，佐治亚或是马萨诸塞的一位"尊敬的 ×× 先生"，全都是稍纵即逝的浮云，直到我恨不得同马穆鲁克的军人一般从他们的院子里翻墙逃走。我很高兴自己认清了方向——我不愿招摇过市，引人注目，我情愿同宇宙的建造者同行，如果我可以的话——我不愿生活在这浮躁不安、嘈杂肤浅的 19 世纪，我宁可或站或坐，等它逝去。人们在庆祝什么？他们都加入了筹备委员会，随时都在期待着有人演讲。上帝只是这一天的主席，韦伯斯特则是他的发言人。凡是那些强烈而最有理由吸引我的事物，我都会去衡量，去琢磨，并向其靠拢——而不是抓住天平的横臂试图克扣斤两——不是去假设一个情形，而是按照现实情形行事；在我唯一能走的路上前行，无人可挡。基础还未打牢，我怎可就建立拱门以满足自己呢？不要玩危险游戏。凡事都需要坚实的基础。我们读过这个故事——一个旅人问一个小男孩儿，眼前的这个沼泽的地基是否坚实，小男孩儿回答了是。可是很快，旅人的马就陷进去一半，旅人对孩子说道："你不是说这沼泽地基很牢吗？"小男孩儿回答道："它是很牢啊，你才陷到一半，还没到地基呢。"社会的沼泽与流沙亦然，只不过知道这个道理的人都已是老男孩儿了。唯有在特定的难得巧合之下，所想、所说与所做之事才是好的。我不会像个傻子一般，只知将钉子敲进有木板和灰泥的地方；这样的行为只会让我寤寐难眠。给我一把锤子，让我去寻找板条。无须泥灰，便可将钉子敲到底，这样一来，你半夜醒来，想到自己的工作，心里都是自得之情——这是即便缪斯来欣赏，你也不会觉得羞愧的工作。这样，上帝便会帮助你；也只有这样，上帝才会帮助你。每颗被敲进去的钉子都是宇宙机器中的一颗铆钉，你继承了前人的工作。

我不要爱情，不要名利，我只要真理。我坐在布着丰盛酒菜的餐桌前，身边人极尽谄媚之能事，却没有诚意与真情，我便饥肠辘辘地离开这冷漠的餐桌。这样的待客之道冷若寒冰。无须用冰，它们自身便能冻结起来。他们与我讨论着葡萄酒的年份与其有名的产地；而我想到的却是一种更陈、更新也更纯的酒，一种更具盛名的佳酿，那是他们所没有的，无处可买。气派、宅院、娱乐，这些于我看来不值一提。我去拜访国王，他却让我在大厅里候着，好似一个无力好客的人。我家附近有个住在树洞里的人，他的一举一动倒是颇有王者风范。我若是去拜访他，结果想必要好得多。

我们还要在门廊上坐多久？按部就班地做着这些过时的德行，令一切工作都显得离经叛道。一个人是以漫长的受苦开始其一天的，还要雇人为他的豆田锄草，而到了下午，他便去践行基督徒的温柔与仁爱！想想中国的自负和人类停滞不前的自满吧。这一代人躺在功劳簿上，暗喜着自己是名门望族的末代，在波士顿、伦敦、巴黎和罗马大谈特谈自己在艺术、科学和文学上的造诣。还有哲学学会的记录，对伟人的颂文！好一个亚当，在为自己歌功颂德了。“是的，我们做了了不起的事，我们歌唱的神曲永垂不朽。”——也就是说，只要我们还能记得他们。古代的亚述有着学术群体和伟人——如今他们在何处？我们是多么年轻的哲学家和实验家啊！读着这本书的你，都还没有完整地经历过人生。这便是人类一族所谓春光的时节。我们或许度过了七年之痒，却未见过康科德十七年的周期蝉。我们所熟悉的不过是我们居住着的地球表面罢了。大多数人都未曾潜入地下六英尺的地方，也未蹦到地上六英尺的空中。我们并不知道自己身处何处。况且，我们有一半的时间都在睡眠中度过。而我们还自作聪明，在地面上建起了一套体系。我们的确是深刻的思想家，我们有着野心！我站在森林中，看着在松针中爬着的昆虫，它努力地想要避开我的视线，我自问道，为什么它要如此谦卑地藏起来，不让我看见，我有可能做它的恩人，给它们一族带去可喜的消息。想到这里，我不禁想起最大的施恩者与大智慧者，他正站在我的头顶，看着有如虫豸的人类。

新鲜事物层出不穷，我们却还在忍受着难以置信的愚蠢。我只需指出，在最为开明的国度里，人们听的是什么样的说教。是有些代表着喜怒哀乐的字眼，但那只是赞美诗的主题，是由带着鼻音的嗓音哼唱出来的。我们相信的也就是平庸粗鄙的东西。我们以为我们能改变的只有服饰。据说大英帝国很大，备受尊重，而美国则是一等一的强国。我们不相信每个人身后都有着潮汐涨落，能够像浮小木片一样将大英帝国漂起来——若是他闪过这个想法的话。谁会知道下一批冒出地面的十七年蝉是什么样的呢？我所在的这个世界的政府并不像英国政府那般，是晚宴后边品酒边闲谈，就这样建立起来的。

生命有如河水。今年可能河水涨到了前所未有的高度，淹没了龟裂的土地；恐怕是个多事之秋，竟将麝香鼠淹得四处逃难。并非我们居住的地方都是干地。我在内陆深处看到过古老河岸的遗迹，在科学家做记录之前，这河流曾经存在过。新英格兰流传着一个广为人知的故事：有一只坚强而美丽的虫子从苹果木做的旧桌子的干燥活动板里爬了出来，这张桌子已有六十年的历史，一直放在农夫家的厨房里，先是在康涅狄格州，后来搬至马萨诸塞州——虫卵是多年以前被产在那棵树上的，数一数树木的年轮即可得知；一连几个星期，人们都能听见它在里面咬木头的声音，或许是受到一只钵头的热力孵化了虫卵。听到这个故事，谁不觉得自己对复活和长生不老更有信心了？这颗虫卵起先是被下在青翠的树上的，树被砍倒做了边材，木料也渐渐干枯，成为其风干了的坟墓，虫卵便也就此被封印在这有着一圈圈纹路的木头中间，处在干枯乏味的社会生活之中——它或许已经咬了好几年的木头，那啃咬声惊住了围着桌子享受节日盛宴的家人们——谁又会知道，这个毫不起眼的、别人送来的家具之中竟孵出了如此美丽、翅膀轻盈的生物，终究享受到了它生命中的完美夏季！

我不敢断言英国人和美国人能够领会这一切；时间流逝，曙光却不来，这便是明天。我们看不见的光就是黑暗。唯有我们醒来之时，才是黎明降临之日，才会有更多的黎明到来。太阳，只不过是一颗晨星。